Christopher John Farley

An allen Fronten

Roman

Aus dem Amerikanischen von
Edith Winner

Fischer
Taschenbuch
Verlag

Deutsche Erstausgabe
Veröffentlicht im Fischer Taschenbuch Verlag GmbH,
Frankfurt am Main, September 1997

Die Originalausgabe erschien 1996 unter dem Titel
›My favorite war‹ bei Farrar, Straus & Giroux, New York

Gesamtherstellung: Clausen & Bosse, Leck
Printed in Germany
ISBN 3-596-13601-6

Gedruckt auf chlor- und säurefreiem Papier

Für Mom, Dad, Felipe, Jonathan,
Rick, Yongjin, Dave, Michael C.,
Amy S., Arnold K., Roger S.,
Ethan N., Tamara S. und Sharon

★ ★ Inhalt ★ ★

Nur wenig in der Welt ist so gefährlich
wie Schlafwandler.

RALPH ELLISON
Der unsichtbare Mann

I need to be slightly numb...

KURT COBAIN

1

★ ★ Ausgelutscht ★ ★

Was soll ich sagen? Ich war in dem komischen Alter, in dem man nicht mehr jung, aber auch noch nicht so richtig erwachsen ist. Jedesmal, wenn ich in der Zeitung von den Erfolgen meiner Ex-Kommilitonen aus dem Naverton College las, packte mich der pure Neid.

Dieser Ron Powers aus dem sechsten Semester zum Beispiel. Der Mann hatte ein Musical namens »Warten auf Godot« inszeniert, eine gnadenlos prätentiose Beckett-Bearbeitung, in der kurz vor Schluß ein Betrunkener auf die Bühne kommt, sich als Godot vorstellt und etwas von einem Verkehrsstau lallt. Heute war diese Pfeife – ein Weißer, klar – Produzent einer TV-Spätabend-Show und sackte locker seine zehn Riesen im Monat ein.

Oder Emily Merquaint aus dem ersten Semester, ein sonderbarer, zugeknöpfter, weißer Käse – die Frau bekam unter einer Neonröhre Sonnenbrand. Als mir nach dem Examen jemand erzählte, sie arbeite an einer Autobiographie – »Alles super! Wie Prozac mein Leben zerstörte« –, hielt ich es für einen Witz. Aber vorige Woche hat sie für eine Million die Filmrechte an ihrem Buch verkauft. Eine Million Dollar! Tags darauf sehe ich Merquaint in einer Talkshow mit ihrem Vertrag vor der Kamera herumwedeln – natürlich in der, die Powers produziert.

Und ich? Ich war neunundzwanzig Jahre alt und seit dem Collegeabschluß bei einer mickymausbunten Zeitung namens *National Now!* beschäftigt. Ich kam mir vor wie eines dieser Insekten, die im Paläozoikum zufällig unter einem Harztropfen saßen und Äonen später in Bernstein eingeschlossen von einem Gesteinskundler entdeckt werden. Ich steckte in der Falle. Und in meiner Eigenschaft als Reporter hatte ich immer öfter Artikel über genau die Yuppies zu schreiben, nach deren Erfolgen ich mir im stillen die Finger leckte.

National Now! residiert in zwei Wolkenkratzern in Jeffersonville, Virginia und ist von Washington, D.C. nur durch die King Bridge getrennt. Die beiden Türme beherrschen die Skyline und sind eine ständige Herausforderung für die Navigationssysteme der Flugzeuge, die zur Landung auf den nahe gelegenen National Airport ansetzen.
Jeffersonville ist eigentlich keine richtige Stadt, eher eine renommierte Postleitzahl. Angeblich hat *National Now!* (alias »Die Nachrichtenmacher der Nation«) seinen Firmensitz nur deshalb hier, damit die Steuern nicht in die Taschen der Schwarzen fließen, die Washington, D.C. (alias »Chocolate City«) regieren. Stadtflucht der Weißen im Konzernformat, sozusagen. Bei den eigenwilligen Methoden, mit denen der Bürgermeister von D.C. die Straßen crackfrei zu halten versucht – er raucht das Zeug einfach selber –, kann man es den Firmen allerdings kaum verdenken, wenn sie in die weniger verrufenen Vorstädte abwandern.

National Now! hatte ausgezeichnete Mitarbeiter, die tagtäglich extremem Streß ausgesetzt waren. London während des Blitzkriegs stelle ich mir so vor – ohne die Luftangriffe, aber daür mit ergonomischer Folter. Wie viele moderne Bürogebäude stand der *National Now!*-Komplex auf Kriegsfuß mit seinen Angestellten. Der Mensch ist einfach nicht dafür gebaut, den ganzen Tag am Schreibtisch zu sitzen, einen Telefonhörer zwischen Hals und Schulter zu halten, neunzig Wörter die Minute zu tippen, klimatisierte Luft zu atmen und permanentem Termindruck standzuhalten. Wenn ich mich nicht täusche, steht in diesen schematischen Darstellungen der menschlichen Evolution der letzte in der Reihe aufrecht und hockt nicht vor einem PC. Im Grunde befanden die Leute bei *National Now!* sich in einem andauernden Zustand der »De«volution; sie verlernten das lockere Sitzen, das Gehen, schließlich sogar das Halten von Gegenständen, etwa Werkzeugen. Das Innere dieses Gebäudes war ein Biotop, in dem man zwangsläufig degenerieren mußte.

Aus den Schächten der Klimaanlage krochen mysteriöse Gerüche. Unablässig streiften Bautrupps durch das Gebäude – die Infanterie dieses Kleinkriegs –, hämmerten hier, bohrten da, entfachten Staubstürme. In regelmäßigen Abständen häuften sich Fehlgeburten unter den weiblichen Angestellten, in der Teeküche tuschelte man über fünfäugigen Föten, außergerichtliche Vergleiche und Pressemaulkörbe.

Mit einem Wort, *National Now!* hauste in einem schwerkranken Gebäude. Stell dir einen röchelnden, keuchenden Säufer vor, die Nase schleimverklebt, die Haut von Schwären bedeckt, die Innereien von Syphilis zerfressen. Stell ihn dir dreiunddreißig Etagen hoch vor. Stell dir ferner vor, ihn allmorgendlich um neun Uhr durch die Harnröhre zu betreten, um dich pünktlich zum Dienst zu melden, im Dickdarm. Okay, so war es, bei *National Now!* zu arbeiten.

Es war Mittag. Ich war bei der Arbeit. Das war mein Leben.

Ich saß an meinem überquellenden Schreibtisch und hatte nichts zu tun. In unserem Büro waren die PCs knapp. Noch schlimmer: Mein persönlicher PC war zur Reparatur, ich hatte ihn seit Wochen nicht mehr gesehen. Ohne Computer konnte ich aber nicht arbeiten. Also notierte ich, nur um einen beschäftigten Eindruck zu machen, Einfälle für Stories in meinen Reporterblock.

So zu tun, als ob man arbeite, ist fast so anstrengend wie wirklich zu arbeiten. Fast, aber nicht ganz. Also strengte ich mich an, so zu tun, als ob. Wenn ein Redakteur mitbekommt, daß du nichts zu tun hast, hagelt es unausgegorene Story-Aufträge. Vergleiche Artikel 2766 der journalistisch-bürokratischen Grundordnung: Eine Nachricht ist alles, was einem Redakteur passiert oder sich im unmittelbaren Umfeld eines Redakteurs ereignet. Wenn der fünfjährigen Rotzgöre eines Redakteurs ein Milchzahn ausfällt, erhöht sich sprunghaft die Wahrscheinlichkeit, daß du, der Reporter, mit der Abfassung einer kleinen Schwachsinnsstory des Kalibers »Die Zahnfee – Legende, Tatsache oder eine Frage des Lifestyles?« betraut wirst.

Ich sah Ursula Van Peemartin im Anmarsch, meine vorgesetzte Redakteurin und Supervisorin. Ursula ist weiß, groß, mittelalt, Ivana-Trump-platinblond (das praktische Flaschenblond zum Selberfärben) und mehrfach geschieden. Ihre Augen haben etwas Flehendes: »Wenn mich nicht sofort einer zurückhält, reiche ich die nächste Scheidung ein!« Sie hat keine Kinder, nie welche gehabt, aber ihr Körper, ihr Gesicht, ihr ganzes Wesen wirken wie ein einziger Schwangerschaftstreifen. Um keinen Preis möchte ich ihr Lover sein – oder ihr Frauenarzt. (Womöglich ist ein und dieselbe bedauernswerte Masochistenseele beides zugleich.)

Im Ernst: ich halte mich für einen loyalen Feministen, aber – sorry, ich stelle es mir wie im Alptraum vor, morgens aufzuwachen und ihre gräßliche Visage zu sehen, ungeschminkt, auf dem Kissen neben mir.

Ursula: Bleibst du zum Frühstück?

Mann: Nein, danke. (Pflückt sich die Augen aus den Höhlen und reicht sie Ursula.) Vom heutigen Tage an werde ich Unseliger wandern, vom Fluch der Götter gejagt.
Griechischer Chor: Vater! Mörder! Mutter! Inzest!
Zurück zur Realität.
»Gabby ist in Urlaub, soviel ich weiß. Setz dich doch an ihren PC«, sagte Ursula zu mir.
Mist. Ich hörte es an ihrem Tonfall, ich las es in der Geometrie der Falten um ihre Augen: Sie wußte, daß ich nicht die Bohne zu tun hatte. Gleich würde sie mir irgendeine geisttötende, arschlangweilige Story aufdrücken. Journalistisches Novokain.
Kaum war ich an meinen neuen Arbeitsplatz umgezogen, drückte Ursula mir einen Stoß Agenturmeldungen in die Hand.
»Ein paar Fachzeitschriften des Gemüsehandels schreiben, daß es dieses Jahr einen Run auf supergroße Früchte gibt. Riesentomaten, Riesenkürbisse. Mach dich mal an die Recherche. Wer die größten Exemplare geerntet hat, wo es Preisverleihungen gibt, all so was. Ich brauche circa achtzig Zeilen. Pünktlich um fünf.«
Riesengemüse? Hatte dieses Thema nicht schon der Bauernalmanach erschöpfend behandelt? Im Jahre des Herrn 1892?
»Oder arbeitest du gerade an etwas anderem?«
Sie hatte mich.
Riesengemüse. So sah mein Leben aus. So sah Journalismus aus. Ich versprach ihr, für ihre Valium-Idee von Story ein bißchen herumzutelefonieren.
Ich setzte mich an Gabbys PC und sah auf die Uhr: dreizehn Uhr fünfunddreißig. Ich rief ein paar einschlägige Zeitschriften-Redaktionen und ein paar regionale Bauernverbände an, ich sprach mit einem Mann in Mashdale, Arkansas, der einen

achtundneunzig Pfund schweren Kürbis geerntet hatte. Ich fing an zu texten. Fünfzehn Uhr achtundvierzig.
Ursula: »Ich habe einen Blick in deinen Text geworfen. Es sollte mehr Pep haben, mehr Sex. Und nimm einen anderen Aufhänger. Hast du dich bei Prominenten erkundigt, ob jemand in Hollywood übergroßes Gemüse zieht? Und schaffst du es, mir die Story in zwölf Minuten zu liefern?«
Ich sagte ihr, ich dachte, Deadline wäre fünf Uhr.
»Deine Uhr geht eine Stunde nach. Die Bauarbeiter müssen an irgendeine Leitung gekommen sein oder so.«
Super. Wieso erfuhr ich das erst jetzt?
Ursula ging wieder. Ich änderte den Namen meiner Datei von RIESGEM in LAOTSU, damit sie mir nicht wieder über die Schulter sehen konnte – alter Schustertrick, mein Freund! Ich führte noch schnell ein paar Telefonate und stieß auf einen Serienstar, der eine Einmeterkarotte aus der Erde gezogen hatte. Die Serie lief auf FOX und war nach der Pilotsendung wieder abgesetzt worden – aber ich hing an der Deadline. Immerhin, der phallische Aspekt war durch eine Einmeterkarotte ja wohl ausreichend abgedeckt.
Wieder Ursula, drei Minuten vor Abgabe. »Noch was, ich habe gehört, daß irgendwelche Museen dieses Riesengemüse als moderne Kunst ausstellen. Sieh zu, daß du das noch unterkriegst. Und frag die Tierschützer, wie sie zu dem Thema stehen.«
Tierschützer? Was soll der Tierschutz mit Riesengemüse am Hut haben? fragte ich. Ich mußte dringend die Notbremse ziehen, sonst verwandelte sich jeder spontane Einfall, der durch Ursulas Redakteurshirn blitzte, in einen Rechercheauftrag für mich.
»Wahrscheinlich hast du recht«, sagte sie. Dann, zur Strafe, daß ich recht hatte, fügte sie hinzu: »Ich brauche den Text in zwei Minuten.«

Du kriegst ihn in zehn.
Ein Farmerkollektiv in Ohio gab mir den Hinweis, daß ein New Yorker Museum ein paar preisgekrönte Granatäpfel in einer Kunstausstellung gezeigt habe. Ich war mir nicht sicher, ob Granatäpfel zu Gemüse im engeren Sinn zählten, aber ganz abwegig erschien es mir nicht. Wie sich herausstellte, lautete der Titel der Ausstellung: »Die Bestrafung der Persephone – Granatäpfel und das Korsett patriarchaler Diätvorschriften«. Das Museum war geschlossen, aber ich ließ mir von der Auskunft die Privatnummer der Kuratorin geben. Eine Minute später hatte ich sie an der Strippe, und sie hielt mir einen ausführlichen Vortrag über die Rolle von Obst und Gemüse bei der Unterdrückung der Frau durch die Jahrhunderte – angefangen bei Evas Apfel bis zu den Jungs von »Fruit of the Loom« (für die Kuratorin offenbar ein Synonym für kollektive Vergewaltigung). Am Ende kriegte sie doch noch die Kurve zu ein paar Statements, die ich brauchen konnte. Besser gesagt, ich kriegte die Kurve, indem ich ihr Fragen stellte, die sie nur nachzuplappern brauchte, um mir anständige Zitate zu liefern. Wie willst du sonst einer Frau, die ihre Lebensaufgabe in der Ausrichtung postfeministischer Granatapfelausstellungen sieht, ein vernünftiges Wort aus der Nase ziehen?
Ich: Wenn Elvis noch leben würde, glauben Sie, er würde Riesenfrüchte ziehen?
Kuratorin: Oh, ich bin sicher, daß Elvis Riesenfrüchte ziehen würde, wenn er noch lebte.
Ich: Plappern Sie eigentlich jeden Unsinn nach, den ich sage?
Kuratorin: Oh, sicher plappere ich jeden Unsinn nach, den Sie sagen.
Auf meinem Bildschirm blinkte die Anzeige für eine Mail. Ich klickte sie an.

»Ich brauche die Story. Ursula.«
Ich schloß meine Datei und schrieb zurück, der Text gehöre ihr.
»Ich habe ihn schon redigiert. Sieh dir die Story an. Endfassung unter LAOTSU21.«
LAOTSU21? Sie hatte mir doch über die Schulter geguckt! Hexe! Verfluchte! Ich rief die überarbeitete Version meiner Story auf. Sie war auf die Hälfte zusammengestrichen und komplett neu geschrieben.
Ich fragte Ursula, ob mit meiner ursprünglichen Fassung etwas nicht gestimmt habe.
»Nein, nein, sie war großartig. Du hast mir jede Menge brauchbares Rohmaterial geliefert«, sagte sie. »Mach dir nichts draus, es wird sowieso nicht gedruckt. Wir haben den Platz nicht bekommen. Wenn du willst, kannst du nach Hause gehen.«
Am nächsten Morgen kam ich auf dem Weg zur Arbeit an einem *National-Now!*-Kasten vorbei. Eine Schlagzeile sprang mir ins Auge: »Täglich frisch – Gemüse vom Kunstmarkt. Seite 1D.« Ich kaufte die Zeitung. Dem Artikel zufolge waren Obst und Gemüse der neueste Renner auf dem Kunstmarkt. Eine Menge mir völlig unbekannter Leute kamen darin zu Wort.
Neben dem Titel stand »von Thurgood Brinkman«.
Nicht eine einzige Silbe davon stammte aus meiner Feder, nicht einmal dem Inhalt nach. Von vorne bis hinten rückstandslose redaktionelle Verwurstung. Bob Woodward würde mit einer solchen Story nicht mal seinen Vogelkäfig auslegen; Edward R. Murrow würde sich auf dem Scheißhaus nicht den Hintern wischen mit einer solchen Hühnerkacke von beschissener Story.
Und diese Story prangte mitsamt meinem Namen auf der Titelseite des Modernen Lebens.

Unmittelbar unter dem fettgedruckten Hinweis auf meine Story stand noch eine andere Schlagzeile: »Irak überfällt Kuwait.«

Ich brachte den Tag damit zu, Ursula anzustarren. Ich war stinksauer, aber was sollte ich machen? Um die Zeit totzuschlagen, zählte ich ihre Trinkpausen mit. Ursula trinkt siebzehn Gläser Kool-Aid täglich. Nicht sechzehn, nicht achtzehn. Siebzehn Gläser. Jeden Tag. Das viele Kool-Aid hat ihre Lippen schon eingefärbt, ein schauderhaftes, schreiendes Pink. Ab mittags sieht sie aus wie ein Pavian von hinten.
Ich sah ununterbrochen auf die Uhr, bereit, Schlag fünf den Griffel fallen zu lassen. Am liebsten würde ich meinen Hut ganz nehmen. Ist doch bescheuert: du rackerst dich für eine Karriere ab, die dich im Grunde gar nicht interessiert, und am Ende hat sich deine Persönlichkeit in Wohlgefallen aufgelöst. Was soll's, denkst du, ist schließlich nur mein Job, nicht mein Leben. Aber, mal ehrlich, wenn man acht bis fünfzehn Stunden am Tag mit ein und derselben Sache zubringt, dann sollte es eine Sache sein, die Spaß macht, zumindest ein winziges bißchen Spaß, oder nicht? Aber lassen wir das. Masochismus in Sachen Broterwerb gehört zum American Way of Life wie japanische Videorecorder.
Sechzehn Uhr zweiundfünfzig. Genug für heute. Ich steckte ein Buch von Frantz Fanon in meinen Rucksack, das ich vermutlich nie zu Ende lesen würde, und marschierte Richtung Lift. Ich erwischte ihn auf dem Weg nach unten und trat einen Moment später auf die Straße. Auf den Gehsteigen wimmelte es von all den übrigen Schlafwandlern, die ebenfalls heim ins wirkliche Leben strebten, so schnell ihre Füße und die U-Bahn sie trugen. Die meisten von ihnen waren Yuppies wie ich.
Ich finde es erstaunlich, wie wir es geschafft haben, die Arbeit

von den Früchten der Arbeit zu trennen. Was du in deiner Arbeit hervorbringst, spielt keine Rolle; Hauptsache, du hast Arbeit und bekommst Cash dafür. Ist schließlich nur mein Job, nicht mein Leben. Ach ja? Aber wenn es nicht dein Leben ist, dann heißt das, daß du jeden Tag zwischen neun und siebzehn Uhr tot bist. Ich erinnere mich noch an John Lockes *Zweite Abhandlung über die Regierung,* die wir im College lasen; Locke war der Überzeugung, daß die Identität einer Person unlösbar mit ihrer Arbeit verknüpft ist, daß man einen Teil seines Selbst in das hineinsteckt, was man tut. Mit anderen Worten, wenn deine Arbeit bedeutungslos ist, wenn du tagein, tagaus einen Teil deines Selbst in einen hohlen Job steckst, kannst du genausogut in einen leeren Brunnen pissen: er wird nie voll werden, und du wirst ganz sicher nie daraus trinken. Du fühlst dich nur irgendwann seltsam ausgelutscht, das ist alles.

Endlich zu Hause angekommen, wollte ich nur noch meine Ruhe haben. Zu Hause – das war eine luxuriöse Dreizimmerwohnung in Georgetown mit Teppichboden, Einbauküche, zwei begehbaren Schränken und vermutlich noch einer Reihe weiterer Extras, die ich bloß noch nicht entdeckt hatte. Die Wohnung war riesig; ich hatte mit dem Gedanken gespielt, eine Herde Weißschwanzgnus oder ähnliches bei mir aufzunehmen. Ich verdiente nicht annähernd genug Geld, um mir die Wohnung leisten zu können, aber ich bezahlte auch keinen Cent Miete. Es war eine lange Geschichte. Manchmal fühlte ich mich, als wäre die Wohnung das einzige, was mich vom Orkus des Vergessenseins trennte.

Ich schlüpfte aus den Arbeitsklamotten, stieg in den Whirlpool und griff nach der Fernbedienung für den Großbildfernseher. Ich ließ ihn von der Decke heruntersurren und schaltete die regionalen Nachrichten ein. Als Aufmacher brachten sie die dritte von siebzehn Folgen über eine Nonne, die beim Posieren für Nacktfotos für den *Playboy* in einem Brunnen steckengeblieben war. Der Beitrag dauerte fünf Minuten. Gegen Ende der Sendung, nach dem Wetter und einem zweiminütigen »Polizeibericht« über den »unwiderstehlichsten Wachtmeister der Stadt«, lief ein Fünfzehn-Sekunden-Clip über die Kuwait-Invasion des Irak. Dann war der Sport an der Reihe.

Damals machte ich mir über diese ganze Irak-Kuwait-Geschichte keine großen Gedanken. Irak? Wer oder was zum Teufel war Irak? War das nicht die Vergangenheitsform von Iran? Wieder einer von diesen sinnlosen, überflüssigen Kriegen, dachte ich, während das brühheiße Wasser mich angenehm umblubberte. Obwohl Bush sich eine »Neue Weltordnung« auf die Fahnen geschrieben hatte, ging es auf der Welt gefährlicher zu als je zuvor. An allen Ecken und Enden flammten Kriegsherde auf, hinter jedem Gestrüpp schoß ein Westentaschen-Hitler aus der Erde. Ich, Saddam Hussein aus dem Irak, bin der neue Hitler! Nein, ich, Slobodan Milosevic aus Serbien, bin der neue Hitler! Sorry, Jungs, keiner von euch Clowns ist der neue Adolf. Aber da sich die amerikanische Regierung durch ihre Außenpolitik immer mehr zu einem destabilisierenden, statt zu einem stabilisierenden Faktor entwickelte, war es fast ein Wunder, daß nicht noch ein paar mehr von diesen Möchtegern-Führern auf den Plan traten und sich in Marsch setzten, um in das moralische Vakuum vorzustoßen.

Ich war knapp davor, einzuschlafen. War es nicht gefährlich, in einem Whirlpool einzuschlafen? Ach, wenn schon – alles ist sterblich, alles zerfällt und zerstreut sich in die ewigen Jagdgründe; schließlich gab es schlimmere Arten, das Zeitliche zu segnen. Lieber in einem Whirlpool krepieren als auf einem Schlachtfeld am anderen Ende der Welt. Meiner

Meinung nach hatte sich mit dem Ende des Kalten Krieges die Möglichkeit aufgetan, ein neues Paradigma internationaler Beziehungen zu schaffen. Aber wir hatten einen Präsidenten, der noch im Kalten Krieg lebte – was sage ich, der noch in der letzten Eiszeit lebte. Osteuropa warf seine Fesseln ab, und Bush ging mit Interkontinentalraketen auf Mammutjagd. Er und sein blind ergebener General Luther Pinpoint hatten keine Vision für den Planeten; sie handelten nach dem Mal-sehen-Prinzip, ohne jedes Konzept, trafen ihre Entscheidungen instinktiv und pragmatisch, Amerikas auswärtige Interessen stets fest im Blick. Außenpolitik ist oft machiavellistisch, aber das Gespann Bush/Pinpoint hatte es geschafft, ihr auch noch den letzten moralischen Lack von der Fassade zu kratzen. Heute zogen sie sich mit Noriega in fideler Männerkumpanei die Koks-Lines in die Nase, morgen setzten sie ihn auf die Fahndungsliste des Drogendezernats und hoben gleich ein paar Massengräber aus, um all die panamaischen Zivilisten zu verscharren, die sie niedermetzeln müßten, um ihn ins Netz zu kriegen. Das sollten wir sein? Eine Nation, die wehrlose Unbeteiligte abschlachtet und auf *Amerikas lustigste Heim-Videos* umschaltet, wenn Ed Bradley darüber zu berichten versucht? Man kann nicht mit von der Partie sein, ohne mitverantwortlich zu sein. Zu der Zeit, als Thomas Jefferson die Unabhängigkeitserklärung verfaßte, blies er per Zeitungsannonce zur Jagd auf ein paar Sklaven, die ihm davongelaufen waren. Nein, wenn man diese Nation ungehemmt ihre Instinkte ausleben ließ, ritt sie uns unweigerlich alle miteinander ins Schlamassel. Wo es kein moralisches Leitbild gab und keine Strukturen zu seiner Durchsetzung, war der Niedergang vorprogrammiert, weltweit. Ich rechnete damals stündlich mit Kriegsausbrüchen, ob hier, ob dort – deshalb ging die Irak-Kuwait-Geschichte erst mal an mir vorbei. Sie streifte den Gaumen meines Bewußtseins, ohne den Hauch eines Nachgeschmacks zu hinterlassen.

Ich schlenderte durch den »Book Nook« am Dupont Circle in Washington, D.C. Es kam häufiger vor, daß ich mich in Buchläden herumtrieb und die ersten Sätze von Romanen las. Ich brauchte das, um die Abwasserlauge der *National Now!*-Prosa aus meinen Gehirnwindungen zu spülen und die Erinnerung daran wachzuhalten, was gute Sprache war. Um es mit Oscar Wilde zu sagen: Der Unterschied zwischen Literatur und Journalismus besteht darin, daß Zeitungen nicht lesbar sind und Literatur nicht gelesen wird. Dieser Satz hat mir schon immer gefallen. Er hat etwas in sich Ruhendes, ein bißchen wie Zen. Wilde hätte der »Book Nook« gefallen; er war einer dieser gemütlichen, verschrobenen, alternativen Buchläden, die vom Aussterben bedroht sind. Die brandneuen Bestseller für die Strandbadleser kamen hier mit notorischer Verspätung ins Regal, aber wenn man eine Publikation aus einem akademischen Fachverlag oder etwas von Derrida oder Cornel West suchte, dann war man hier richtig. Heute war Lyrikabend, und ein nicht mehr ganz taufrischer Kerl in Lederjeans und Rollkragenpullover trug vor vier leeren Klappstühlen Gedichte vor. Im Vorbeigehen hörte ich, wie er etwas auf »deontologisch« zu reimen versuchte, bevor ich abbog, um mich den weiter hinten gelegenen Regalen zuzuwenden.
Ich schlug die ersten Seiten verschiedener Taschenbücher auf.
»Vorausgesetzt, daß die Wahrheit ein Weib ist...«
»Schiffe in der Ferne haben die Wünsche aller Männer an Bord...«
»Es zieht mich stets dorthin zurück, wo ich einmal gelebt habe, zu den Häusern, der Gegend...«

Schließlich landete ich in der Zeitschriftenabteilung. Neben den im Dutzend ausliegenden Illustrierten, Boulevardblättern und regionalen Tageszeitungen gab es einen großen, silbernen Schrank mit mehreren Reihen schmaler Fächer, in denen jeweils eine einzelne Zeitung lag, zwei bis drei Tage alt, aus irgendeinem abgelegenen Winkel des Landes oder einer weit entfernten Gegend der Welt. Die Auswahl war nicht groß, aber amüsant. Die Mitarbeiter der Botschaft der Komoren waren zweifellos hocherfreut, daß wenigstens eine Buchhandlung in D.C. den *Comoro Gazette Courier* führte, auch wenn die Ausgabe schon fünf Wochen alt war. Ich sah eine englischsprachige Zeitung aus Malaysia durch. Die Mehrzahl der Beiträge war Recycling-Ware, fast ausnahmslos wieder aufgewärmte *New York Times*-Artikel. Nicht einmal in Kuala Lumpur bekam man seine Nachrichten naturbelassen, jede Meldung der Welt wurde erst mal durch die große Fakten-Filter-Anlage des monolithischen amerikanischen Medienblocks geschleust. Und die paar Köpfe und Herzen, die dann immer noch nicht vollständig kolonisiert waren, bekamen im Kinocenter von Kuala Lumpur einen großen, bunten Gringo-Sly-Stallone-Streifen zu sehen. Ist doch sowieso alles Scheiße. Zeitungsschreiberei hat mit Schreiben nichts zu tun. Es ist Tippen, mehr nicht. Lies eine beliebige Filmkritik. Einen beliebigen »spannenden« Sportreport. Eine beliebige Lifestyle-Reportage oder Schicksalsgeschichte. Gespickt mit Klischees, hohlen Worthülsen, witzlosen Wortspielen. Journalismus und Literatur haben so viel miteinander gemein wie Kaugummi und Filet Mignon.
Es gibt im Feature-Journalismus ein Grundrezept. Man nehme ein ungewöhnliches Einzelschicksal. Mr. Jones' Wangen sind taub geworden, weil er zu viel Hüttenkäse gegessen hat. Man verallgemeinere den Einzelfall. Zwanzig Millionen Amerikaner leiden an dieser jüngst entdeckten Hüttenkäse-

Krankheit. Zum Schluß kröne man das Ganze mit einem reißerischen Titel: Hüttenkäse, von Millionen geliebt – jetzt kann er töten. Das Muster läßt sich endlos wiederholen. Waschen, spülen, neu verwenden. Und das Ganze ist von Sartrescher Ausweglosigkeit – es ist zum Verrücktwerden.
Waschen, spülen, neu verwenden. Wenn man zu lange im Journalismus gearbeitet hat, verschwindet man selbst in dem Rezept. Man verliert jede Subtilität, jede Spontaneität, man vergißt, was gute Sprache ist, man wird einfach ein mieser Schreiberling.

»Warum kündigst du nicht einfach, Thurgood?« sagte mein ehemaliger Zimmergenosse aus dem College, Yukio Koizumi. Yukio war Rechtsanwalt in Los Angeles. Wir telefonierten regelmäßig miteinander. Yukio hat Glück bei den Frauen und weiß immer Rat – was nicht unbedingt guten Rat heißt – in Frauen- und sonstigen Lebensfragen. Er selbst hatte die Suche nach der Traumfrau vor fünf Monaten eingestellt. Seitdem traf er sich mit Models – einem Gesichtsmodel, einem Handmodel, einem Beinmodel, einem Model für jede Körperpartie, einschließlich einer Frau, die zwar nicht gut aussah, aber über eine sexy Stimme verfügte, mit der sie, übrigens sehr erfolgreich, Werbespots für Kondome mit aufklärerischen Kommentaren unterlegte. Insgesamt traf er sich mit neun Frauen, die sich für ihn, in der Vorstellung übereinandergelagert, zur perfekten Nummer addierten. Eine besondere Vorliebe hatte er für sein Handmodel. Frag mich nicht. Ich weiß bloß soviel: zum Klarinettespielen benutzte sie ihre makellosen Händchen nicht. Yukios sexuelles Leben war schon immer beeindruckend merkwürdig. Aber das wollte ich jetzt alles gar nicht vertiefen. Wir sprachen von meinem Job.
Was heißt hier Kündigung? Mein Problem ist, daß ich dau-

ernd daran denken muß, was andere in meinem Alter schon erreicht haben. Nimm bloß mal Hemingway. Als Hemingway so alt war wie ich, hatte er *Fiesta* schon geschrieben.
»Nicht zu vergessen Emily Merquaint. Hast du sie gestern in der Talk-Show gesehen?«
Hör mir bloß mit der Ziege auf. Ich kann diese untalentierten weißen Weiber nicht ausstehen, die sich mit Prozac vollpumpen und dann die Krisentelefone heißlaufen lassen, daß die echten Selbstmörder in die Röhre gucken, bloß um sich das originale Dorothy-Parker-Feeling reinzuziehen. Ich vergleiche mich nur mit talentierten Menschen. Wie Orson Welles. Als der so alt war wie ich, hatte er schon fünfmal soviel geleistet wie ich.
»Ja, aber er hat am Ende auch zehnmal soviel gewogen wie du. Wenn du die Ruhm-Gewicht-Relation berücksichtigst, liegst du immer noch vor Orson.«
Oder denk an L. Ron Hubbard. Der hat postum mehr Bücher veröffentlicht, als ich bis dato zu Lebzeiten.
»Hör mal. Ich hab keine Lust, mir deinen Kram anzuhören, wenn du bloß deine Komplexe hätschelst. Mein Rat ist, kündige. Wenn es dir bei *National Now!* nicht gefällt, kündige einfach.«

Ich hab das Gefühl zu schwimmen, verstehst du? Es kommt mir vor, als ob wir die erste Wegwerfgeneration auf diesem Planeten sind. Als ob Mutter Erde uns nach Gebrauch einfach wegduscht.
»Wegduscht? Hey, nun projizier deinen Job-Frust nicht auf mich, ja? Ich werde gut bezahlt, anständig gevögelt und bin hier in L. A. wunschlos glücklich.«
Ach. Bloß, weil du jede Japanerin in der Ortstarifzone flachlegst, bist du im Einklang mit der Richtung des ganzen Universums.

»Jede Generation bildet sich ein, die einzige zu sein, an der nichts Besonderes ist«, erwiderte Yukio. »Das ist dieser Generationenneid. Kehrt alle fünfundzwanzig Jahre wieder. Junge, geht's nicht ein bißchen origineller, wenn es schon existentielle Angst sein muß? Das ist ein Ferngespräch.«

Ich mag überhaupt nicht mehr an Naverton denken. Die haben mich reingelegt. Ich hätte ein *summa cum laude* bekommen müssen, sagte ich.
»Wie bitte? Du hast hundert Seiten heiße Luft abgeliefert«, sagte Yukio. »Du kannst froh sein, daß sie dir überhaupt das Diplom gegeben haben. Einmal kurz am Zeugnis schnuppern und dann einen Tritt in deinen postmodernen Hintern, das hättest du verdient – hopp, zurück aufs Junior College.«

O.k., Schnitt, Themawechsel. Du mußt mir ein Rendezvous organisieren.
»Ich muß dir ein Rendezvous organisieren? Ich hör wohl nicht recht. Ständig lasse ich mich von dir als misogynen Frauenhelden beschimpfen, aber sobald du auf dem trockenen sitzt, kommst du angekrochen und verlangst, daß ich dir eine Schnecke besorge.«
Es geht nicht um Sex. Es geht um den Aufbau einer dauerhaften, liebevollen Beziehung. Komm schon, du besitzt das goldene Buch mit der schwarzen Liste drin. Du bist mein Mann.
»Ach, auf einmal bin ich dein Mann.«
Genau. Du bist der Japaner mit dem Planer. Also, was ist? Sagst du nun ja oder sagst du ja? Schwarz soll sie sein, wie in ›African American‹.

Ich hatte in letzter Zeit oft über Kapilavastu nachgedacht.
In meinem vorletzten Jahr in Naverton hatte ich einen Philo-

sophiekurs belegt. Kapilavastu, so hieß der märchenhafte Palast, in dem der Buddha aufgewachsen ist. Der reiche Vater des Buddha hatte diesen Palast bauen lassen, ein vom Rest der Welt abgeschottetes Paradies, in dem man weder Kummer noch Sorgen kannte, ja, in dem man nicht einmal wußte, daß etwas wie Leiden überhaupt existiert. Also im Grunde ganz ähnlich dem Oval Office zur Zeit der Reagan-Administration.

Wie auch immer. Als der Buddha neunundzwanzig Jahre alt war, unternahm er Ausfahrten in die Umgebung des Palastes und begegnete einem Krüppel, einem Kind, einem alten Mann und einem Toten. Oder war es eine alte Frau, ein Dieb, ein Taubstummer und ein weiser Narr? Jedesmal vergesse ich es wieder. Egal, der Punkt ist der, daß er die königlichen Gefilde verließ und zum erstenmal mit der Realität des Leidens konfrontiert war.

Diese Erfahrung brachte den Buddha zur Erleuchtung über die vier edlen Wahrheiten, auf denen seine ganze philosophische Lehre gründet. Die erste edle Wahrheit lautet: Alles Dasein ist Leiden. Die zweite edle Wahrheit lautet: Alles Leiden gründet im Begehren, das niemals gesättigt werden kann. Die dritte edle Wahrheit lautet: Alles Leiden kann getilgt werden, wenn alles Begehren unterdrückt wird. Und die vierte edle Wahrheit lautet: Der Weg zur Unterdrückung des Begehrens besteht darin, dem edlen achtteiligen Pfad zu folgen.

Genau an diesem Punkt hat der Buddha mich noch jedesmal abgehängt. Den edlen achtteiligen Pfad kann ich mir einfach nicht merken, ich habe ihn nie wirklich verstanden. Ich habe es mit den skurrilsten Eselsbrücken versucht, ohne Erfolg: jedesmal fallen mir nur die Eselsbrücken ein und die acht ursprünglichen Sätze entwischen mir. Ich grüble immer über den ersten Schritt des edlen achtteiligen Pfades nach und lande bei irgendwas wie »Ganz recht, du hast das Recht, eine Niete zu sein«, im zweiten Schritt dann bei »Für diesen Auspuff wird der Buddha keinen Cent ausgeben« und so fort. Außerdem hatte ich die verquaste, romantische Vorstellung, ich wäre irgendwie in meinem persönlichen Kapilavastu gefangen. In gewisser Weise hatte sich vielleicht meine ganze Generation, unser ganzes Land während der Reagonomics-Jahre mit all der Schlemmen-Sie-heute-zahlen-Sie-morgen-Chuzpe eine Art Kapilavastu auf dem Schuldenberg gebaut. Wenn der Buddha zur Zeit seines mietfreien, sorglosen Aufenthalts im Utopia von Kapilavastu eine Zeitung abonniert hätte, dann wäre es jedenfalls mit Sicherheit *National Now!* gewesen.

»Du trägst überhaupt keine Krawatten mehr im Büro«, sagte Ursula, indem sie meinen Aufzug musterte. Ich rückte etwas dichter an den Schreibtisch und tat, als ob ich arbeitete. Was hatte ich heute an? Hohe Sneakers, Jeans und ein schmutzigblaues T-Shirt mit einem Bild von Nelson Mandela drauf. Ich versuchte ihren Herrenausstatterton einfach auszublenden.

»Was ist denn aus den Krawatten geworden?« Ursula ließ nicht locker.

Ähh – ich mag das nicht, so einen Pfeil, der auf meine Unzulänglichkeit deutet.

»Als du hier anfingst, hattest du dauernd diese modischen Schlipse um. Ich fand sie ein bißchen protzig, so richtig gepaßt haben sie nie. Aber es war besser als nichts. Erinnerst du dich?«

Vage. Wehmütig. Ungern.

»Du hast immer Krawatte getragen. Und Anzüge. Alles.«

Heute meldeten die Schlagzeilen von *National Now!* und anderen Zeitungen, daß Saddam Hussein amerikanische Staatsangehörige und andere Ausländer, die das Pech hatten, sich im Irak aufzuhalten, als menschliche Schutzschilde verwende. Er brachte sie in irakischen Militäreinrichtungen unter, für den Fall, daß die USA oder irgendeine andere Macht die Invasion Kuwaits mit einem Bombardement des Irak zu vergelten versuchten.

Saddam bezeichnete seine ausländischen Geiseln als »Gäste«. Ich sah es plastisch vor mir, wie er jedem Gast eigenhändig ein Gute-Nacht-Bonbon aufs Kopfkissen legte. Aber diese Krise begann langsam ernst auszusehen. In den Kommentaren hieß es, Saddam verfüge über eine richtige Armee und sei militärtechnisch einwandfrei ausgerüstet. Kein Wunder, schließlich bezog er seine Waffen von den besten Herstellern der Welt – aus dem Westen.

Ich mußte das alles in der alternativen Presse nachlesen. Die Mainstream-Organe schwiegen sich darüber aus. Während der letzten zehn Jahre hatten die USA Waffen im Wert von 40 Milliarden Dollar an die persischen Golfstaaten verkauft. Saddam besaß amerikanische Hightech-Hubschrauber, französische Mirage-Kampfflugzeuge, brasilianische Scud-Raketen, österreichische Panzer, englische Kommunikations- und Überwachungssysteme, deutsche Raketenleitsysteme, italienische Kriegsschiffe und südafrikanische Haubitzen. Über vierhundert Firmen belieferten den Irak mit Waffen, ein Drittel davon waren deutsche Firmen. Deutschland handelt mit Waffen? Sieh mal einer an! Deutschland hat ja auch erst ungefähr zwei Weltkriege losgetreten. Und die westlichen Firmen, die Saddam nicht direkt mit Rüstungsgütern belieferten, verkauften ihm Mehrzweck-Technologie. Hauptsache, der Absatz stimmt, Hauptsache, der Rubel rollt. Frankreich hatte unterirdische Dieseltanks für Saddam gebaut;

sicher haben die auch zu Friedenszeiten ihren Nutzen, aber so richtig prima nützlich werden sie eigentlich erst im Krieg, wenn es mal Bomben hagelt, stimmt's? Ach ja, und diese Schiffsladung Toaster, die wir euch geschickt haben – die lassen sich auch als Granatwerfer verwenden. Und die sprechenden Freddy-the-Fuzzy-Dinosaurier-Puppen, ihr wißt schon – einfach die Strippe ziehen, dann strömt ein tödliches Nervengas aus. Und nun würden die gleichen Firmen, die sich eine goldene Nase damit verdient hatten, Saddams Kriegsmaschinerie aufzurüsten, noch mal so viele Milliarden damit machen, den Westen mit den Mitteln zu ihrer Zerstörung auszustatten. Ob Krieg, ob Frieden – der militärisch-industrielle Komplex kassiert doppelt, am Eingang und am Ausgang.

Ein Blick in meinen Kleiderschrank belehrte mich, daß ich ein verarmter Bourgeois geworden war.

Verarmte Bourgeois kommen aus besten Verhältnissen. Wir studieren an Elite-Universitäten. Wir verlassen das College mit Koffern voll Ralph-Lauren-Hemden, J.-Crew-Hosen, Armani-Krawatten. Dann nehmen wir einen interessanten, vielversprechenden, aber schlechtbezahlten Job an; macht nichts, sagen wir uns, wir steigen sowieso bald auf, der große Zahltag ist nicht weit.

Jahre später wohnen wir immer noch in einer Einzimmerwohnung oder einer WG. Wir verdienen immer noch sehr viel weniger als unsere Eltern, von denen wir – stimmt, letzte Woche war das erst – einen Scheck über ein paar hundert Dollar bekommen haben, damit wir die Miete bezahlen konnten. Wir sehen eine Sendung auf CNN, in der behauptet wird, wir seien möglicherweise die erste Generation, die schlechter lebt als die vorhergehende. Am nächsten Tag sehen wir gar nichts mehr auf CNN. Die Kabelgebühren sind seit drei Monaten nicht bezahlt.

Es heißt, Kleider machen Leute. Was sie machen, können sie vielleicht auch kaputtmachen. Wir tragen immer noch die hochmodischen Sachen, die wir im Koffer aus dem College getragen haben, ganz einfach, weil wir nicht das Geld haben, uns neue Klamotten zu kaufen. Die Hemdkragen fransen aus, nur ein einziger anständiger Anzug ist noch übrig, auf unserer alten Lieblingskrawatte schimmert ein Soßenfleck, aber wir hoffen, keiner merkt's.
Ich zog mein Naverton-Jackett an und betrachtete mich im Spiegel. Ich sah aus wie etwas, das sich noch gut mit Stroh ausstopfen und in einem Maisfeld aufpflanzen läßt. Die Jakkenärmel waren kurz davor abzufallen, aber der Stoff war schon so dünn und brüchig, daß er keine Nadelstiche mehr hielt. Auf dem Rücken, wo einst der Schriftzug »Naverton« zu lesen war, war ein Teil der fetten, roten Buchstaben vom vielen Waschen und Tragen gänzlich verblaßt. Jetzt stand dort »vertan« oder »vertun«, genau war das nicht zu erkennen. Dieses Jackett und ich verdienten einander. Heruntergekommen. Gescheitert. Vertan.

Ein einziger Satz wird zur Beschreibung
des modernen Menschen genügen:
Er hurte und las Zeitung.

ALBERT CAMUS

2

★ ★ Verschwörungstheorie ★ ★

Den Ort, an dem man aufgewachsen ist, wird man sein Lebtag nicht mehr los. Ich bin in einer Kleinstadt in Delaware groß geworden, und ich glaube, diese Kleinstadt ist auch in mir groß geworden. Meine Eltern leben immer noch in Fairtowne Forks, in einem dreistöckigen Vorstadthaus mit zwei Katzen, einem Hund und einer großen, grünen Wiese, die ein Nachbarskind für fünf Dollar mäht. Nichts macht den Aufstieg einer schwarzen Familie augenfälliger als der Anblick eines weißen Jungen mit einem Rasenmäher in ihrem Vorgarten (besonders effektvoll wirkt das Bild an heißen Sommertagen, wenn dem weißen Jungen draußen der Schweiß runterläuft, während die schwarze Familie sich auf der schattigen Veranda bei französischem Designerwasser entspannt). Ja, es war ein glückliches Leben in Fairtowne Forks; mein Heim war ein funktionierendes Zuhause – keine Spur von all dem Quatsch, den die Medien an schwarzen Familien so lieben, Vater im Knast, Mutter Nutte, Schwester schwanger und Gerichtsvollzieher vor der Tür.

Niemand aus Fairtowne Forks, Delaware aber hatte je etwas Bemerkenswertes oder Großes oder Bedeutendes hervorgebracht, und genau das hatte ich mir vorgenommen. Vielleicht ist das all die Jahre mein innerster Antrieb gewesen – erfolgreich und berühmt nach Fairtowne Forks zurückzukehren. Hier und da liefen mir Klassenkameraden aus der High School über den Weg, tankten meinen Wagen auf, nahmen im Copyshop einen Kopierauftrag entgegen oder fragten, ob ich gern Pommes frites als Beilage hätte. War ich einer von denen? Aber woher, ich war etwas Besseres, ich war vor langer Zeit fortgegangen, ich hatte in Naverton studiert, ich lebte in Washington, D. C. -Fairtowne Forks war vergessen.

Das Naverton College war so exklusiv, daß es im Jahr 1635 einem von John Harvards Söhnen die Aufnahme verweigerte, worauf sein Vater wutentbrannt eine eigene Universität gründete. Im Jahr 1636 erhielt Bearingwell Naverton Junior persönlich, ein direkter Nachfahr des College-Gründers, eine Zulassung für Harvard, nicht aber für Naverton. (Tief gedemütigt, übersiedelte Bearingwell in die Wildnis des Louisiana Territoriums, wo er von hugenottischen Söldnern ermordet wurde. Im letzten Jahr hatte man die Endaustragung der Frisbee-Meisterschaften, die auf dem Campus von Naverton stattfand, zu seinen Ehren nach ihm benannt.) Genaugenommen verdankt Naverton seinen legendären Ruf als Eliteuniversität weniger den Erfolgen seiner Absolventen als dem Glanz der Bewerber, die es abgewiesen hat. Fünf Präsidenten der Vereinigten Staaten blieb der Zutritt zu Navertons geheiligten Hallen verwehrt, ebenso wie siebenundzwanzig US-Senatoren, sieben nicht angeklagten Mitverschwörern der Watergate-Affäre sowie sämtlichen männlichen Mitgliedern des Kennedy-Clans. Ich aber hatte nicht nur eine Zulassung bekommen, sondern mein Examen dort gemacht. Ich war ein Teil des Naverton-Vermächtnisses, und das ließ meine plebejische Vergangenheit in Delaware zur Nebensache werden. Jedesmal, wenn ich mein verschlissenes Naverton-Jackett anzog, hatte ich das Gefühl, in ein anderes Leben zu schlüpfen.

Aber manchmal überkamen mich jene anderen Erinnerungen, und Fairtowne Forks flutete mein Gedächtnis. Die

Schlange der orangefarbenen Schulbusse, die Bleistifte Stärke 2, die rosa Radiergummis, der Geruch von hektographiertem Papier, das gemurmelte Treuegelöbnis an die Vereinigten Staaten. Meine Schwester Bethune, wie sie in ihrem Dashiki durch das Pausengedrängel auf den Schulfluren stolzierte; meine Mutter vor einem Topf mit Ziegencurry, in einer Hand den Kochlöffel, in der anderen Lawrence Tribes *Amerikanisches Verfassungsrecht*; und mein Vater, wie er im ganzen Haus blaue Blumen verteilte und John Coltrane auf volle Lautstärke drehte, als Mom ihren Doktor der Rechte und ihren Doktor der Pädagogik geschafft hatte. Meine Mutter hatte zwei Kinder großgezogen und nebenher in zwei Fächern promoviert – ich nicht mal in einem. Egal, das alles ist Plusquamperfekt. Ewig her.

Einer der Orte, an die es mich häufiger zog, war die Union Station. Ich mochte das Gebäude, seine noble, altmodische Architektur, die großen, grauen Säulen, die weiten Torbögen und hohen Decken. Es gab eine U-Bahn-Station hier, die Züge der Amtrak fuhren ein und aus, es wimmelte also immer von Menschen, hauptsächlich ordentlichen Leuten, Touristen. Im Hauptgeschoß befanden sich ein paar extrem überflüssige Geschäfte – angeführt von einem überdimensionierten, yuppifizierten Landkartenladen. Das darunterliegende Geschoß gehörte der Gastronomie, etwa dreißig Imbißstände und rund hundert Tische verteilten sich auf der Fläche. Ich saß an einem kleinen Metalltischchen und aß ein billiges Thunfisch-Sushi, das ich dick mit dem grünen Zeug bestrichen hatte, von dem einem so schön warm und kribbelig in der Nase wird. Dazu las ich die *Washington Post*. Eine Namenszeile sprang mir ins Auge: Sojourner Truth Zapader. Ahh, endlich mal eine Journalistin, vor der ich Respekt hatte!

Sojourner schrieb eine wöchentliche Kolumne im Hauptstadt-Teil der *Washington Post* mit dem Titel »Die sichtbare Frau«. Die Kolumne pries und erforschte alles, was feministisch, afrozentrisch und links war. Im Brennpunkt der heutigen Kolumne stand Dan Quayle. Der Junge hatte wohl wieder mal irgendwelchen gequirlten Schwachsinn abgesondert. Sojourner forderte aber nicht etwa seinen Rücktritt – weit gefehlt: Sie fand Danny Boy prima. Daß es ihn gab, war für sie der schlagende Beweis, daß die Hautfarbe in Amerika kein Karrierehindernis war – die weiße.

Ständig ist von der einseitigen Bevorzugung der Schwarzen die Rede, schrieb Sojourner, von den vielen Jobs, die uns nur aufgrund des Schwarzenbonus in den Schoß fallen, obwohl wir gar nicht für sie qualifiziert sind. Natürlich ist das ein Märchen. Die Bosse von General Electrics sind mitnichten schwarz. Wir leisten doppelt soviel – fürs halbe Geld. Ein weißer High School-Absolvent verdient in Amerika das gleiche wie ein schwarzer Akademiker. Tatsache aber ist, daß eine weiße Niete wie Dan Quayle, ein Wehrdienst-Drückeberger, Analphabet und Oppportunist, auf einem Posten sitzt, der nur einen Herzschlag vom Amt des Präsidenten entfernt ist – und den er ausschließlich seinen Beziehungen und seiner Hautfarbe verdankt. Dan Quayle ist die Regel, nicht die Ausnahme. Man braucht nur einen Blick in die Vorstandsetagen der 500 größten Firmen des Landes zu werfen, nicht einen einzigen Schwarzen wird man finden, aber man wird unzählige Dan Quayles finden, die bei Geschäftsessen laut die Suppe schlürfen und fünfmal soviel Geld verdienen wie der promovierte schwarze Kandidat, dessen Bewerbung abgewiesen wurde und der sich jetzt als Küchenchef bei Red Lobster verdingt.

Kurzum, Sojourner fand es höchst begrüßenswert, daß Dan Quayle Vizepräsident war – es zeigte den Leuten, hey, das ist

Amerika. Sei weiß, und du bist ein gemachter Mann. In Kriegszeiten hieß das allerdings, daß unser Land nur einen Lee-Harvey-Oswald-Schuß davon entfernt war, einen Volltrottel zum Oberbefehlshaber zu haben.
Ich faltete die Zeitung zusammen. Die Kolumne war gut – besser und wahrer als alles, was ich in letzter Zeit geschrieben hatte. Mir gefiel Sojourner, weil sie über das schrieb, was sie beschäftigte. Ich wünschte mir seit langem, sie kennenzulernen, aber ich hatte auch Angst, eine große Enttäuschung zu erleben. Seinem Idol leibhaftig zu begegnen ist immer eine heikle Sache – da geht es vermutlich nicht nur mir so. Ich schätze, das rührt von dem Trauma her, das die erste Begegnung mit dem Nikolaus in uns ausgelöst hat – diesem Fettwanst mit dem angeklebten Bart und dem ekelhaften Geruch nach halbverdauten Pommes, die ein anderer desillusionierter Knirps ihm über den Mantel gereihert hat.

In unserem Redaktionsraum bei *National Now!* standen vier große Fernseher, die auf ABC, CBS, NBC und CNN eingestellt waren. Ich hatte immer dafür plädiert, noch einen fünften mit BET oder MTV oder meinetwegen sogar ESPN aufzustellen, aber auf mich hörte ja keiner. Wie auch immer, Ursula erwischte mich beim Auf-und-ab-Gehen vor den Bildschirmen, schloß auf unzulässigen Müßiggang und erteilte mir einen Story-Auftrag.
»Ich möchte, daß du mir einen Aufmacher über Karaoke-Clubs schreibst«, sagte Ursula. »In Japan sind die natürlich schon lange in, aber bei uns sind sie der neueste Hit. Zwanzig Zentimeter. Bis fünf Uhr.«
Diese dämlichen Mitsing-Schuppen? Das Thema ist so abgegessen, daß ich glaube, mich verhört zu haben.
»Ich war gestern in so einem Schuppen. Er war brechend voll.«

Aha, dachte ich, »*National Now!*«-Regel Nr. 2766. Ursula hat sich letzte Nacht von einem Karaoke-Kerl bumsen lassen, und ich darf jetzt die Story zur Sache schreiben.
Glaub mir, sagte ich. Das ist Asbach. Karaoke-Clubs sind älter als der Urknall.
»Gestern abend in dem Club waren ein Haufen Leute. Sie haben sich alle königlich amüsiert«, sagte Ursula.
Ich dachte: der Frau klingeln noch die Ohren von dem Urknall in ihrem Bett gestern nacht.
Ich sagte: Ich wette, Fred und Wilma haben sich damals im Karaoke-Club von Bedrock königlich amüsiert. Aber wir machen uns lächerlich, wenn wir so tun, als ob das ein neuer Trend wäre. Vor allem *ich* mache mich lächerlich, weil mein Name drunter stehen wird.
»Wie dem auch sei, ich will eine Geschichte. Karaoke ist ein Dauerbrenner.«
Ein Dauerbrenner?
»Unsere Leser haben ein kurzes Gedächtnis. Wir müssen unsere Themen alle paar Jahre neu auflegen, damit die Leute sich erinnern, was im Trend liegt.«

Sojourner hatte etwa eine Viertelstunde als Reporterin für *National Now!* gearbeitet, ehe sie von der *Washington Post* abgeworben wurde. Bei der *Post* fing sie als Reporterin für den Hauptstadt-Teil an, lieferte ein paar erstklassige Geschichten ab und bekam dann ihre Kolumne.
»Ihre Schreibe ist ganz ordentlich, aber ihre Inhalte sind soooo berechenbar«, sagte Ursula. »Sie hat sich wirklich ins Ghetto geschrieben...«
Ins Ghetto?
»Sie schreibt immer nur über Schwarze.«
Es gibt unzählige weiße Reporter, die immer nur über Weiße schreiben – schreiben die sich etwa in die Vororte? Sojourner

füllte eine Lücke. Irgend jemand mußte über die Dinge schreiben, über die sie schrieb.

Wieder hat das kranke Gebäude ein Opfer gefordert. Soeben wurde der Schreibtisch des Mannes geräumt, der bei *National Now!* für das Thema Gesundheit zuständig war. Ironischerweise hat ihm ein Gesundheitsproblem das Kreuz gebrochen – RSI, Repetitive Strain Injury.

Es ist erst ein paar Jahre her, daß ich den Gesundheits-Reporter fragte, was sich hinter dem Kürzel RSI verberge. »Genaugenommen«, sagte er, »handelt es sich um ein komplexes Bündel von Verschleißerscheinungen, die auftreten, wenn der Körper über einen langen Zeitraum eine bestimmte Bewegung ständig wiederholt. Oft kommt noch eine unnatürliche Körperhaltung dazu, was den Verschleiß beschleunigt. RSI entwickelt sich im Verlauf von Monaten oder Jahren. Am Ende ist man kaum noch in der Lage, Gegenstände zu greifen oder festzuhalten, und hat andauernde, stechende Schmerzen in den Fingern, Handgelenken, Ellbogen, Oberarmen und in der ganzen Nackenregion.«

Nachdem er selbst RSI bekommen hatte, faßte er es folgendermaßen zusammen: »Du bist im Eimer, das ist alles.«

Inzwischen ist erwiesen, daß der einfachste Weg, an RSI zu erkranken, darin besteht, längerfristig gleichzeitig zu telefonieren und auf einer Computertastatur zu klimpern – mit anderen Worten: als Reporter zu arbeiten. Wenn das Übel sich einmal festgesetzt hat, ist es nur noch eine Frage der Zeit, wann man die Reporterkarriere an den Nagel hängen kann. Und Xanexxco, der riesige, gesichtslose Medien- und Industriemulti, dem *National Now!* gehört, hat bislang noch immer einen Weg gefunden, sich um Entschädigungen für seine ramponierten Arbeitnehmer zu drücken.

Xanexxco kontrolliert Hunderte von Fernsehstationen, Radiostationen und regionalen Zeitungen im ganzen Land. Hinsichtlich des Minderheitenanteils in seiner Belegschaft hält das Unternehmen den Rekord unter den führenden Medienkonzernen (aber was heißt das schon?). Ich sollte wahrscheinlich dankbar sein, daß sie mir einen Job gegeben haben. Bin ich aber nicht. Machen wir uns nichts vor, die Schlipse, die den Konzern lenken, sind ein Haufen von Gaunern. Einer wie der andere. Außer Nachrichten produziert Xanexxco Herrenhosen und verkauft Milchpulver an stillende Mütter in der Dritten Welt.
Das Heer der Erbsenzähler von Xanexxco schaltet und waltet im Nachbarwolkenkratzer. In all den Jahren, seit ich bei *National Now!* bin, habe ich nie die persönliche Bekanntschaft eines Schlipses gemacht. Ich habe aber auf der Basis von Fakten, Gerüchten, Spekulationen und dergleichen ein Persönlichkeitsprofil erstellt. Der durchschnittliche Schlips ist vor allem, wie schon erwähnt, ein Gauner. Der durchschnittliche Schlips verdient doppelt soviel wie der durchschnittliche Reporter, arbeitet dafür aber nur die Hälfte. Der typische Schlips trinkt zum Mittagessen und nach Feierabend mehr als die üblichen paar Martinis, hält sich aber nicht für einen Alkoholiker. Er kann jederzeit aufhören, wenn er will.
Schlipse sehen sich auf Firmenkosten gern die Basketballspiele der Washington Bullets an. Nicht, daß sie sich besonders viel aus den Spielen machen, sie sitzen nur gern in den VIP-Logen und schauen auf all die kleinen Leute hinunter. Schlipse lockern nie die Krawatte, es sei denn, das Spiel geht in die Verlängerung.
Nach dem Match geht ein Schlips, sofern er reich genug ist, nach Hause und vögelt seine Trophäe von Weib, bis er schläfrig wird. Falls sein Konto nicht dick genug ist – in diesem Fall handelt es sich in der Regel um einen Anfängerschlips, der

seine Spesenabrechnungen noch nicht zu türken gelernt hat und immer noch mit seiner minder repräsentativen ersten Frau verheiratet ist – geht er auf die Pennsylvania Avenue und schnappt sich eine Hure aus dem Pulk vor dem Weißen Haus. (Nun sag bloß, das überrascht dich, daß sich die Huren gern vor dem Weißen Haus tummeln! Was glaubst du, wen George Bush gevögelt hat, als er Präsident war – die schrumpelige, großmütterliche Barbara?)
Und schließlich, nicht zu vergessen: Xanexxco-Schlipse lesen niemals *National Now!*, sie lesen das *Wall Street Journal*.

National Now! macht jedes Jahr ein Defizit von mehreren Millionen. Das Blatt blutet Dollars wie ein Bluter mit einer Platzwunde am Kopf Blut. Aber es hat seinen Grund, einen einzigen Grund, weshalb Xanexxco *National Now!* am Tropf hält – es ist die einzige ernstzunehmende Zeitung, die Xanexxco besitzt. Kein Hahn kräht nach der herzzerreißenden, zwölfteiligen Fortsetzungsgeschichte über die Entenfamilie auf dem Rathausdach in der *Times-Democrat's* aus Juneau. Kein Hund kriecht hinterm Ofen hervor, wenn die Sportreporterin des *Post-Courier* aus Dorchester in ihrer Reportage über die diesjährigen Damenfußball-Meisterschaften der High School-Schülerinnen einen Ton von sublimer Ironie getroffen hat. Egal, was diese Zeitungen drucken, egal wie gelungen der eine oder andere Artikel ist, sie enden alle als Einwickelpapier für frische Fische.
National Now! wird täglich von sechs Millionen Menschen gelesen. Das Volk liest uns. Das Volk liebt uns. Also darf *National Now!* ein paar Millionen Dollar jährlich in den Sand setzen. Solange *National Now!* Tag für Tag erscheint, haben die Schlipse von Xanexxco das Gefühl, für eine echte Firma zu arbeiten; solange ihnen die größte Zeitung des Landes gehört, fühlen sie sich wie echte Männer.

Nichtsdestotrotz herrscht unter den Reportern seit jeher eine latente Panik, die Schlipse könnten von einer Sekunde auf die andere den Geldhahn zudrehen, der gemütliche *National Now!*-Salonwagen könnte entgleisen, und sie alle könnten zu ihren jeweiligen Käseblättchen in die Provinz zurückgeschickt werden, verdammt, in alle Ewigkeit über Kreisstadt-Volksfeste, Mißernten und einen abgedrehten Heimatkünstler zu berichten, der Einhörner auf LKW-Planen pinselt.
»Wie lange willst du noch bei *National Now!* bleiben?« fragte Gabby, eine Reporterkollegin, ebenfalls Modernes Leben. Gabby war sehr liberal, sehr politically correct, leidenschaftliche Tierschützerin, Frauenfrau und Lesbenaktivistin. Sie war weiß, Anfang Vierzig, hatte ein hübsches, zierliches Elfengesicht und eisgraues Haar, ultrakurz geschnitten, mit einem dünnen Schwänzchen, das ihr den Rücken hinunterkroch. Gabby war ein typisches Sechziger-Jahre-Überbleibsel. Sie hatte eine Tochter, einen Ex-Mann, von dem sie geschlagen worden war, und eine lesbische Lebensgefährtin, von der ihr Ex-Mann einmal Prügel bezogen hatte.
Wie lange ich noch bei *National Now!* bleiben wollte? Ich sagte ihr, das wüßte ich noch nicht.
Sie sah mich traurig an. »Das heißt, für immer.«
Gabby war für Umweltthemen zuständig. Ich spürte, daß sie darunter litt, nichts bewirken zu können und gleichzeitig zu wissen, daß für jede ihrer Kolumnen drei Bäume ins Gras beißen mußten. Aber sie hatte keine Wahl. Sie hatte eine Tochter zu ernähren, demnächst standen Studiengebühren fürs College ins Haus, und ihr Schnorrer von Ex-Mann dachte nicht daran, Alimente für diese lesbische Schlange und ihre Brut zu zahlen, deren Geliebte ihm bei einem Familienfest die Nase poliert hatte.
Ich mochte Gabby. Ich habe Lesben immer gemocht, offen gesagt lieber als Hetero-Frauen. Ich schätze, dahinter steckt

das gleiche Ressentiment, das man gegen einen Club hat, der einen selber als Mitglied aufnehmen würde.

Ursula hatte ein Lieblingshobby: Sie unternahm regelmäßig Dienstreisen nach New York City, um neue Trends aufzuspüren. Diese Expeditionen zum Big Apple waren bar jeden journalistischen Eifers oder Ertrags; es waren notdürftig kaschierte Männerjagdausflüge einer unausgelasteten, alleinstehenden, alternden Schachtel.

Ursula ging nicht auf die Vierzig zu, sie zog und zerrte sie hinter sich her, steil bergauf, wie eine Mülltüte voll gammligem Fleisch. Womöglich war sie gar nicht mehr Anfang, sondern schon Mitte Vierzig, oder noch älter, ihr genaues Alter hielt sie geheim. Sie war Anfang-Mitte-Ende irgendwas.

Jedenfalls liebte Ursula ihre Spritztouren, auch wenn im ganzen Haus bekannt war, daß die Spesen, die sie dabei verjubelte, im Prinzip private Ausgaben zur Regulierung ihres Hormonhaushalts waren. Wenn sie zurückkam, hatte sie stets Bettgeschichten auf Lager, über werkzeugbehangene Tischler, Taxifahrer, Souvlaki-Brutzler, Unfallopfer, Kunstobjekte – was immer ihr in die Netze ging.

Einmal kam sie besonders aufgeregt zurück.

»Ich habe einen ganz heißen Trend aufgetan«, verkündete sie. »Candy, ich will, daß du das übernimmst.«

Candy war die Sekretärin der Reporter und Rechercheure in unserer Abteilung. Sie hatte den Job bei *National Now!* durch ihren Vater bekommen, einen einflußreichen Schlips mit Eckbüro aus der Werbeabteilung. Candy hatte als Sekretärin angefangen, aber schnell gemerkt, daß die einzige Qualifikation, durch die ihr Dasein sich von dem eines Reporters unterschied, in der Bedienung eines Tastentelefons lag.

Ursulas heißer Trend betraf Tofu. Sie hatte in einem Bürohochhaus einen Liftboy aufgegabelt, und in dem chinesischen Restaurant, in dem sie mit ihrer neuen Eroberung speiste, hatte man unterschiedlich geformte Tofu-Stücke serviert – Kühe, Kraniche, Schmetterlinge.

»Es ist der letzte Schrei, Tofu auf diese Art zu servieren«, sagte sie. »Das ist super-mega-heiß. Ich will zwanzig Zentimeter.«

Ich dachte: Wetten, das sind fünf mehr als du bei der Entdekkung deines neuen Pseudo-Trends bekommen hast.

Nach ein paar Anrufen, die sie zwischen diverse Tipparbeiten für die anderen Redakteure einschob, hatte die überarbeitete, aber ehrgeizige Candy herausgefunden, daß chinesische Restaurants solche Tofu-Skulpturen seit fünfhundert Jahren servierten.

Candy war den Tränen nahe. Es wäre ihr erster eigener Artikel gewesen.

»Aber es wäre mein erster eigener Artikel gewesen!« jaulte Candy, mit einer Stimme, in der sich gekränkter Stolz, Empörung, verzweifelter Wille zum Erfolg, eine hochexplosive Gewaltbereitschaft und *All about Eve* überschlugen.

Aber da hatte sie Ursulas Talent, sich über den Neuigkeitswert einer Nachricht zu täuschen, unterschätzt.

»Seit fünfhundert Jahren?« sagte Ursula. »Vergiß die zwanzig Zentimeter. Mach zehn. Ich brauche es um fünf.«

Mittagspause. Besser gesagt – was mich betraf, jedenfalls – Siesta. Ich aß ohne Hast einen Hamburger in einem Sandwich-Shop in der Nähe der *National Now!*-Türme und las Sojourners Kolumne. Es ging um die Verschlankung der Regierung. Sojourner war aufgefallen, daß die Konservativen vehemente Verfechter einer schlanken Regierung sind; sie fordern Steuersenkungen; sie fordern die verfassungsmäßige Verankerung eines ständigen Budgetausgleichs. Die gleichen

Leute aber, die verlangen, daß die Regierung die Sozialausgaben streicht und die Beihilfen zur Gesundheitsversorgung abschafft, sind dafür, ihr unumschränkte Entscheidungsgewalt in den grundlegenden Fragen von Leben und Tod einzuräumen. Sie sprechen der Regierung das Recht zu, die Todesstrafe zu verhängen, das Recht, den Frauen die Abtreibung zu verbieten, und neuerdings das Recht, junge Männer und Frauen in den Krieg zu schicken.

Es war wieder mal eine astreine Kolumne, die mit Sicherheit eine Flut von Leserbriefen auslösen würde. Sie war intelligent geschrieben, voller Leidenschaft und Esprit. Irgendwie fühlte ich mich höchstpersönlich von ihr angesprochen. Fast glaubte ich Sojourners Stimme zu hören. Schnappte ich langsam über? Waren das die ersten Symptome einer Obsession? Würde ich in ein paar Monaten in Sojourners Müll schnüffeln, mitten in der Nacht bei ihr anrufen und gleich wieder auflegen, Mordanschläge auf hochrangige Politiker inszenieren, nur um ihre Aufmerksamkeit auf mich zu ziehen? Ich mußte sie kennenlernen. Sie tat genau das, was ich tun sollte. Ich spürte, es gab einen Draht zwischen uns. Wetten, daß ihr Abfall hochspannend war? Wahrscheinlich trennte sie ihren Müll.

Ich saß mit Gabby bei dem Selbstbedienungs-Chinesen im Foyer des *National Now!*-Turms. Für gastronomische Konzepte, die wildfremde Menschen zwingen, gemeinsam in den gleichen Schüsseln herumzumanschen, hatte ich noch nie viel übrig, aber Gabby hatte das Lokal ausgesucht.

»Ich weiß nicht«, sagte Gabby, während sie auf einem obskuren, grünblättrigen Gemüse herumkaute, »ich finde, Ursula ist in letzter Zeit noch schlimmer als sonst. Und sonst ist sie schon schlimm genug.«

Vielleicht hat sie sich wieder irgendwas operieren lassen. Nach ihren Operationen ist sie immer besonders schräg drauf.
»Sag bloß, das ist dir nicht aufgefallen? Sie hat sich das Gesicht wieder liften lassen. Darüber tuscheln alle.«
Ursula hat sich schon wieder das Gesicht liften lassen? sagte ich. Gott im Himmel, sie verliert wohl ihren Stammkundenrabatt, wenn sie ihren kosmetischen Chirurgen nicht einmal im Monat beschäftigt, oder was? Wenn sie sich noch mal liften läßt, trägt sie das Gesicht auf der zweiundzwanzigsten und den Körper auf der fünfzehnten Etage. Dann braucht sie eine Leiter, wenn sie Lippenstift auflegen will.
»Soweit ist es bald gekommen, was? Ständig läßt sie sich irgendwo was anstückeln oder wegschnippeln oder absaugen.«
Diese vielen Operationen haben etwas Diabolisches. Ich muß immer an Kafkas Verwandlung denken – manchmal habe ich Angst, wir kommen eines Tages ins Büro, und sie platzt plötzlich aus ihrer Haut, und von dem Tag an werden unsere Artikel von einem zwei Meter großen, platinblonden Käfer redigiert.

Auf der Straße. Eine dunstige Augustnacht in Washington. Ein weißer Mann im Anzug küßte eine schwarze Schönheit. Er hatte sie gegen einen Mercedes gelehnt, malmte ihren Unterleib mit den Hüften. Der Mann hob den Kopf und merkte, daß ich ihn ansah. Ein glitzernder Speichelfaden spann sich zwischen den Lippen der beiden. Ich sah weg und ging weiter. Hinter mir hörte ich ein elektronisches Quieken, als er die Alarmanlage seines Wagens aktivierte.

»Hallo?«
Hi, Gabby. Hier ist Thurgood.

»Wie spät ist es? Du rufst schrecklich spät an.«
Tut mir leid. Ich würde gern ein paar Takte reden. Hast du Lust, irgendwo einen Kräutertee oder ein Designerwasser zu trinken?
»O je, du armer Junge. Wo steckst du? Ich hol dich ab.«
Ach was. Mach dir keine Sorgen. Es ist alles paletti, im Ernst.
»Bist du sicher?«
Ja, mir geht's prima. Richtig prima. Ich schreibe dir alles in meinem Abschiedsbrief.
»Mann, hör auf! Es ist nicht witzig, über so was Scherze zu machen! Was ist, bist du wirklich in Ordnung?«
Ja. Ja, schon gut.
»Okay. Ich geh wieder schlafen«, sagte Gabby. Dann flüsterte sie, »meine Freundin wird eifersüchtig, wenn ich mitten in der Nacht mit Männern telefoniere.« Dann sagte sie, wieder in Normallautstärke, »du solltest auch schlafen gehen. Paß auf dich auf, Schätzchen.«
Ich legte auf. Mir dröhnte der Kopf.

Ich hatte ein Rendezvous mit Arizona Monroe. Yukio hatte herumtelefoniert und Arizona für mich klargemacht, eine selbständige Unternehmerin. »Selbständig« im Zusammenhang mit Schwarzen bedeutet normalerweise, die betreffende Person schlägt sich gerade so durch oder ist auf Jobsuche.
Ich rief sie an. Sie war eher kühl und kurz angebunden am Telefon, als hätten wir eine Wertpapier- oder Schweinehälften-Transaktion zu tätigen, aber ich fand das gar nicht schlecht, mal was anderes als die Barbiepuppenstimmchen, die manche Frauen auflegen, weil sie meinen, das gefiele den Männern.

Wir fuhren jeder mit dem eigenen Wagen und trafen uns im Green Card, einem beliebten mexikanischen Restaurant an der Wisconsin Avenue. Ich hätte Arizona abgeholt, aber ich schätze, sie wollte sich die Möglichkeit offenhalten, jederzeit wegzufahren, falls ich mich als Loser herausstellen oder in Schlaghosen oder einem taubenblauen Jogginganzug erscheinen sollte oder so was.

Arizona hatte die Howard Law School besucht und versuchte gerade, sich eine Klientenkartei aufzubauen, um eine eigene Anwaltspraxis zu eröffnen. Sie war eine attraktive Frau, vielleicht Mitte Dreißig, ein bißchen füllig, aber erstklassig angezogen. Ihre Haut war hell, wie Milchkaffee mit einem Schuß zuviel Milch. Sie hatte stechend grüne Augen und dunkelblonde, glatte Haare, allem Anschein nach naturblond und naturglatt.

Doch, ich fand, sie sah gut aus, aber farbige Frauen, die so aussehen wie sie, verunsichern mich immer auf ganz merkwürdige Weise, eine Art Melanin-Überempfindlichkeit. Einerseits: Super, ich sitze mit einer Schwester am Tisch. Aber dann ist da plötzlich dieses Gefühl, von den Blicken anderer schwarzer Frauen förmlich durchbohrt zu werden – Frauen, deren Haut, wie der Zufall es will, die Farbe von Kaffee hat, nicht Milchkaffee, nein danke, ohne Milch, ganz schwarz. Diese schwärzeren Schwestern schauen dich an wie einen Verräter, als hättest du keine Weiße abbekommen und dir dann, was soll's, das nächstbeste Ding geschnappt. Herrgott, was soll man denn machen? Abgestufte Diskriminierung, je nach Hautpigmentierung? Zu Verabredungen mit Unbekannten immer eine Farbtafel mitnehmen und sagen: Hey, wenn du heller als gebranntes Siena bist, gehe ich wieder nach Hause? Alles, was recht ist, man kann es auch übertreiben mit diesem Schattierungsbewußtsein. Geh mal eine Straße entlang; jedes gemischte Pärchen, das du siehst –

Schwarze, Latinos, Mischmaschrassen, egal was – der Mann und die Frau haben fast immer zufällig genau den gleichen Farbton. Ist doch ein Phänomen! Die einzige Ausnahme von dieser Ton-in-Ton-Regel findest du bei den wirklich stinkreichen schwarzen Aufsteigern, die grundsätzlich, auch wenn sie selber schwarz wie die Mitternacht sind, eine grünäugige Lady, bleich wie einen neuen Penny, im Arm haben. Für mich war Arizona heute abend eine dieser Ladies.

Das mexikanische Restaurant war so scheußlich, daß es schon fast wieder Stil hatte. An der Bar drängten sich Frauen mit Sekretärinnenfrisuren, die nach Männern in hautengen stonewashed Jeans Ausschau hielten. Das Lokal hatte eine Atmosphäre von unterer Mittelklasse, in der es einem nicht schwerfiel, sich wohl zu fühlen. Ich saß mit Arizona an der Bar, wir nippten Drinks und warteten auf einen Tisch. Wir sprachen über schwarzes Business. Arizona hatte schon mehrere Geschäfte aufgezogen, eine Konfiserie, eine Saftbar, eine Software-Virusklinik. Sie war mit allem baden gegangen, aber sie wollte es weiter versuchen. Sie hatte das Gefühl, es wäre ihre Pflicht als schwarze Frau.

»Ich glaube, die Lösung wären rein afrozentrische Firmen«, sagte sie. »Wenn wir erst mal unsere eigenen Industrien haben, wenn wir unsere eigene Kohle machen, wen kratzt es dann noch, was die Weißen über uns sagen?«

Du hast recht – aber nur bis zu einem gewissen Punkt. Denk an die Weimarer Republik. Im Deutschland der Vorkriegszeit leistete niemand einen größeren Beitrag zur Wirtschaft als die Juden, sie waren die Gebildetsten, sie besaßen die meisten Unternehmen. Bei der erstbesten Gelegenheit karrte der Rest der Deutschen alle Juden ins KZ. Weiße werden immer Gründe finden, Schwarze zu unterdrücken, Minderheiten zu schikanieren. Genozid braucht keine Begründung.

Arizona war bereits bei ihrer dritten Margarita. Die Dinger schmeckten ihr. Hoffentlich hatte sie nicht gleich einen in der Krone. Ich war jederzeit Gentleman, und wenn eine Frau betrunken wurde, hieß das, es würde nichts laufen, bis sie wieder zu einem nüchternen Urteil fähig war.

Es ist hilfreich, wenn man sie nicht als Zeitungen betrachtet, sagte ich zu Arizona. Betrachte sie als Bulletins, die von multinationalen Konzernen herausgegeben werden. Sie sind ein Produkt, wie Seife oder Deodorant oder Käsestangen.

»Aber das heißt noch lange nicht, daß *du* so über Zeitungen denken mußt«, sagte sie. »Du hast einen Superjob. Du gehörst zur Medienelite. Wenn du findest, in den Zeitungen müßten mehr kritische, mutige, enthüllende Stories stehen, dann ist es an *dir*, sie zu schreiben.«

Ach weißt du, wenn du erst mal im Bauch der Bestie bist, kriegen sie dich klein. Du machst gute, wichtige Themenvorschläge, und sie schießen sie ab. Es gibt bestimmte Dinge, über die Zeitungen nie berichten würden, weil sie nicht in ihr Profit-Schema passen. Es kommt höchst selten vor, daß Zeitungen Artikel drucken, in denen große Unternehmen direkt angegriffen werden, oder daß sie sich mit Themen auseinandersetzen, die in irgendeiner Weise darauf hinauslaufen, wirklich radikale gesellschaftliche Veränderungen in Gang zu bringen, die Umverteilung des gesellschaftlichen Reichtums zum Beispiel. Als Kostgänger multinationaler Konzerne haben Zeitungen ein ureigenes Interesse daran, das Establishment der Besitzenden an der Macht zu halten – schließlich leben sie von ihm.

»Vielleicht mußt *du* nur bessere Themenvorschläge machen«, sagte Arizona. »Eine bessere ideologische Offensive ausarbeiten. Du mußt gegen die jüdischen Schweine kämpfen. Nicht immer nur jammern.«

Na gut, ich werde aufhören zu jammern, sobald die Gauner

mir die fünfzehn Hektar Land und das Maultier gegeben haben, die sie mir schulden.
Gesprächspause. Ich nahm einen unbehaglichen Schluck von meiner Einer-muß-fahren-Pepsi. Hatte sie gerade *jüdische* Schweine gesagt? Unsinn, ich hatte mich bestimmt verhört.

Wir gingen ins Kino. Eine Henry-Miller-Verfilmung, die erst kürzlich angelaufen war. Der Film war wegen seines sexuellen Inhalts als NC-17 eingestuft worden, frei gegeben ab 17 Jahren. Die Produktionsfirma war dagegen Sturm gelaufen, weil sie ein publikumsfreundlicheres R haben wollte – Jugendliche unter 17 Jahren nur in Begleitung Erwachsener. Aber es war bei NC-17 geblieben. Die Bilder waren nicht extrem freizügig, keine reinen Nacktszenen, aber es gab ein paar lesbische Liebesspiele, die ich ziemlich aufregend fand.

»Das war doch kein NC-17-Film«, sagte Arizona, als wir zu ihrem Wagen gingen. »So viel Sex gab es doch gar nicht.«
Ich weiß nicht. Ich fand, es gab eine ganze Menge Sex. Aber es stimmt schon, dieses Bewertungssystem ist völlig bescheuert.
»Der Meinung bin ich auch. Wenn zwei Leute miteinander schlafen, geben sie NC-17; wenn Schwarzenegger einem Mann die Arme abreißt, geben sie R.«
Und Schwarzenegger macht immer noch diese fiesen, kleinen Kommentare dazu. Er hackt einem Kerl die Glieder ab und sagt: Das kostet dich einen Arm und ein Bein.
»Oder er reißt einem Kerl den Unterkiefer weg, wirft ihn einem Löwen vor und sagt: ›Hat das Kätzchen deine Zunge gekriegt?‹«
Oder er reißt einem Kerl die Innereien heraus, mischt sie mit

Hackfleisch und Oregano zu Buletten und sagt: Hier, das reicht für vier, Arschloch.
»Oder er reißt einem Kerl bei lebendigem Leib das Herz heraus, stöpselt ihn an eine Herz-Lungen-Maschine, stöbert die Mutter des Kerls auf, reißt ihr vor den Augen des Sohnes, der an der Herz-Lungen-Maschine hängt, auch das Herz heraus, und sagt dann, kurz bevor er den Stecker der Maschine rauszieht, die den Kerl am Leben hält, der soeben seine Mutter sterben sah, ›Und das am Muttertag, was, Junge?‹«
Du bist echt pervers. Darauf fällt mir keiner mehr ein.
»Das hab ich auch nicht erwartet.«
Aber der Punkt ist ja, dieser Kontrollrat gibt nicht nur NC-17 für Sex und R für Gewalt. Ich meine, sie verteilen die Rs doch wie Bonbons an all diese Teenager-Komödien, in denen es von barbusigen Mädchen und Risiko-Sex nur so wimmelt.
»Stimmt genau. Wenn zwei Leute, die sich gern haben, auf der Leinwand Liebe machen, ist es NC-17. Aber wenn es ein ausbeuterischer Quickie ist, gibt es ein R.«
Es geht ja noch viel weiter. Sogar wenn in einem Film gewalttätiger Sex vorkommt, gibt der Kontrollrat ein R. Ich meine, diese ganzen Splatterfilme, die die Teenies so gern sehen – da kommt immer irgendein halbwüchsiges Pärchen vor, das gekillt wird, wenn es gerade im Sommercamp seine Unschuld verliert oder so was. Und dann diese neue Mode, völlig unmotiviert nackte Frauenbrüste zu zeigen und kurz darauf, sozusagen als Wiedergutmachung, einen nackten Männerhintern. Als ob das gleichwertig wäre. Tut mir leid, aber ein Hinterteil ist kein Busen. Wer hat in diesem Kontrollrat eigentlich derzeit den Vorsitz, René Magritte?

Wir fuhren zu Arizonas Hochhauswohnung im Nordwesten von Washington. Sie lebte in einem großen, geschmackvoll eingerichteten Einzimmer-Appartement mit Mahagoni-

Tischen, einer großen Stereoanlage und einem hübschen Jacob-Lawrence-Druck an der Wand – in dieser Umgebung kam ich mir gleich noch eine Spur armseliger vor. Trotzdem, ich hatte ein warmes Gefühl zu ihr. Sie hielt anstandslos bei einer Blödel-Nummer mit.

»Weißt du, wen ich nicht ausstehen kann?« fragte Arizona, während sie sich ein Glas Weißwein einschenkte. Bis jetzt hatte sie ihren Schwips im Griff, aber noch ein, zwei Gläser mehr, und ich müßte auf den leer ausgegangenen Gentleman umschalten.

Hoffentlich nicht mich, sagte ich, indem ich so zwanglos wie möglich – Oh, ich suche nur ein Plätzchen für meinen Arm – auf Tuchfühlung ging.

»Die Juden«, sagte sie. »Ich kann Juden nicht ausstehen.«

Mein Arm schnellte zurück wie eine Schnecke in ihr Haus.

Wie kannst du das sagen? Du kannst doch nicht eine ganze Gruppe von Menschen einfach abschreiben.

»Ich meine, nicht daß ich die Juden umbringen will oder so was. Ich kann sie bloß nicht ausstehen. Ihre ganze Art; wie sie aussehen; ihre Nasen.«

Ihre Nasen?

Ich weiß, woher diese Haltung kommt. Es ist für Schwarze einfacher, antisemitisch zu sein, also gegen eine andere, ebenso unterdrückte Gruppe zu sein, als die tatsächlichen Machtstrukturen in Frage zu stellen. Es ist einfacher, sich über, was weiß ich, Al Rabinowitz lustig zu machen, den schmächtigen Jungen mit der großen Nase aus der Turnstunde, als Mr. Charlie gegenüber den Mund aufzumachen, dem weißen Physiklehrer, der dir gerade eine Sechs verpaßt und dich hat durchfallen lassen, nur weil du ein Nigger bist.

Und die Presse liebt diese antisemitischen, antikoreanischen, rassistischen Ressentiments von Schwarzen. Sie findet es klasse, die verschiedenen Gruppen von Entrechteten gegeneinander auszuspielen. Aber wenn du schwarz bist, weißt du, was wahrer Rassismus ist. Schwarze sind nicht im Besitz der Produktionsmittel, Schwarze können nicht heuern und feuern. Aber das heißt noch lange nicht, daß wir nicht in unserem Verhalten und unserem Denken anderen Rassen gegenüber strohdumm sein können.

Ich war scharf. Arizona und ich kamen uns auf dem Sofa millimeterweise näher, als sie plötzlich zu ihrem Computer hinübersah.
»Oh – da ist eine E-Mail für mich.«
Was?
»Ich habe den Computer angelassen, und da ist eine Mail für mich. Es dauert nur eine Sekunde.«
Sie ging zu ihrem PC hinüber.
»Ähh... sie ist für dich«, sagte Arizona.
Für mich?

Es war Peter Truman, mein anderer Zimmergenosse aus dem College. Er war Software-Entwickler bei VPX, einer zukunftsorientierten Computerfirma, die auf Virtual Reality spezialisiert war. Um genau zu sein, war das Virtual-Reality-Zeug so zukunftsorientiert, daß es noch keinen Profit abwarf, weshalb das Unternehmen zur Subventionierung seiner visionären Projekte nebenher auch hypergewalttätige Videospiele für blutrünstige High School-Kids herstellte. Eines dieser Spiele hieß Gut Ripper. Es spielte in einer postapokalyptischen Welt, in der man, um zu überleben, jedem Lebewesen, dem man begegnete, die Eingeweide herausreißen und aufessen mußte. Wenn man das Herz eines anderen menschlichen Lebewesens aufaß, während es noch schlug, gab es Bonuspunkte. Da die meisten menschlichen Wesen in dieser postapokalyptischen Welt Mutanten mit mehreren Herzen waren, floß in dem Spiel, wenn man eine hohe Punktzahl erreichen wollte, reichlich Blut. Ich glaube, Schwarzenegger will einen Film daraus machen. Wie auch immer, Peter haßte es, über die Spiele zu reden, er war der Meinung, man soll die Dinge positiv sehen. Peter war mit einer sehr religiösen Jüdin verlobt, die ihn nur heiraten wollte, wenn er konvertierte. Peters Großvater war Jude, also hatte er bei seinem Job in Silicon Valley ein Sabbatjahr genommen und war mit seiner Verlobten nach Israel gegangen, um das Judentum kennenzulernen und herauszufinden, ob er es in sich trüge. Die Frage der Konvertierung war für ihn eine sehr persönliche Entscheidung. Er sprach nicht viel darüber, aber er war bereit, er war geradezu versessen darauf, über alles andere zu reden – insbesondere über mein Liebesleben.

Ich tippte ein: Wie hast du mich gefunden? Wieso kontaktierst du mich hier?

(Yukio hat mir erzählt, daß er ein Rendezvous für dich organisiert hat. Ich wollte mich nur vergewissern, daß du nicht in sein billiges, oberflächliches Reich der Sinne abdriftest.)

Also gut, sei beruhigt: ich drifte nicht. Ich stürze direkt ab.

(Hast du schon gehört, daß Sherwood Deerhart seine eigene Show bekommt? Im Frühjahr soll sie starten, auf FOX.)

Besten Dank für die Ansage. Genau das ist es, was mir heute abend noch gefehlt hat – Fakten zum Nachweis meiner Unzulänglichkeit. Sieht aus, als wäre ich der einzige aus meiner Klasse, der nicht fünf Nächte die Woche einen Monolog abliefert.

(Keine Bange, du wirst die Tragik eines nichtssagenden TV-Erfolgs auch noch erleben, das ist nur eine Frage der Zeit. In

Zukunft wird jeder seine eigene Talk-Show haben, wenn du mich fragst. Die einzige Art zu kommunizieren wird die sein, sich gegenseitig als Gäste in die Shows einzuladen.)
Gut, ich fang schon mal an, mich nach einer Hausband umzusehen. Over.
Ich schaltete den Computer ab.
»Wer war das?« fragte Arizona.
Ein Clown, sagte ich.

Arizona und ich saßen vor ihrem Computer.
»Siehst du? Und jetzt kann ich jedesmal, wenn die Leute mit Homebanking was nach Europa überweisen, einen Tropfen abschöpfen. Willkommen im Computer-Zeitalter.«
Tut mir leid, aber das ist Diebstahl. Das ist dasselbe wie ein Überfall auf die First Boston Bank.
»Ach Unsinn. Das ist Elektronik. Das ist doch nur imaginär.«
Siehst du, das ist es, was am Computer-Zeitalter faul ist. Wir haben diese ganzen Spielzeuge, aber wir haben nicht die moralische Kompetenz, sie zu steuern. Und Weiße sind meiner Meinung nach überhaupt nicht in der Lage, ein neues Wertesystem zu schaffen, sie benutzen ja immer noch die alten Muster, die Schwarze vor zweitausend Jahren erfunden haben. Und nicht mal das kriegen sie richtig hin.
Arizona sah mich an. Sie war rot im Gesicht. »Ich glaube wirklich nicht, daß es etwas Schlimmes ist, was ich tue. Die Leute, die solche Überweisungen machen, sind alle reich. Es ist so was wie mein persönlicher, kleiner Schlag gegen die Weltverschwörung des jüdischen Finanzkapitals. Mir hat auch keiner meine fünfzehn Hektar Land und das Maultier gegeben.«

Es war ein netter Abend. Aber jetzt muß ich wirklich...
Ich stand auf. Wir hatten uns nicht geküßt, aber ich spürte es schon den ganzen Abend: Sie wollte, daß etwas passierte.
»Geh nicht. Bleib.«
Ich muß wirklich gehen. Es tut mir leid, aber diese Weltverschwörung des jüdischen...
»Du willst also gehen.« Arizona machte ein enttäuschtes Gesicht. »Laß mich dir wenigstens ein Abschiedsgeschenk geben.« Sie trat an ihren Computertisch und zog eine Diskette hervor.
Was ist das?
Arizona lächelte. Sie hatte schlechte Zähne. Das war mir vorher gar nicht aufgefallen. »Es ist ein Spiel. Es wird dir gefallen. Glaub mir.«

»Und, wie war's?« fragte Yukio.
Besten Dank, du hast mich mit der schwarzen Eva Braun verkuppelt. Nächstes Wochenende wollen wir uns in ihrem Bunker verschanzen, uns etwas näherkommen, ein paar deutsche Trinklieder singen über die Weltverschwörung des jüdischen...
»Arizona ist eine Antisemitin?«
Davon abgesehen war sie ganz okay. Aber sieh mal von so was ab! Mann, hat die Frau mir einen Schrecken eingejagt! Ist das die Sorte Gedankenmüll, bei dem du unweigerlich landest, wenn du als erbitterter Systemgegner anfängst? Kriegst du am Ende einen derartigen Haß auf den weißen Mann, daß du in einer Art paradoxem Abwehrreflex seine rassistische Haltung imitierst?
»Wenn sie eine Judenhasserin ist, vergiß sie, so einen Quatsch brauchst du dir nicht reinzuziehen«, sagte Yukio. Pause. »Hey, was hältst du von einem Abend mit Babs Russylind? Sie ist ziemlich scharf.«

Nee du, laß mal. Die Liste der Männer, die Babs gevögelt hat, liest sich wie ein homerischer Schiffskatalog. Für die schöne Helena sind tausend Schiffe in See gestochen, aber Babs war da, als die Matrosen an Land gingen.
»O. k., vielleicht rufe ich Babs selber an.«
Tu das. Die Frau, die ich wirklich treffen möchte, heißt Sojourner Truth Zapader.
»Sojourner? Wer ist das?«
Wenn ich das wüßte.

Nacht. Tiefer Abgrund. Ich kann nicht schlafen. Ich kann kaum denken, so deprimiert bin ich.
Fernsehen. Es läuft »Treffpunkt Parapsychologie«. Was soll das nun wieder? Ein echter Parapsychologe braucht doch keine Treffpunkt-Sendung mit Werbeeinlagen, um mit seinen PSI-Kumpels zu kommunizieren! Was diese Löffelbieger brauchen, ist ein verdammter Realitäts-TÜV.

Draußen. Ich gehe in einen 7-Eleven, um mir die Frühausgabe der *Washington Post* zu holen. Ein paar Blocks weiter fällt mir auf, daß der Hauptstadt-Teil fehlt. Ich habe das verdammte Ding nur gekauft, um Sojourners Kolumne zu lesen. Ich blättere den Rest der Zeitung durch. Das einzige, woran mein Blick hängenbleibt, ist ein Leserbrief von General Luther Pinpoint. »In ihrer Kolumne ›Amerikas Kriegstreiber mögen mich zerreißen...‹ hat Sojourner Truth Zapader die Dinge gründlich mißverstanden«, begann der Brief. »Saddam Hussein begeht unaussprechliche Verbrechen an seinem eigenen Volk und dem Volk von Kuwait. Hätte ein Tyrann in Europa genau die gleichen Taten begangen, würden ausnahmslos alle Liberalen ein militärisches Eingreifen fordern. Wenn ein Militärdiktator das Volk von Kanada oder Island so terrorisiert hätte, würde die Medienelite einen Luftschlag gegen Toronto bzw. Reykjavik verlangen. Ich als Schwarzer finde es erschreckend und widerwärtig, daß Ms. Zapader sich mit solchem Getöse gegen eine Intervention ausspricht, wenn das Leben farbiger Menschen auf dem Spiel steht. Nennen wir es beim Wort: Sie ist rassistisch.« Ich werfe die Zeitung weg.

Alles drängte sich vor den vier Fernsehern im Vorraum des Modernen Lebens. Saddam Hussein war auf dem Bildschirm, mit einigen seiner »Gäste«. Er strich einem Jungen über die Haare, der aussah, als wäre er einer Produktion von *Oliver!* entsprungen – blaß, großäugig, genau die Sorte, die die Herzen weißer Leute zum Schmelzen bringt.

»O Scheiße«, sagte Gabby. »Das bedeutet Krieg.«

»Es wäre interessant, ob bei den Videotheken die Nachfrage nach Kriegsfilmen gestiegen ist«, sagte Ursula.

Mir lief ein Schauer über den Rücken. Amerika verlor den Krieg gegen die Armut, verlor den Krieg gegen die Drogen, verlor den Krieg um die Gleichstellung der Rassen, und nun wollten diese Wir-müssen-die-Selbstverantwortung-stärken-Machos, diese Ich-gebe-Ihnen-mein-Ehrenwort-Kriegstreiber vom Schlage General Pinpoints losziehen und einen neuen Konflikt vom Zaun brechen. Für einen Haufen Öl und Wüstensand, eine Million Meilen weit weg. Das würde ein zweites Vietnam geben. Pinpoint irrte sich gewaltig, wenn er die Intervention im Irak mit einer Intervention in Kanada verglich. Gib mir fünf Marineinfanteristen, nur mit Taschenmessern und Brieföffnern bewaffnet, und ich nehme Quebec noch vor Sonnenuntergang ein. Aber da drüben, im Nahen Osten, nahmen sie ihre Kriege ernst. Da gab man seine Blutfehden an die Kinder weiter: »Hier, mein Sohn, dieser lächerliche, sinnlose, blutige Krieg gegen Amerika gehörte meinem Vater, und vor ihm dem Vater meines Vaters –

und jetzt gehört er dir. Das Kamel soll deine Schwester bekommen.« Die Amerikaner waren anders. Wenn wir mit einem Krieg nicht bis zum Mittagessen fertig waren, wurden wir langsam unruhig. »Zur Hölle, jetzt führen wir diesen verdammten Krieg seit geschlagenen siebenunddreißig Minuten. Bringt die Jungs endlich heim! Das Essen steht schon auf dem Tisch!«

Angeblich hatte Vietnam Amerikas Haltung zum Krieg für immer verändert. Man sagte uns nach, wir wären vorsichtiger geworden, skeptischer. In Wirklichkeit – und das zeigte sich, sobald es zu militärischen Konflikten kam – hatte sich die moralische Aufmerksamkeitsspanne der amerikanischen Öffentlichkeit nicht geändert. Als erstes fragten die Amerikaner: »Warum sollen wir kämpfen?« Als zweites fragten sie: »Lohnt es sich, amerikanische Menschenleben zu opfern?« Und die dritte Frage war: »Was zum Teufel gibt's heute zum Mittagessen?«

»Es wäre interessant, ob die Verkaufszahlen von Kriegsspielzeug gestiegen sind«, sagte Ursula. »Dieser Krieg bietet jede Menge Stoff für Trend Stories.«

Das war der zweite Punkt, der mich schaudern ließ. Es gab Krieg. Und ich steckte hier, gefangen in Kapilavastu. Für diesen Auspuff wird der Buddha keinen Cent ausgeben.

In diesem Moment brüllte jemand meinen Namen. Es war Willamina, das »Schlachtschiff«, Ursulas Boß, mein Boß und, soweit bekannt, jedermanns Boß in der näheren Umgebung. Sie wollte mich in ihrem Büro sehen, und zwar sofort.

Können echte menschliche Beziehungen für Schwarze in einer Gesellschaft gedeihen, die Intelligenz, Charakter und Persönlichkeit von Schwarzen mit Füßen tritt?

CORNEL WEST
Race Matters

Unsinn! Er hatte seine Begabung selbst zerstört.

ERNEST HEMINGWAY
Schnee auf dem Kilimandscharo

3

★ ★ Spitting Image ★ ★

Hemingway ist einer der Gründe, warum ich zu *National Now!* ging. Er hat als Reporter beim *Kansas City Star* angefangen. Ich sagte mir immer, wenn Hemingway bei der zweitgrößten Zeitung von Missouri angefangen hat, und am Ende den Nobelpreis für Literatur bekam, dann hatte ich ziemlich gute Karten, wenn ich meine Karriere bei der größten Zeitung Amerikas antrat.

Raymond Carver ist ein weiterer Grund, warum ich zu den Nachrichtenmachern der Nation ging. Mir gefiel die Vorstellung, etwas schlicht und elegant zu sagen. In einem einzigen, wohlformulierten Satz. Einer Schlagzeile, die saß. Mein Ziel war es, meine Sprache auf einen Minimalismus einzudampfen, der E. E. Cummings nahe käme. Cummings konnte mit einem einsamen Strichpunkt Bände sagen.

Daß die Redakteure von *National Now!* Beckmesser sind, wußte ich, noch bevor sie mir den Arbeitsvertrag ausgehändigt hatten. Aber gute Sprache ist universell. Ich wollte meine Geschichten so perfekt, so glänzend, so makellos schreiben, daß es auch dem pingeligsten Redakteur nicht einfiele, mir darin herumzupfuschen. Im Gegenteil: verstummen würden sie, überwältigt von der Erhabenheit meiner Worte, Tränen würden ihnen über die Wangen strömen, das Blut würde ihnen in den Adern gefrieren vor der rohen, fast übernatürlichen Gewalt meiner Prosa.

Ich hatte ja keine Ahnung.

Hier der Grund, warum Willamina »Schlachtschiff« mich sehen wollte: sie warf mich aus meiner Wohnung. Ich konnte es nicht fassen. Als ob ich nicht schon genug am Hals hätte.
Die Sache war die: Es gab einen eigenen Appartement-Block, in dem *National Now!* seine neuen Angestellten unterbrachte, bis sie etwas Dauerhaftes gefunden hatten. Sie schickten einen dorthin, um einen zu beeindrucken; die Firma drückte einen an ihren Matronenbusen, bevor man merkte, daß dieser Busen in Wirklichkeit der Torso einer tätowierten und gepiercten Domina war. Im Normalfall bezog man die kostenlose Bleibe für drei Monate oder so.
Mein Aufenthalt rangierte im »Oder-so«-Bereich. Ich lebte dort in mietfreier Glückseligkeit seit sechs Jahren, zwei Monaten und fünf Tagen. Dann erwähnte ich eines Tages aus Versehen Ursula gegenüber beiläufig meine Adresse. Kleiner Fauxpas. Großer Eklat. Zwei Tage darauf zitierte mich Willamina Cragmeister, Geschäftsführende Redakteurin mit Sonderaufgaben, in ihr Büro.
Willamina heißt mit Nachnamen Cragmeister, wird aber ihres immensen Umfangs wegen von allen nur »das Schlachtschiff« genannt. Sie ist so übergewichtig, daß man unwillkürlich jeden Moment darauf wartet, sie mit Marlon Brando und einem Buick Roadmaster niederkommen zu sehen. Diese Frau soll ein stadtbekanntes Schreckgespenst auf Thanksgiving-Umzügen sein. Wenn Willamina »Schlachtschiff« ein kontinentales Frühstück bestellt, will sie auch ein kontinentales Frühstück haben. Und ich rede hier nicht von Subkontinenten wie Indien, ich rede von Asien.
Als Geschäftsführende Redakteurin mit Sonderaufgaben verbringt Willamina »Schlachtschiff« die meiste Zeit hinter herabgelassenen Jalousien in ihrem Büro und hält Winterschlaf. Da sie keine Sonderaufgaben hat, weiß niemand genau, was sich hinter ihrem Titel verbirgt, wofür sie zuständig

ist, ja, nicht einmal, ob sie tatsächlich eine bezahlte Angestellte der Zeitung ist; das Geheimnis um ihre Position macht sie aber nur um so mächtiger, um so gefürchteter. Sie ist unerreicht in der Kunst des Delegierens. Wenn sie jedoch selbst Hand anlegt, legt sie Hand an. Und jetzt senkte sich ihre Pranke auf mich und mein mietfreies, *National Now!*-finanziertes Domizil. In einem Monat sollte ich die Wohnung räumen. Ohne Wenn und Aber. Schluß. Aus. Raus.

Es war also Zeit für mich, der Realität ins Auge zu blicken. Ich hatte die Wohnungssuche nicht nur aus Kostengründen aufgeschoben, sondern weil eine eigene Wohnung Dauer symbolisierte. Sie repräsentierte die Zementierung der Bande, die mich mit Washington, D.C. und – was noch furchterregender war – mit *National Now!* verbanden; sie stand für einen wahren Catcher-Klammergriff.

Ich blätterte die Anzeigen durch und siehe da, es gab eine Fülle preislich akzeptabler Wohnungen im südöstlichen Teil der Stadt. Natürlich gab es dort auch eine Fülle inakzeptabler Gewalt. Aber es überstieg meine finanziellen Möglichkeiten, wegen ein bis drei schießwütigen Rollkommandos in Pickup Trucks zimperlich zu sein.

Der Computer-Notstand zog und zog sich in die Länge, wie eine Kartoffelkäferplage. Die Abteilung Modernes Leben verfügte nicht über ausreichend PCs, um jedem Reporter sein eigenes Gerät hinzustellen. Jeder, der mal in einem Büro gearbeitet hat, kann sich ausmalen, was das für Probleme verursachte. Gegen büropolitische Machenschaften nimmt sich der Senat der alten Römer zahm aus.

Viele Reporter hielten die PC-Verknappung für einen linken Trick des Managements. Wir hatten sechs Millionen Leser, es sollte also Geld für Computer vorhanden sein. Wen glaubten die hier eigentlich verarschen zu können? Verschwörungstheoretiker vom Typus verhinderter Westernheld räsonierten, die Verknappung sei künstlich eingefädelt, um die Reporter zu effektiverem Arbeiten zu zwingen. Kaum ließ man seinen Computer allein, etwa während der Mittagspause, setzte sich sofort jemand anders davor und loggte sich ein.

Die Folge war eine äußerst angespannte Arbeitsatmosphäre. Die Reporter klebten mit knurrenden Mägen vor den Bildschirmen, und keiner traute sich seinen Terminal zu verlassen, um essen zu gehen, einen Snack einzuschieben oder auch nur mal auszutreten. Wie die Geier kreisten die übrigen Reporter durch den Raum, ihre näher rückenden Deadlines im Nakken, und sondierten das Gelände nach freien PCs, Computerabstürzen, Anzeichen von Ermüdung oder unterdrücktem Harndrang, der sich nicht mehr lange bezwingen und demnächst einen Kollegen zur Toilette hinausstürmen ließe.

Das Management war in Ekstase. Phantastisch, sie hatten die Mitarbeiter da, wo sie sie haben wollten: Ohne Murren klemmten sie sich hinter die Schreibtische, arbeiteten die Pausen durch, pißten sich in die Hosen. »Donnerwetter, das nenne ich Kapitalismus!« polterten die Topmanager und warfen noch ein paar weitere *Kapital*-Bände auf das krachende Feuer in ihrem exklusiven, weißen Club mit dem Türschild »Für Juden, Schwarze, Hunde kein Einlaß«.

Ich hatte es satt, darauf zu warten, daß mein Computer aus der Reparatur zurückkäme. Ich beschloß, meinerseits zum Mittel der büropolitischen Intrige zu greifen. Ich schloß Bekanntschaft mit Candy, der Sekretärin für die Reporter und Rechercheure. Sogar ins Kino ging ich mit dem weißen Mädchen – in eine Matinee, um erotischen Verwicklungen und Zufallsbegegnungen mit schwarzen Ex-Freundinnen vorzubeugen (»Was ist los, Mr. Naverton-Absolvent, brauner Zucker ist dir wohl nicht süß genug?«). Kurz und gut, binnen einer Woche hatte ich einen PC auf dem Tisch. Ich klebte unverzüglich einen Malcolm-X-Sticker auf das Gehäuse, damit jeder sah, das Gerät gehörte mir. Es würde ein Kampf werden, es zu behalten.

Arizonas Diskette lag auf einem Bücherregal in meiner Wohnung. Es war eine graue Floppy Disc, Macintosh-kompatibel, ohne Schildchen drauf. Ich überlegte, ob ich sie in meinen Computer stecken sollte, zögerte aber. Ich sah die Floppy nachdenklich an. Wieso hatte Arizona mir das Ding geschenkt? Ich würde sie nie wieder anrufen. Das wußte sie. Ich erinnerte mich an ihr enttäuschtes Gesicht. Ihr knorriges Europäische-Filmschauspielerinnen-Gebiß. Das Zeug über Juden. Jemand neuen kennenzulernen war jedesmal ein Rätsel, in ein Geheimnis gehüllt, das seinerseits in eine 100-Dollar-Rechnung für ein Abendessen gewickelt war. Ich fragte mich, was wohl auf der Diskette wäre.

Marx hätte sie Arbeiterbrigade genannt, Xanexxco nannte sie Springer.

Xanexxco ist, wie bereits erwähnt, die Muttergesellschaft von *National Now!* Um ihre Truppen bei Laune zu halten, hat die Geschäftsleitung von Xanexxco sich ein Programm einfallen lassen, mit dem sie Reporter aus den Redaktionen ihrer kleineren Zeitungen für gute Arbeit belohnt – indem sie sie für ein paar Monate zu *National Now!* schickt. In seltenen Fällen, wenn die Betreffenden gut genug sind, dürfen sie bleiben.

Es ist auf journalistischer Ebene das gleiche, wie wenn man von, sagen wir mal, einem Baseball-Sammelkarten-Tauschverein in eine Profi-Liga geschickt wird.

Manche der Springer legen sich mächtig ins Zeug; schließlich ist es die Chance ihres Lebens, den Absprung aus Hinterbumsdorf, Minnesota zu schaffen, oder wie immer das finstere, inzüchtige Kaff heißt, in dem sie mitsamt ihrer endlos gekreuzten, debilen Verwandtschaft daheim sind. Diejenigen Springer, die sich schon vor langer Zeit damit abgefunden haben, daß sie unbegabt sind, betrachten ihre Zeit bei *National Now!* als eine Art Urlaub und schreiben, wenn's hoch kommt, eine Geschichte im Laufe ihres Aufenthalts. Den Rest der Zeit hauen sie auf die Pauke und haben Sex mit anderen Springern, denen es ebensowenig ausmacht, in ein Leben anonymer journalistischer Mittelmäßigkeit zurückzukehren.

Verdammt. Ein Springer hatte sich auf den Platz mir gegenüber gesetzt. Schlimmer: er hatte mit meinem Computer zu flirten angefangen.

Oh, der Mann war pfiffig. Er hatte im Nu heraus, wie der Hase läuft. Kam ich morgens früh, kam er noch früher und saß als erster am Computer. Machte ich eine kurze Mittagspause, brachte er sich ein Sandwich mit und aß es auf, während er tippte. Ich brachte den Mann nicht von meinem Computer weg. Schließlich klebte er auch noch einen riesigen Garth-Brooks-Sticker auf meinen Computer, direkt neben meinen Malcolm-X-Sticker.

Malcolm X und Garth Brooks? Nein, nein, nein. Das kann er mit mir nicht machen.

Ich beschloß, daß ich meinen Widersacher kennenlernen mußte.

Sein Name war George McMacnamara. Er war groß und weiß und hatte Geruch und Aussehen eines weißbäuchigen Tiefseefisches. Er kam vom *Edina Informer-Republican*.

Einmal ging ich zur Toilette, und er krallte sich meinen PC, obwohl zwei Tische weiter einer frei war. Mir blieb die Spucke weg.

Am nächsten Tag war ich entschlossen, die Sache ein für allemal zu bereinigen. Schließlich gehörte ich zum festen Reporterstamm. Er war nur ein Springer. Ich hatte zu arbeiten, ich hatte stapelweise Geschichten zu schreiben, das Neueste über Boxer-Shorts, Haferkleie, die Wiederkehr der Stimmungsringe.
Aber am nächsten Morgen saß eine brünette Frau auf Georges Platz und lackierte sich die Fingernägel. Mein Stuhl war frei, mein Computer dito.
Ich fragte sie, wo George sei.
»Ich kenne George nicht«, sagte die Frau. »Ich bin eine von den neuen Springerinnen. Ich heiße Sarah Bick, vom *Mooseville Times Pioneer.*«
Ich stellte mich vor.
»Kennen Sie gute Nachtclubs in der Stadt?« fragte sie.
Ich seufzte erleichtert – ich hatte eine Springerin vom Typ B erwischt.

Ich ging zu einem Zeitungskiosk, um mir die *Washington Post* zu holen. Der Araber reichte mir das Kleingeld durch sein Fensterchen. Wieso machen Schwarze nicht solche Buden auf? dachte ich. Fast nie sehe ich Schwarze in diesen Kleingewerbe-Betrieben. Wir Schwarzen als Kollektiv müssen verdammt noch mal endlich unseren Hintern hochkriegen. Ich sah mich um, ob ich noch etwas anderes kaufen wollte. Der Araber beobachtete mich, als hätte er Angst, ich klaue ihm gleich eine Zeitung. Kaum vom Boot geklettert, schon hat er sich die Vorurteile der Weißen zu eigen gemacht. Wir sollten Verbündete sein, nicht Gegner. Ich stöberte weiter. Es gab eine ganze Wand voll Pornomagazine. Eines davon hieß *Die starke Hand vom Land.* Da sind wir also gelandet. Die Tatsache, daß es eine eigene Zeitschrift dieses Titels gibt, bedeutet, daß genügend Leute mit dieser speziellen sexuellen Vorliebe herumlaufen, um eine kleine Redaktion damit zu ernähren. Daneben gab es *Pralle Kehrseiten*, ebenfalls eine Monatsschrift, und *Techniken der Unterwerfung*. Pornographie ist mir ein Buch mit sieben Siegeln. Diese XXX-Filme zum Beispiel. Wieviel mehr nackte Tatsachen kann ein Film mit einem dreifachen X zeigen als ein Film mit einem einfachen X? Bekommt man da Computertomographien zu sehen, Röntgenaufnahmen der Zähne?

Ich nahm die *Washington Post* und schlenderte los, um Sojourners Kolumne aufzuschlagen. Ich staune, wie stark meine Gefühle für eine Frau sind, die ich überhaupt nicht kenne. Es ist wie ein Sog. Sie ist der Mond, ich bin der Atlantik. Gott, was für ein Kitsch. Allein an sie zu denken verursacht mir fast körperlichen Schmerz.

Sojourners Kolumne drehte sich um das Thema Zeit. Die weiße Gesellschaft scheint der Illusion anzuhängen, der Fortschritt wäre ebenso unausweichlich wie der Ablauf der Zeit. Hey, wir schreiben das Jahr 1990, glaubt ihr das immer noch? Interessanterweise ist der Gedanke des historischen Fortschritts eine ziemlich marxistische Idee, aber Amerika scheint sie ins Herz geschlossen zu haben. Die Amerikaner glauben, es sei beschlossenes Schicksal, daß der Rassismus ein Ende haben, alle Krankheiten besiegt werden und die Harmonie aller Völker und Rassen, die Harmonie der Geschlechter und der sexuellen Orientierungen heraufkommen werde. Daß es keine Frage des Ob, sondern nur des Wann sei.

Aber die Zeit an sich ist planlos, argumentierte Sojourner. Der Alltagsmensch weiß das, ohne nachzudenken. Die Leute zeigen auf Bauwerke und sagen: So etwas kann man heute nicht mehr bauen. Union Station zum Beispiel. Sehen sich Filme an und sagen: So etwas kriegt heute keiner mehr hin. Der Fortschritt ist von der Zeit vollkommen unabhängig, die

Dinge werden besser oder sie werden schlechter, aber die Jahre vergehen, ohne sich darum zu scheren. In vielerlei Hinsicht geht es den Schwarzen heute ökonomisch schlechter als noch in den Sechzigern. Amerika verpulvert mit alarmierender Geschwindigkeit seine Ressourcen, verschmutzt in abenteuerlicher Weise seine Seen und Flüsse. Man muß es unter langfristiger Perspektive betrachten. Ist unsere Lebensweise besser als die der Indianer, die im Einklang mit ihrer Umwelt lebten? Ist die Menschheit als Gattung besser als die Dinosaurier, die es immerhin auf Millionen von Jahren auf diesem Planeten gebracht haben? Wir schaffen es womöglich nicht mal bis zum nächsten Monat, falls die Lage am Persischen Golf sich weiter aufheizt. Sogar da, wo es um die Bewahrung von Geschichte geht, sind die Errungenschaften der modernen Gesellschaft marode. Wir brüsten uns mit unseren Computern, mit unserem kostbaren Informationszeitalter. Dabei verrotten schon heute ganze Lager mit Blechkisten voller Magnetbänder, die kein Computer mehr lesen kann, weil die Geräte, die es könnten, allesamt veraltet, kaputt oder irreparabel sind. Dagegen gibt es Bücher aus dem Mittelalter, die man heute noch lesen kann. Ich kommuniziere mit Peter über E-Mail, und unsere Unterhaltungen lösen sich in Luft auf, für die Nachwelt verloren (falls die Nachwelt überhaupt Interesse an unserer Korrespondenz hätte). Auf der anderen Seite gibt es heute noch Briefe, die Byron an seine Geliebten schrieb. Wir leben in einer Zeit der Wegwerfgeschichte. Die Ereignisse addieren sich nicht zum Fortschritt: sie geschehen einfach. Die Zeit bringt nichts an den Tag, rein gar nichts.

Ich setzte mich auf den Bürgersteig und lehnte mich gegen eine Hauswand, völlig starr. Ich fühlte mich wie im Traum, wie in einem Alptraum, aus dem ich verzweifelt aufzuwachen versuchte, aber meine Glieder reagierten nicht. Ich mußte mich auf meine Finger konzentrieren, meine Hände, meine Beine, und sie mit meinem Hirn wieder in Verbindung bringen, wieder unter meine Kontrolle bringen, wenn ich aus diesem Dämmerzustand wieder auftauchen wollte. Ich blieb sitzen. Ich brachte die Verbindung nicht zustande. Ich war ausgepowert.

Da ich nie im Leben jemanden wie Sojourner treffen würde, ging ich mit einem Mädchen von der Firma aus.
Ich weiß, ich weiß. Jeder sagt einem, daß es ein Fehler ist, im Büro Liebeleien anzufangen. Aber diese Frau war nicht in meiner Abteilung. Sie hieß Ntozake Dove, saß in der Telefonzentrale und studierte an der George Washington University. Wir pflegten seit Jahren eine Art telefonischen Flirtkontakt, wann immer sie ein Gespräch zu mir durchstellte. Dann traf ich sie eines Tages rein zufällig im Lift. Ich hörte ihre Stimme und erkannte sie sofort. Live war sie ungefähr so heiß wie der Vierte Juli. Sie hatte eine süße, kleine Nase, ein schmales, lustiges Lächeln und unzählige braune Sommersprossen, die ihr Gesicht sprenkelten wie Kakaopulver, das nicht richtig eingerührt worden ist. Sie hatte ein Taschenbuch unter dem Arm, *Seele auf Eis*. Ich kann es nicht leugnen: Frauen, die belesen sind, möglichst auch noch politically correct, machen mich geil. Zudem trug sie eine Naturkrause, rötlich-braun, kantig geschnitten, oben platt, an den Seiten ganz kurz. Wir verabredeten, irgendwann diese Woche ins Kino zu gehen.

Ntozake und ich sahen uns Spike Lees *Mo' Better Blues* an, und es kam diese Szene, wo Joie Lee, Spikes schwarze, schöne, naturkrause Schwester, aus dem Bett steigt und ihr die Haare grandios in alle Richtungen abstehen. Für mich sah sie hinreißend aus. Himmel, ich hätte sonstwas dafür gegeben, neben ihr im Bett aufzuwachen. Aber wir sahen den

Film im Südosten von Washington, im schwarzen Teil der Stadt, und, du glaubst es nicht, die schwarzen Männer und Frauen im Publikum johlten über Joies Haare! Sie lachten sie aus, weil sie einen für ihren Geschmack lächerlichen Krauskopf aufhatte! Ntozake und ich verloren kein Wort über das Gelächter um uns herum. Ich beschloß, daß das Thema für den ersten gemeinsamen Abend zu heikel war, aber die Reaktion der Leute kotzte mich an. Malcolm X hat mal gesagt, die Schwarzen sollten sich lieber darum kümmern, was sie im Kopf haben, als um das, was oben drauf ist. Das ist mir aus der Seele gesprochen.

»Ich mußte weinen, als ich dieses kuwaitische Mädchen im Fernsehen sah«, sagte Ntozake, als wir vom Kino zum Auto gingen. »All diese Babies, die jetzt keine Brutkästen mehr haben.«

Wahrscheinlich gibt es mehr Babies ohne Brutkästen im Bezirkskrankenhaus von Harlem als in ganz Kuwait.

»Da hast du auch wieder recht«, sagte Ntozake.

Ich öffnete ihr die Beifahrertür meines Wagens. Als ich auf die Fahrerseite herumgegangen war, hatte sie mir die Tür von innen aufgemacht. Vielsagende kleine Aufmerksamkeit.

Kuwait hat zwei Millionen Einwohner, und nur siebenhunderttausend davon haben den Status von Bürgern, sagte ich und ließ den Motor an. Sie importieren Frauen von den Philippinen und lassen sie Arbeitsverträge in arabischer Sprache unterschreiben, in denen drinsteht, daß sie die ersten sechs Monate umsonst arbeiten müssen und das Land nicht ohne Erlaubnis ihres kuwaitischen Arbeitgebers verlassen dürfen.

»Das wußte ich alles gar nicht.«

Ntozake wohnte im Südosten. Es war keine angenehme Wohngegend. Jugendliche Streuner in teuren Jacken trieben sich auf der Straße herum, auf der Suche nach Ärger, sagten zu Drogen einfach ja. Junkies und Loser schlüpften in Hauseingänge, die mit Brettern vernagelt waren. Überall waren die Fenster vergittert. Freiwillig vergitterte Fenster. Gesetzestreue Bürger mußten sich selber unter Hausarrest stellen, um sich vor Leuten zu schützen, die ins Gefängnis gehörten. Ich brachte Ntozake zu ihrer Tür. Ich mochte sie, aber ich hatte auch Vorbehalte. Sie war im vierten Semester an der George Washington University. Erst sagte ich mir, na gut, schaukle ich eben die Wiege. Fand die Vorstellung gar nicht mal übel. Aber dann erzählte Ntozake, sie sei achtundzwanzig Jahre alt. Sie hatte einfach ziemlich spät mit dem Studium angefangen. Kaum hatte ich das erfahren, regte sich ohne Zutun meines Willens der reinste Akademikersnobismus in mir. Hey, ich bin ein Naverton-Mann. War sie gut genug für mich? War sie intelligent genug? Ich wollte keine dummen Kinder. Es wäre ein Alptraum, wenn eines meiner Kinder heimkäme, das Zeugnis voller Dreien, in sämtlichen Fächern von Turnen bis Plastilin-Kneten, mir in die Augen sähe und sagte: »Dad, ich hab gegeben, was ich konnte! Ach, Dad, noch was, wie geht man mit Nitroglycerin um?«
Ntozake und ich standen vor ihrer Tür. Sie hatte kleine Ohren, die wie Brokkoli-Röschen aus ihrem Kopf sprossen. Ich fragte mich, ob ich mich jemals an diese Ohren gewöhnen könnte. Im Idealfall sollten Körperteile nicht wie Gemüse aussehen. Hmm. Vielleicht wollte die Kuratorin, die ich für meine Riesengemüse-Story interviewt hatte, eine Ausstellung zu dem Thema machen: »Und hier, meine Damen und Herren, sehen Sie eine weibliche Entgegnung auf das Kartoffelmännchen – Bodenfrucht und Leibesimago, von Matisse bis Botero«.

Ntozake umarmte mich und sagte: »Nächstes Mal mußt du zu mir kommen. Und ich koche uns was.«

Meine Schwester Bethune raubte mir wieder mal den letzten Nerv.
Sie ist meine einzige Schwester. Vor sechs Jahren hat sie in Yale ihren Abschluß gemacht, mit *summa cum laude*. Was tut sie heute? Sie arbeitet bei Macy's als Parfümspritzerin. Geh in die Parfümerie-Abteilung, und da siehst du sie stehen, umringt von Frauen mittleren Alters, die an ihren Handrücken schnüffeln. Bodenlose Bildungsverschwendung, wenn du mich fragst – Himmel, du kannst fragen, wen du willst.
Und ihre Bildung ist nicht das einzige, was sie verschwendet. Sie ist verlobt – verlobt! – mit einem Kerl namens Professor Ice. Sein profaner wirklicher Name ist Edwin Mueller. Und Vorsicht, ein echter Professor ist er auch nicht, er ist ein Rapper. Bildet er sich jedenfalls ein. Alle paar Wochen erzählt sie mir, es ist aus, sie haben sich getrennt, aber dann kommen sie doch jedesmal wieder zusammen.
Und habe ich schon erzählt, daß dieser rappende kleine Scheißer weiß ist? Ein weißer Rapper, der sich einbildet, ein Schwarzer zu sein. Und dieser hirnrissige Möchtegern ist der Lover meiner allereinzigsten Schwester. Ich drehe durch, wenn ich mir die beiden zusammen vorstelle. Weiße Männer und schwarze Frauen sind zu verschieden. Sie sind durch zuviel Geschichte und leidvolle Erfahrungen voneinander getrennt, um jemals die Intimität zu erlangen, die wahre Liebe erfordert. Wenn du als schwarze Frau mit einem weißen Mann zusammen bist, kannst du nicht von der Arbeit nach Hause kommen, deine Pumps in die Ecke schmeißen und dir von deinem Liebsten die Füße massieren lassen, während du dich bitter beklagst, daß irgendein nichtswürdiges Bleichgesicht auf den Posten befördert worden ist, der dir zugestan-

den hätte; denn dein Liebster benutzt Lichtschutzfaktor 15, genau wie der andere auch. Es wird immer eine Erfahrungs- und Verständnisbarriere zwischen euch geben, die nicht zu überwinden ist – und die Überwindung der Barrieren, das Aufbrechen der verschlossenen Türen, der Aufbau einer echten Partnerschaft ist doch das einzige, worum es in einer Beziehung geht. Nicht, daß ich selber irgendwann im Verlauf der letzten hundert Jahre eine Beziehung gehabt hätte. Aber nichtsdestotrotz, es wollte mir nicht in den Kopf, daß jemand, der im selben Haus aufgewachsen ist wie ich, sich hergeben konnte für einen von den Leuten, gegen die wir uns tagtäglich mühsam auflehnen müssen.

Mein Vater und meine Mutter vertraten in dieser ganzen Sache eine merkwürdige Nichteinmischungs-Politik. Sie hatten es immer vermieden, uns in den Kleinkram des Lebens hineinzuregieren. Sie fanden, sie hatten uns ordentlich großgezogen, uns ein Mittelklasse-Heim mit Kabelanschluß geboten, mir ein Naverton-Studium und Bethune ein Yale-Studium finanziert, und was danach käme, das sei allein unsere Sache. Ich erinnere mich, wie Bethune und ich uns zu Teenagerzeiten erbitterte Wortgefechte lieferten, weil sie Stunden und Aberstunden im Badezimmer verbringen konnte, um sich die Haare zu entkrausen. Warum konnte sie ihren Schopf nicht einfach waschen und fertig, genauso wie ich? Meine Eltern weigerten sich, Partei zu ergreifen, und ließen uns die Sache unter uns ausmachen. »Wir können nicht eure Schlachten schlagen«, pflegte Mom zu sagen, obwohl meine Eltern immer da waren, wenn ich einen Krieg zu verlieren drohte. Meine Eltern sind beide Anwälte und haben diese juristisch-entropische Weltsicht, die in dem festen Glauben kulminiert, am Ende lande jeder auf einer juristischen Fakultät. Alles andere sind nur Phasen, meine Journalistenkarriere und Bethunes Flirt mit Ice und Macy's eingeschlossen.

Wie auch immer, ich sah also auf einen Sprung bei Bethune vorbei, als sie und Ice angeblich mal wieder getrennt waren. Um genau zu sein, suchte ich sie mit dem Hintergedanken auf, ich könnte vielleicht bei ihr einziehen und ihre Bude als Operationsbasis nutzen, solange ich auf Wohnungssuche war.

Und nun rat mal, wer mir die Tür aufmacht? Ice, ohne Hemd, ohne Hose – dafür in einem Paar Boxer-Shorts von mir.

Was hast du in meinen Boxer-Shorts zu suchen?

»Du tickst nicht im Takt, Nigger«, sagte Ice in seinem Hip-Hop-Schleimer-Ton. »Die hat Bethune mir geborgt und Ende.«

Die gehören mir. Ich habe sie hiergelassen, als ich das letzte Mal über Nacht da war. Ich will nicht, daß du meine Sachen anziehst. Was weiß ich, wo du dich rumtreibst.

»Bei deiner Schwester, du knickriger Dagobert. Wenn du deine Boxers willst, zieh ich sie eben aus. Das Scheißteil zwickt sowieso.« Er machte Anstalten, sie auszuziehen.

Laß gut sein. Ich hole sie mir ein andermal. Wo ist Bethune?

»Bethune, Schnecke! Dein Bruder!« brüllte Ice und kratzte sich im Schritt.

Professor Ice, weißhäutig, rothaarig und grünäugig, sagt von sich selber gern, er sei ein schwarzer Mann, der in einem weißen Körper gefangen ist. Er sagt es dermaßen gern, daß ich ihm gern ein paar aufs Maul geben würde, aber der Kerl ist so stämmig und muskulös, daß ich es mir zweimal überlege, ob ich mich auf Tätlichkeiten mit ihm einlasse, denn es könnte sein, daß ich selber den einen oder anderen Kratzer abkriegen würde, wenn ich ihm die verdienten Prügel verpaßte. Ice ist in D.C. aufgewachsen, hing aber ständig mit schwarzen Kids herum, was seine Eltern, soviel ich weiß, durchaus guthießen. Er versuchte sich eine Weile auf dem »weißen« Weg, schaffte es sogar bis zum fünften Semester Mikrobiologie in Yale, brach dann aber ab, um eine Rapper-Karriere anzutreten. Er ist erst zwanzig Jahre alt – ein ausgesprochen unreifer Zwanziger noch dazu – und viel zu jung für meine Schwester. Er stelzt durch die Gegend wie ein Original-Gangster aus dem tiefsten Ghetto, einen Arm steif am Leib, den anderen vor sich her schwingend. Imitiert den Gang, imitiert den Talk. Bethune und Ice haben sich bei einem Spendensammel-Kaffeekränzchen der Black Muslims kennengelernt (meine Schwester schnupperte nach dem College an der islamischen Religion, und Ice begann seine Nase in Afrozentrismus und die Schönheit der schwarzen Frau zu stecken) und sind, zu meinem Entsetzen, seitdem mehr oder weniger liiert. Ice hat in seinem Leben noch keinen Job gehabt. Er läßt sich von meiner Schwester aushalten, der verdammte Schnorrer. Nicht mal sein Rap taugt was. Er macht Gangsta Rap, in dem in der Hauptsache Nonnen vergewaltigt, Waisenkinder für ein Paar Air Jordans gekillt, bedrohte Tierarten abgeschlachtet und dergleichen mehr antisoziale Praktiken ausgeübt werden.

»Ich lande bald den Mega-Deal, Mann, den Mega-Deal«, sagte Ice, der immer noch kein Hemd, aber gottlob inzwischen Jeans in Über-Übergröße anhat. Außerdem hatte er eine Malcolm-X-Kappe aufgesetzt. »Ich muß bloß cool bleiben und das Ding durchziehen, verstehst du? Willst du meinen neuen Rap hören?«

Muß nicht sein.

»Fuck you. Natürlich willst du.« Ice schloß die Augen. Während er rappte, fuchtelte er nach einem imaginären Beat in der Luft herum, wobei er mit den Händen gleichzeitig die Wörter zu formen und Kung-Fu-Übungen zu machen schien.

»Geilheit, Sex / Fick und Scheck / vor und zurück fick dich dick / Nouvelle Cuisine / Aladin / Ramm meine Stoßstange in deinen Kamin / Analsex / Tyrannosaurus Rex...«

Ist gut, die Grundidee kommt rüber, unterbrach ich ihn. Es hat was mit Geschlechtsverkehr zu tun, stimmt's?

Er schlug die Augen auf und schnaubte verächtlich, »so ähnlich«.

Na ja, du kennst meine Meinung zu all dem weißen Hip-Hop-Kram. Es steht euch nicht zu, unsere Kultur auszuschlachten.

»Was meinst du mit ›unsere‹ Kultur? Ich weiß mehr über Hip-Hop-Geschichte als du. Nenn mir einen einzigen Song von Afrika Bambaataa. Oder sag mir den Text von ›Rappers Delight‹. Ich hab die Scheiße *studiert,* Mann.«

Kann ja sein, aber dein Rap nervt. Es ist gequirlte Scheiße, weiter nichts.

»Gequirlte Scheiße? Ihr könnt mich alle mal«, sagte Ice und raufte sich die Stoppelhaare. »Leg doch deinen John Cougar Mellencamp auf oder was du sonst für 'n Schrott hörst mit deinen lahmen, weißen Kumpels. Wenn meine Rapbombe einschlägt, werden ein paar Nigger reichlich blaß aussehen, das kannst du mir glauben. Echt, Mann.«

Ich stand von meinem Stuhl auf und ging zur Stereoanlage hinüber. Neben dem Bücherregal, das mit CDs vollgestopft war, lagen drei unordentliche Stapel etwas angestaubter Schallplatten. Meine Schwester hört kaum Musik, außer vielleicht ein bißchen Jazz, also gehörte der ganze Kram wahrscheinlich Ice. Ich sah die Plattenstapel durch und zog einzelne Alben heraus.

Sieh dir das Zeug an, von dem du behauptest, du hättest es studiert, sagte ich und hielt eine Platte hoch. Auf dem Cover war eine Frau abgebildet, die sich einen Revolverlauf bis zum Anschlag in den Hals schob. Nichts als Zuhälter und MPs und Gangster. Das ist nicht die Welt der Schwarzen. Diesen Müll verbreiten die Medien über uns, und dann bildet ihr euch alle ein, uns zu kennen. Wieso rapst du nicht von was Positivem, von der ersten schwarzen Astronautin im All, oder von Kwanzaa oder sonst was?

»Weil das dem schwarzen Schwanz am Arsch vorbeigeht. Das hier ist echtes Leben, Nigger, kein Sonntagskiffer-Kwanzaa-Scheiß, keine Club Med, Carnival Cruise, pseudojüdische-Fernsehansagerin-tanzt-sich-den-Arsch-ab-Veranstaltung. Nigger werden jeden Tag von Rollkommandos aus ihren Schrottkarren gezerrt und all die Scheiße, das ist es, worüber ich rappe. Realität.«

Hör zu, ich ertrage es nicht, wenn du das Wort ›Nigger‹ in den Mund nimmst. Du bist nicht mal schwarz.

»Mich kannst du ruhig Nigger nennen, wenn du willst. Ist mir eine Ehre.«

Aber du bist kein Nigger. Der weiße Flachkopf blickt das einfach nicht. Das ist doch der Punkt – die Wörterbücher sind alle von weißen Männern mit grauen Perücken geschrieben, und die haben haargenau aufgepaßt, daß nicht ein Wörtchen übrigblieb, das wir zurückbrüllen können, nachdem ihr uns Bimbo und Buschkarnickel und Mohrenkopf und Schuhcreme und Teerbaby und Dachpappe und Nigger und was noch alles genannt habt.

»Indem du das Wort Nigger rapst, holst du es dir zurück, das ist der ganze Deal«, sagte Ice. »Hör doch auf, Mann. Warum regst du dich nicht über die Paten-Filme auf? In dieser Corleone-Scorsese-Scheiße steckt genauso viel Gewalt wie in dem, was wir Gangsta Rapper machen. Aber wir kriegen Ärger und die Oscars.«

Für Weiße mag Gewalt Unterhaltung sein. Für uns ist es ein Luxus, den wir uns nicht leisten können. Jedenfalls nicht jetzt.

Ice plumpste jauchzend ins Sofa und streckte die Beine weit von sich. »Mann, du verstehst nicht mal deine eigene Kultur. Das ist dein Problem. Nicht ich.«

Nun hatte ich aber endgültig genug. Ich hatte nicht die geringste Lust, meinen Status als Schwarzer im weißen Amerika mit Ice zu erörtern. Wen interessierte es überhaupt, was er sagte? Anmaßender Hohlkopf. Ich war zu erledigt, um das Thema auszudiskutieren, ich hatte nicht mal ein Dach über dem Kopf. Der Witzbold machte mich krank. Ich ließ Ice sitzen und ging ins Schlafzimmer zu Bethune, die sich gerade anzog. Ich schloß die Tür hinter mir.

Ich dachte, du hast diesen Idioten vor die Tür gesetzt.

»Laß mich in Frieden, Thurgood«, sagte Bethune und hakte sich den BH zu. »Laß mich einfach in Frieden, ja? Außerdem könntest du ruhig anrufen, bevor du bei mir hereinschneist, und anklopfen, bevor du in mein Zimmer stürmst.«

Ja, ja, ja, sagte ich und setzte mich aufs Bett, während sie sich weiter anzog. Was findest du bloß an dem Kerl? Er ist ein zwanzigjähriges Kind, das sein Selbstwertgefühl an seinem Nintendo-Punktestand mißt!

»Du kannst ihn bloß nicht ausstehen, weil er von der Straße ist.«

Ja, von der Sesamstraße. Wenn es schon einer von der Straße sein muß, warum dann nicht von der Wall Street? Oder wenigstens von der Main Street? Hast du in Yale studiert, um dich diesem Loser an den Hals zu werfen?

»Willst du vielleicht, daß ich zu Swen zurückgehe?«

Wenigstens hat Swen nicht getan, als ob er irgendwas anderes wäre als ein Schwede. Wenn dein weißer Lover Ice noch einmal das Wort Nigger in den Mund nimmt...

»Weißer Lover? Weißer Lover? Nun mach aber mal 'nen Punkt. Wer hatte denn in seinem ersten Semester in Naverton eine weiße Freundin?«

Amy Miyamoto war nur fünfzig Prozent weiß. Ich bin noch nie mit einer Hundert-Prozent-Weißen zusammengewesen.

»So eine bodenlose Lüge. Du gehst ständig mit weißen Mädchen aus.«

Ausgehen ist nicht das gleiche wie zusammensein. Und mit einem weißen Mann zusammenzusein ist etwas anderes als mit einer weißen Frau zusammenzusein. Weiße Männer sind die Unterdrücker...

»Ach, und was sind weiße Frauen – die Friedenstauben, ja? Was für eine sexistische Doppelmoral.«

Wo soll hier Doppelmoral sein? Wenn du anfangen willst, mit weißen Frauen auszugehen, ich hab nichts dagegen.

Sie winkte angewidert ab. »Laß mich einfach in Frieden mit Ice. Ich brauche das in meinem Leben. Frauen machen Dinge durch, von denen Männer keinen blassen Schimmer haben.« Sie kehrte mir den Rücken, setzte sich vor den Spiegel und fing an, sich das Haar zu bürsten. Ich wußte, daß das ein Weilchen dauern würde. Ich legte mich aufs Bett und versuchte zu entspannen. Durch die geschlossene Schlafzimmertür hörte ich Ice seine Raps absingen; die Texte konnte ich nicht verstehen.

Ich mußte eine neue Bleibe finden. Leider war ich denkbar schlecht gerüstet für die Wohnungssuche. Als *National Now!*-Reporter hatte ich den Blick auf die nationale Szene gerichtet. In Washington, D.C. kannte ich mich etwa so gut aus wie auf dem Mond. Mein Gott, ich brauchte einen Stadtplan, um das Weiße Haus zu finden.

Billig. Hauptsache billig, dachte ich immer noch. Also dachte ich an den Südosten. Das erste Appartement im Südosten, das ich mir ansah, hatte an der Stelle, wo das Bett stehen sollte, eine weiße Kreidelinie auf dem Boden, die Umrisse eines menschlichen Körpers.

»Kids«, sagte der Vermieter.
In der nächsten Wohnung fand ich scharfe Munition auf dem Teppich.
»Wissen Sie, was? Über diese Patronen habe ich was gelesen«, sagte der Mann von der Hausverwaltung, indem er eine der Kugeln genauer inspizierte. »Ich dachte, so was hat bloß die Army. Diese Babies sind hohl – wenn die in ein Körperorgan einschlagen, EXPLODIERT es!« Er ließ die Kugel in seine Hemdtasche gleiten. »Und wann wollen Sie einziehen?«

Aus irgendwelchen Gründen hing in der Eingangstür des Nebraska Fried Chicken ein »Geschlossen«-Schild, aber da die Tür offenstand und ich hungrig war, trat ich ein. Ich war dort, weil ich mit Professor Ice' siebzehnjähriger Schwester Eboni sprechen wollte. Anders als ihr Bruder Ice war Eboni rein afroamerikanisch. Ice' schwarzenfreundliche Familie hatte sie adoptiert, als sie zehn war, aber vier Jahre später war sie abgehauen, und niemand – weder Anwälte noch die Jungs von der Adoptionsvermittlung, noch Ice – hatte sie bewegen können, wieder zurückzukommen. Keine Frage, Eboni hatte Haare auf den Zähnen – ganz abgesehen davon, daß sie nicht auf den Mund gefallen war. Sie wohnte allein im Südosten und hielt sich mit einem Job als Kassiererin in einem Nebraska Fried Chicken über Wasser, gleich um die Ecke von ihrer Wohnung. Es war ein ziemlich schäbiges Fastfood-Restaurant – Nebraska und Brathähnchen sind zwei Dinge, die normal gepolte menschliche Wesen nicht miteinander in Verbindung bringen würden. Man hat mir erzählt, der Besitzer der Kette sei ein Multimillionär aus dem Mittelwesten mit einer Schwäche für junge Mädchen, die als Hühnchen verkleidet sind. Der Aufbau einer Fastfood-Kette mit dem Themenschwerpunkt Geflügel erlaubte ihm, seinen

Fetischismus auf eine Weise auszuleben, die ebenso legal wie lukrativ war. Bethune und Ice lagen mir ständig in den Ohren, ich solle mit Eboni reden und sie dazu bringen, ihren sinnlosen Hähnchen-Job aufzugeben und nach Hause zurückzukommen. Ich hatte den Versuch, Eboni von irgend etwas zu überzeugen, schon vor einer Weile aufgegeben. Der einzige Grund, warum ich sie immer noch ab und an besuchte, war die Aussicht auf ein Gratis-Mittagessen.

»Kannst du nicht lesen?« sagte Eboni, als ich auf die Theke zumarschierte. »Auf dem Türschild steht ›Geschlossen‹. Das heißt soviel wie ›nicht geöffnet‹. Der nächste Ton, den ich hören will, ist das Bip-bip-bip der Lichtschranke, wenn du deinen Analphabeten-Hintern wieder nach draußen bewegst.«

Rein äußerlich war Eboni keine Offenbarung. Sie war eine ausgesprochene Ghetto-Braut. Große goldene Ohrringe, glattes, schulterlanges Haar, das sie unter die gelbe, hühnerschnabelförmige Nebraska-Fried-Chicken-Dienstmütze gestopft hatte, und viel zu roter Lippenstift – für ein Mädchen, das noch zur High School ging. Sie wirkte so erwachsen und unreif zugleich. Ich fragte mich immer, wo sie wohl mal enden würde. Wahrscheinlich barfuß und schwanger von einem Kerl wie Ice, nur schwärzer.

Kannst du mir nicht ein Nebraska-Fried-Hühnerbein oder so was geben?

»Die Hähnchenschenkel sind alle. Außerdem heißen wir nicht mehr Nebraska Fried Chicken, sondern NFC.«

Na so was, klassischer Image-Schachzug, den Namen ändern, aber das Produkt beibehalten. Oder steht NFC jetzt für irgendwas anderes?

»Ja – No Fucking Chicken«, sagte sie. »Hier hast du einen Apple Pie. Vorsicht: Füllung ist heiß. Und jetzt mach die Fliege.«

Sie gab mir einen Dollar Wechselgeld – obwohl ich gar nichts bezahlt hatte. Auf der Rückseite des Scheins, direkt über dem leicht gruseligen Pyramidensymbol mit dem Auge auf der Spitze, stand geschrieben: »Hilfe – hier läuft ein Überfall – Gruß, Eboni.« Ich realisierte plötzlich, daß wir beide die einzigen im ganzen Lokal waren.
Äh, danke.
Sie lächelte verkrampft, auf ihren Zähnen glänzte Lippenstift.
Ich ging zur Tür hinaus, um die Polizei zu rufen – und wurde von drei Beamten überwältigt.

Du warst erstaunlich ruhig für den Streß.
»Na ja, was willst du, wir sind hier im Südosten von D.C., Dschungel-Kiez. Ich bin so was gewöhnt.«
Inzwischen hatten sie das Lokal tatsächlich für den Rest des Tages geschlossen. Es hatte eine geschlagene Stunde gedauert, bis die Bullen herausgefunden hatten, daß es sich bei dem schwarzen Mann, dem sie zu dritt Handschellen angelegt hatten – meiner Wenigkeit –, nicht um die Person handelte, die das Restaurant überfallen hatte. Nachdem sie aus unerfindlichen Gründen meinen Apple Pie konfisziert hatten, stürmten sie das Lokal und nahmen den richtigen Täter fest: einen HIV-positiven Junkie, der, wen wunderte es, nicht krankenversichert war (das jedenfalls kreischte er in einem fort, während die Bullen ihm die Handschellen anlegten). Sie brachten ihn in einem Krankenwagen fort. Ich fand es einigermaßen tragisch, daß der arme Tropf ein Verbrechen begehen mußte, nur um ärztliche Hilfe zu bekommen.
»Es war ein Alptraum«, erzählte Eboni mir. »Der Kerl biß sich die Lippe auf, leckte das Blut ab und drohte, er spuckt uns an, wenn wir nicht die Kasse ausleeren.«
Hoffentlich bist du nicht in der Putzkolonne.

»Das Blut macht uns weniger Kopfschmerzen. Das Problem sind die Schlagzeilen«, sagte Eboni. »Die Zentrale sucht sowieso dauernd Gründe, die Filialen mit schwarzen Geschäftsführern dichtzumachen. Und ich brauche diesen Job.«
Du hast mehr getan, als irgend jemand von dir verlangen kann, indem du diese Dollarnoten ausgegeben hast. Sie sollten dich zur NFC-Angestellten des Jahrtausends küren.
»Ach ja? Dann stell dir mal folgendes vor – während des Überfalls, als die anderen Angestellten alle im Hinterzimmer ihre Habseligkeiten rausrücken mußten, sind hier vier Kunden reingekommen, dich nicht mitgezählt. Jedem von ihnen hab ich einen Dollar mit Hilferuf in die Hand gedrückt. Der erste rief die Bullen. Und die nächsten drei Idioten riefen beim IBC-Radio an und ließen sich zu Howard Stern durchstellen. Ich sag's dir, es ist echt kein Spaß, im Südosten zu leben.«

Vielleicht war der Südosten doch nicht das Richtige für mich. Ich beschloß, etwas mehr Geld auszugeben, auch wenn ich knapp bei Kasse war.
Die nächste Wohnung, die ich besichtigte, war ein Einzimmer-Apartment in Georgetown. Die Miete war in Anbetracht der Größe und der Lage moderat.
Sie haben ja jede Menge Kakerlaken-Köder ausgelegt, sagte ich.
»Wir haben jede Menge Kakerlaken«, sagte der Mann, der mir die Wohnung zeigte.

Ein einziger Tag blieb mir noch in meiner Luxuswohnung mit ihrer Einbauküche, ihren begehbaren Schränken und ihrer nichtexistierenden Miete. Erste Visionen suchten mich heim, wie ich durch die Straßen wanderte, obdachlos, meine ganze Habe in einem Koffer, wie ich mich bei McDo-

nald's auf dem Klo rasierte und bedürftigen Schwangeren, die meine Wege kreuzten, bei der Geburt ihrer Kinder beistand... und dann tauchte ein alter Freund aus dem College auf. Er hatte soeben sein WG-Zimmer aufgegeben, um eine Südamerika-Reise anzutreten, mit einem dieser Stipendien, die faulen, reichen, weißen Menschen immer hinterhergeworfen werden. Er sagte, ich könnte morgen in sein Zimmer einziehen.
Die Aussicht, in einer Wohngemeinschaft zu wohnen, berauschte mich nur mäßig, aber meine Galgenfrist war abgelaufen. Ich nahm sein freundliches Angebot an, wünschte ihm Glück für Südamerika und behielt nach Zahlung der ersten und letzten Monatsmiete sowie einer Kaution eben noch genug übrig, um mir zum Einzug einen Festschmaus bei Sizzler zu gönnen.

Die Wohngemeinschaft residierte in einem riesigen, dreigeschossigen Haus aus rotem Sandstein in Adams Morgan, dem In-Viertel der Stadt. Adams Morgan war ein multikultureller Stadtteil, es wimmelte von äthiopischen und mexikanischen Einwanderern, afghanischen und indischen Restaurants und mittellosen Existenzen unterschiedlichster rassischer Provenienz. Die Gegend schien vom Schlimmsten, was Washington zu bieten hatte, abgeschnitten: sowohl von der Straßenkriminalität als auch von der Reagan-Revolution. Frauen joggten bis spät in die Nacht hinter winzigen, sweater-behosten Hündchen her; Liebespaare undefinierbaren Geschlechts stellten ihre androgynen Affekte auf Parkbänken zur Schau. Die Yuppies hatten Adams Morgan schon entdeckt, es aber noch nicht vollkommen verseucht. Die Vermieterin des Hauses war eine gewisse Helga DeSnoghass, die nach Neuengland übersiedelt war, um ein Buch zu schreiben. Keiner der Bewohner hatte sie persön-

lich kennengelernt. Die jeweiligen Mieter schickten ihre Mietschecks einfach zum Monatsersten an eine Postfachadresse in Hull, Massachusetts.
Meine neuen Wohngenossen waren lauter junge, berufstätige Leute, die sich auf irgendeinen persönlichen oder moralischen Kompromiß eingelassen hatten, um, so hofften sie, die Karriereleiter hochzuklettern. W. W. Gallant arbeitete als Redenschreiber im Weißen Haus. Da er schwarz war, fühlte er sich bemüßigt, am Ende praktisch jeden Satzes darauf hinzuweisen, daß er bloß deshalb für die Republikaner arbeite, um »Kontakte zu knüpfen«. Sarah Jacobs, eine weiße, jüdische Liberale, hatte einen Magister in Politologie, aber da ihre Partei nicht an der Regierung war, verdingte sie sich als Sekretärin, bis die Demokraten im Weißen Haus wieder an die Macht kämen oder die Engländer Amerika zurückeroberten – je nachdem, was zuerst passierte. Und schließlich war da Guy Upwharton, seines Zeichens ein stinknormaler, vanilleweißer, männlicher Republikaner. Guy war Feuer und Flamme für den sich abzeichnenden Krieg im Nahen Osten; ideologisch war er etwa so flexibel wie ein Spielzeugsoldat aus Hartplastik. Am Wochenende tat er Dienst als Army-Reservist, unter der Woche arbeitete er als Bar-Keeper, und im übrigen wartete er ungeduldig auf die Chance, nach Übersee zu kommen und einem Feind in den Arsch zu treten, respektive, besser noch, einen Feind abzuknallen. Ich würde lernen müssen, mit diesen Leuten auszukommen.

An meinem zweiten Abend in meinem neuen Zuhause kam Guy spät von einer Kneipentour zurück. Ich saß im Wohnzimmer und versuchte meine typische Magengeschwür-Laune mit der Lektüre von Anne Sextons *45, Mercy Street* zu besänftigen.

Doch Liebe dringt mir ins Blut,
wie eine Infusion,
tröpfelt ein ihre kleinen weißen Teilchen.

Wen wundert es, daß Sextons suizidschwangere Zeilen meine Stimmung auch nicht aufzuhellen vermochten. Ich schlug das Buch zu, um zu sehen, was Guy noch vorhatte. Er hatte eine Frau mitgebracht. Sie hatte Brüste von der Größe und Form kleiner Fernsehapparate. Ich fragte mich, was für einen Empfang die Dinger wohl hatten.

»Thurgood, darf ich vorstellen, Janice«, sagte Guy. »Janice, darf ich vorstellen, Thurgood, mein neuer Mitbewohner.«

Janice kicherte. Ich schüttelte ihr die Hand.

Ich fragte sie, was sie so mache.

»Janice arbeitet bei Greenpeace«, antwortete Guy für sie.

Tut mir leid, aber politische Mischehen sind einfach nicht mein Ding. Stimmt schon, ich hätte versuchen sollen, meinem neuen Wohngenossen nicht gleich in den Rücken zu fallen, aber ich konnte mich nicht zurückhalten.

So launig wie möglich, aber doch in einem Ton, der keinen Zweifel an meiner politischen Einstellung ließ, fragte ich Janice, was sie mit einem Republikaner wolle, mit einem Mann, der der Meinung war, ein paar Brocken Delphinfleisch verbesserten den Geschmack von Dosenthunfisch.

Sie hatte keine Chance zu antworten. Guy warf mir einen grimmigen Blick zu und ging mit seiner Nachtwärmflasche stracks die Treppe hinauf.

Unglücklicherweise lag sein Schlafzimmer im zweiten Stock, direkt über meinem. An diesem Abend hörte ich sein Bett ächzen und stöhnen. Die Schreie der Frau hörten sich an wie Walgesänge.

Ich haßte Guy. Er war mir zu schneidig und zu blond und zu

blauäugig. Wie ein kolorierter Nazi-Propagandafilm kam er mir vor. Nur seine Beine waren zu kurz. Wenigstens das.

Also ging ich mit W. W. aus. Wir zogen um die Häuser und machten einen drauf – ein richtiger Männerabend. Wir saßen in einer kleinen Café-Bar in Adams Morgan. Ein angenehmes Lokal mit einem Mann am Klavier, der Jazz-Standards herunterklimperte.

»Ich bin kein Republikaner-Arsch«, sagte W. W.

Warum arbeitest du dann für die Republikaner? Warum machst du dich für die Weißen krumm?

»Ich mache mit, aber deswegen gehöre ich noch lange nicht dazu. Ich habe vor, ein paar Jahre für sie zu arbeiten, um eine Reihe Kontakte aufzubauen, und dann tschüs.«

Mit anderen Worten, du wirst für Bush arbeiten. Du wirst für seine Redenschreiber ein paar Formeln drechseln, die sich wie Ohrwürmer bis in die hintersten schwarzen Ghettos durchwühlen, und dann, wenn du ganze Stadtviertel voll schwarzer Wirrköpfe von der Marke Luther Pinpoint gestiftet hast, machst du die Biege zu den Demokraten.

»Hey, vor General Pinpoint habe ich Achtung. Er war ein hervorragender Militärrichter, und jetzt ist er ein Vier-Sterne-General. Das ist einer von uns, der sich in eine Spitzenposition hochgearbeitet hat. Ist doch eine Wonne, das zu sehen.«

Also komm, ich sehe ihn dauernd im Fernsehen, wie er gegen die Quotenpolitik für Minderheiten vom Leder zieht, obwohl es dieselbe Quotenpolitik war, die ihn überhaupt erst in seinen Führungssessel gehievt hat. Für mich gehört er in einen Topf mit Onkel Tom und all den übrigen Aunt-Jemima- und Uncle-Ben's-weißer-Reis-Typen. Er hat sich verkauft.

»Nein, da täuschst du dich bei Pinpoint. Aber egal – was

mich angeht, ich weiß schon, wo ich hingehöre. Sobald ich mir bei den Republikanern eine hübsche Vita gezimmert habe, fange ich bei den Demokraten einen richtigen Job an.«
Und du machst dir keine Sorgen, als Wendehals abgestempelt zu werden?
»Wir sind in Washington«, sagte W. W. »Eines mußt du dir über Washington klarmachen. Washington produziert keinen Stahl, es hat keine Elektronikindustrie, es dreht keine Filme und es liefert keine Kernenergie. Das einzige, was Washington produziert, sind Nachrichten. Wenn du das mal begriffen hast, bist du auf dem besten Weg, Washington zu begreifen.«
Hey, ich bin Journalist, ich kenne mich ein bißchen aus.
»Na ja, das ist jedenfalls meine Erfahrung. Es gibt keine Republikaner, es gibt keine Demokraten. Parteizugehörigkeit kannst du vergessen. Erfolg ist das, was zählt. Es gibt hier nur drei Arten von Leuten – Leute, die Schlagzeilen machen, Leute, die Schlagzeilen schreiben, und Leute, die Schlagzeilen lesen. Es ist eine Nahrungskette, und zwar eine, die ausschließlich aus Fleischfressern besteht.«

W. W. zeigte mir seinen Arbeitsplatz im Weißen Haus. Er hatte den fünftgrößten Schreibtisch im ganzen Büro, worauf er ziemlich stolz war. Er hatte sogar ein Bild von Marcus Garvey über seinem Schreibtisch hängen. Für ein Republikaner-Büro reichlich gewagt.
»Komm, ich stelle dich meinem Chef vor«, sagte W. W. und schob mich auf einen etwa vierzigjährigen Mann im blauen Anzug mit Edelmetall-Pilotenbrille zu.
Wie viele Redenschreiber haben Sie denn insgesamt unter sich, fragte ich den Chef-Redenschreiber, indem ich ihm die Hand schüttelte.
»Wie viele ... ?« begann er.

»Er meint, wie viele Assistenten«, sagte W. W. »Es gibt noch fünf weitere Assitenten, Thurgood. Außer mir.«
Es sollte nicht die letzte Lüge sein, bei der ich W. W. ertappte.

Ich lag im Bett und schlief, als ein Klopfen an meinem Fenster im ersten Stock mich weckte. Wer konnte das sein? Ich griff nach der Knarre unter meinem Kopfkissen, ehe ich schlaftrunken realisierte, daß ich nicht zu der Art von Idioten gehörte, die überhaupt eine Waffe besitzen, geschweige denn sie sich unters Kopfkissen legen.
Ich stieg aus dem Bett und stolperte Richtung Fenster. Draußen kauerte eine Frau auf meinem Fenstersims.
Eboni?
»Ich wollte deine neuen Wohngenossen nicht wecken, sonst hätte ich unten an der Tür geklopft«, sagte Eboni, während ich das Fenster öffnete, um sie hereinzulassen. »Sieh an, einen Slip, ja? Ich hätte dich als Boxer-Shorts-Typen eingeschätzt.«
Meine Boxer-Shorts sind gerade in der Wäscherei, sagte ich. Was suchst du hier?
»Ich dachte, ich seh mir mal deine neue Bleibe an«, sagte Eboni und sah sich um. »Sieht alles so nett und sauber aus. Als wär's im Fernsehen.«
In der *Bill Cosby-Show*?
»So reich bist du nicht.«
Die Jeffersons?
»Die hatten eine ganze Wohnung.«
Raumschiff Enterprise, Das nächste Jahrhundert?
»Spinn nicht«, sagte sie. Sie äugte aus der Zimmertür auf den Flur. »Dieses Haus fühlt sich an wie... wie... *Drei Mädchen und drei Jungen*.«
Du siehst zu viel fern. Solltest lieber mal anfangen, Bücher zu lesen.

Eboni lachte und sagte: »Das ist komischerweise genau das, worüber ich mit dir reden wollte.« Sie hatte noch ihre Hühnchen-Uniform an. Sie nahm die Hühnerschnabel-Kappe ab und fuhr sich durch die Haare. »Du warst doch in Naverton, stimmt's?«
Angeblich.
»Na ja, ich wollte dich fragen, ob du mir Englisch-Nachhilfe geben kannst, meine Aufsätze durchlesen oder so.«
Wozu brauchst *du* denn Nachhilfe? Hast du nicht ein paar Klassen übersprungen?
»Ich möchte gern aufs College. An meiner Schule bereiten sie einen nicht darauf vor. Das ist eher eine Art Aufbewahrungsanstalt, bis man zur Volljährigkeit verdammt ist.«
So was soll es geben. Weißt du, um ehrlich zu sein, ich habe einen Vollzeit-Job, meine Freizeit ist beschränkt.
»Ich habe auch einen Vollzeit-Job. Meine Vollzeit ist wahrscheinlich voller als deine. *Und* ich gehe zur Schule.«
Das ist etwas ganz anderes, sagte ich und bereute den Schwachsinn im gleichen Augenblick, in dem er mir über die Lippen kam.
Eboni wandte den Kopf zur Seite. Sie war ein selbstbewußtes Mädchen. Es hatte sie offensichtlich einige Überwindung gekostet, sich zu der Bitte um Unterstützung durchzuringen.
»O.k., kapiert. Dein Spitzenklassen-Job läßt dir einfach nicht die Zeit, dich um eine arme schwarze Schwester zu kümmern. Na gut, dann geh ich eben wieder heim in mein stinkendes Loch von Wohnung. Mach's gut«, sagte sie und kletterte, die Titelmelodie von *Drei Mädchen und drei Jungen* summend, zurück durchs Fenster nach draußen.
Ich fühlte mich wie ein Versager. Da war dieses Mädchen, beide Eltern tot, der Stiefbruder ein Phantast, der sich für einen Rap-Star hielt, aber nie einer werden würde, und ich

verdammter Wichtigtuer war zu beschäftigt, um sie in ihrem Lerneifer zu unterstützen. Ich kam mir vor wie der bornierte alte Sack in einem dieser Volkshochschul-Werbespots »Kein Gut ist so wertvoll wie die menschliche Neugier«.
Laß mich dich wenigstens nach Hause fahren in dein stinkendes Loch, rief ich aus dem Fenster.

Sarah und ich sahen uns in meinem Zimmer ein Video an, *Auf der Suche nach Mr. Goodbar.*
Ist es nicht komisch, daß die Leute in den Siebzigern so grauenhaft angezogen waren?
»Gräßlich«, sagte Sarah. »Und damals sah es so normal aus.«
Du kannst dir Filme aus den Dreißigern, Vierzigern, Fünfzigern, aus jeder beliebigen Dekade anschauen, und immer kommt dir die Mode irgendwie plausibel vor. Bloß die Siebziger, brrr! Diese riesigen Kragen, und alles sieht aus, als ob es aus Perlon wäre, aus diesem Horrorstoff, in dem man nicht schwitzen möchte.
»Du hast total recht. Sogar die Filmqualität kommt einem irgendwie anders vor, als ob es lauter Super-acht-Heimkino-Streifen wären. Kannst du dich an die noch erinnern?«
Meine Rollen liegen alle da hinten, sagte ich. Fassen wir einen guten Vorsatz. Nehmen wir uns vor, nie im Leben in Sachen rumzulaufen, die aus der Mode sind.
»Wir werden immer nur T-Shirts und gerade geschnittene Jeans tragen. Und wenn wir je den Anschluß an den Zeitgeist verpassen, dann verkünden wir ›Wirr sind unngesellige Mennschenn‹ und ziehen uns in ein Pariser Loft zurück.«

Später. Der Fernseher lief immer noch. Sarah konnte kaum noch die Augen offenhalten, ihr Kopf lag in meinem Schoß.

Es ist nicht zu fassen, daß es sich in diesem Land zu einer Kunstform entwickelt hat, den Leuten etwas zu verkaufen, was sie nicht brauchen.
»Zum Beispiel einen Krieg. Oder einen Präsidenten.«
Oder elektrostatisches Knistern. Plötzlich gibt es tausenderlei Mittel gegen diese elektrostatische Haftung. Ist das unser größtes Problem? Scheiß auf die Obdachlosen. Setzen wir ein Team von Nobelpreisträgern ein und lassen wir sie Tag und Nacht forschen, bis sie ein Mittel gegen zusammenklebende Socken gefunden haben.
Sarah stieß einen schläfrigen Lacher aus und murmelte in meinen Schoß. »Mein Lieblingsausdruck ist ›neu und verbessert‹.«
Ich liebe alles Neue und Verbesserte. Erst sagen sie dir, dein Spülmittel ist das beste unter der Sonne, besser als Marke X, besser als Sex, Gott und das Leben selbst. Eine Woche später sagen sie dir – bedauerlicher Irrtum – das alte Zeug ist Scheiße. Schlimmer, du kriegst Tumore davon! Wenn du nicht auf unser neues und verbessertes Produkt umsteigst, hast du noch einen Monat zu leben, hurra.

Ich war im »Paragraph Factory«, einem Bücherkaufhaus im Nordwesten. Eigentlich war es eher ein Einkaufszentrum als ein Kaufhaus. Es gehörte zu einer Kette, die jedes erdenkliche Mittel einsetzen wollte, um den Buchhandel aufzuwerten – mit anderen Worten, ihn in eine Goldgrube zu verwandeln. Es gab eine Cafeteria dort, einen Aromatherapie-Salon, es gab sogar, hinter der Science-fiction-Abteilung versteckt, eine Striptease-Bar. Ein echter Zirkus. Apropos Zirkus – an der Kasse standen ein paar Akrobaten vom Cirque du Soleil – eine Art Promotion-Aktion.
Ich ging in die Belletristik-Abteilung und holte mir ein Taschenbuch. Ich hatte dieses Buch rezensiert, als es als Hard-

cover herausgekommen war, und jetzt stand ein Zitat von mir auf der Rückseite des Buches. Mein Name stand nicht dabei, mein Ausspruch war lediglich als *National Now!* ausgewiesen. Meine Identität war von meinem Arbeitsplatz verschluckt worden. Ich fühlte mich sowieso schon elend, aber das ließ mich noch tiefer sinken. Ich befand mich nicht in einer Depression, ich befand mich in einer Rezession – was noch schlimmer ist als eine Depression, denn es erfordert Verdrängung, es erfordert die Weigerung anzuerkennen, daß man sich in einer Depression befindet. Ja, ich war eindeutig in einer Rezession.

Ich blickte mich um. Es gab jede Menge gutaussehender Mädchen in dieser Buchhandlung. Es ging das Gerücht, daß dieser Laden ein prima Ort zum Aufreißen sei. Yukio behauptete, in der Lyrik-Abteilung des »Paragraph Factory« von Los Angeles hätte ihm eine vietnamesische Austauschstudentin einen geblasen. Ich hatte in der Filiale hier schon viele Mädchen gesehen, die aussahen, als warteten sie darauf, angesprochen zu werden, aber ich hatte nie mein Glück versucht. Gerade in diesem Augenblick beobachtete mich ein Mädchen, das nach höherem Fachsemester aussah. Ein weißes Mädchen, runde Brille, leuchtend rote Strickjacke. Sie las in Marguerite Duras' *Der Liebhaber*, und als mein Blick an ihr vorüberglitt, hielt sie ihn fest. Ich griff vor Schreck nach Terry McMillans *Ab durch die Mitte*. Das schien ihre Aufmerksamkeit zu erregen. Als ich wieder aufsah, stand sie neben mir. Sie lächelte und hauchte ein geräuschloses Hallo. Ich nickte, stellte die McMillan wieder ins Regal und zog Norman Mailers *Heere aus der Nacht* heraus. Das erwies sich als Fehler. Der Blick der Frau wurde kalt und abweisend, und sie ging weg. Ich wandte mich wieder dem Schmökern zu und den ersten Sätzen neuer Bücher.

»Aus dem Himmel bricht ein Schrei.«

»›Um wiedergeboren zu werden‹, sang Gibreel Farishta, als er aus den Wolken fiel, ›mußt du erst sterben.‹«
»Oft dachte er: Mein Leben hat erst begonnen, als ich sie kennenlernte.«

Sarah setzte sich für mich in Szene.
Sie war extrem attraktiv, hatte ein sehr jüdisches Gesicht und war phantastisch in Form.
In letzter Zeit kam sie immer spät abends in mein Zimmer, um die Comedy-Talk-Shows zu sehen. Jedesmal, wenn sie kam, hatte sie weniger an. Beim ersten Mal kam sie noch in Jeans und einem knappen, weißen T-Shirt (ohne BH). Später kam sie einfach im Bademantel und räkelte sich neben mir auf dem Bett.
Dann kam sie eines Abends während einer Werbepause naß aus der Dusche, nur ein großes, flauschiges Badehandtuch umgebunden, und legte sich neben mich ins Bett.
Du machst mir das ganze Bett naß, sagte ich.
»Vielleicht will ich dich ja anmachen.«
Vielleicht will ich nicht angemacht werden. Vielleicht will ich einfach bloß Arsenio sehen.
»Vielleicht willst du, vielleicht willst du nicht.« Sie strich mit den Fingern über meine Schläfen, wo ich die Haare ganz kurz geschoren hatte. Ich habe die Erfahrung gemacht, daß weiße Frauen es anscheinend erotisch finden, wie das Haar von Schwarzen sich anfühlt, vor allem, wenn es kurz und stoppelig geschnitten ist, wie beim Militär. »Ich mag deine Haare so kurz.«
Du bist ja heute mächtig aufgedreht.
»Ich habe gerade mit meinem Freund Schluß gemacht«, sagte sie. »Ich glaube, ich habe für eine Weile genug von wirklich intensiven Beziehungen. Irgendwie steht mir der Sinn mehr nach unverbindlichen Abenteuern.«

Hör zu, kannst du mich eine Sekunde entschuldigen? Ich muß nur schnell telefonieren.

»Was zum Teufel ist dir denn in die Eier gefahren?« sagte Yukio. »Ich kann's nicht fassen, daß du mich anrufst, um mich das zu fragen. Geh mit der Frau ins Bett, aber husch.«
Ich muß aber doch mit ihr unter einem Dach leben, flüsterte ich in den Hörer. Ich telefonierte unten, im Wohnzimmer. Sarah war noch oben in meinem Zimmer. Ich weiß einfach, daß es ein Fehler ist. Das kann sich zu einer *Verhängnisvollen Affäre* entwickeln.
»O Mann, bild dir doch nichts ein.«

(Natürlich solltest du nichts mit der Frau anfangen, antwortete Peter. Du kennst sie ja kaum.)
Aber wir sind beide erwachsen und wollen beide dasselbe. Ich glaube, ich bin der einzige heterosexuelle Mann auf dem Planeten, der in einer solchen Situation nicht seinem natürlichen, gottgegebenen, sexuellen Impuls folgt, sondern zu grübeln anfängt.
(Hast du den Verstand verloren? Wie kommst du überhaupt auf die Idee, mir solche Fragen zu stellen?)
Du willst ja bloß nicht, daß ich mit ihr schlafe, weil sie Jüdin ist, eine Frau aus deinem Volk, aus der Rasse, die du adoptiert hast. Ich wette, dir ist einfach die Vorstellung unerträglich, wie ich sie mit meinen großen, schwarzen Händen anfaße.
Es gab eine lange Pause, ehe die nächste Mail auf meinem Bildschirm erschien. Ich sah Peter vor mir, wie er in seiner Wohnung in Tel Aviv vor dem Computer saß und über meine moralische Verkommenheit seufzte.
(Willst du wirklich einen Rat von mir?)
Natürlich will ich deinen Rat, warum hätte ich dir sonst die Mail geschickt?

(Ich glaube, du bist psychisch krank. Dein Leben ist paradoxerweise gleichzeitig zu gewissenlos und zu skrupulös. Du reibst dich mit Gedanken über die falschen Dinge auf und verlierst das wirklich Wichtige dabei aus den Augen. Aber das Bedenklichste ist: sobald dir ein Freund einen Rat gibt, der deinen geheimen Wünschen widerspricht, reagierst du mit Feindseligkeit.)
O Gott, wenn schon, leck mich.
Ich schaltete den Computer ab und ging nach oben in mein Zimmer zurück. Die nächtlichen Comedy-Talk-Shows waren längst vorbei. Es lief *Hawaii fünf null*. Sarah lag schlafend in meinem Bett. Ich nickte in einem Sessel ein.

Eine Woche später ging im Haus das Gerücht, Sarah hätte sich betrunken und mit Guy geschlafen.
»Heute nacht haben Sarah und ich eine Nummer geschoben«, vertraute Guy mir am Frühstückstisch an. »O Mann, Demokratinnen sind einfach geiler.«

Es war spät, ich war noch wach und las einen von Ebonis Schulaufsätzen. Es war eine Buchbesprechung, Derrick Bells *And We Are Not Saved*. Sie hatte den Aufsatz schon vor Wochen abgegeben und eine Eins dafür bekommen, aber sie wollte meine Meinung hören.
Ich war schwer beeindruckt, daß sie sich dieses Buch für eine Besprechung ausgesucht hatte – ich hätte nie geglaubt, daß jemand wie Eboni sich für einen Rechtstheoretiker wie Bell interessieren könnte. Aber der Aufsatz war fürchterlich. Er strotzte von Rechtschreibfehlern. O.k., das war ein Problem, das sich beheben ließe. Aber die Sprache war grauenhaft. Vollkommen unbeholfen, als hätte sie einen fremdsprachigen Text ins Englische übersetzt.
An einer Stelle schrieb Eboni: »So viele Dinge im Leben sind

so flüchtig. Wahrheit, Gerechtigkeit, Liebe. Es ist wie ein Regenbogen, den man nicht anfassen kann, ein Regenbogen, den man nicht festhalten kann.«

Genau das hatte ich befürchtet. Ich würde Eboni keinen Deut weiterhelfen, wenn ich ihr nicht sagte, daß ihr Aufsatz Scheiße war. Aber mit dieser Art von Offenheit würde ich womöglich all ihre Hoffnungen zerschlagen.

Meine Eßgewohnheiten sind ein Graus. Ich koche nie. Hier und da schiebe ich etwas in die Mikrowelle, aber es weiß ja kein Mensch, was das den Lebensmitteln antut. Sobald mein erstes Kind mit fünf Fangarmen und einem Ektoskelett zur Welt kommt, werden wir alle klüger sein.

Mein mißgebildeter Sohn: Dad, Dad, ich hab eine Rolle in der Schulaufführung bekommen!

Ich: Das ist wunderbar, mein Sohn. Ich glaube, das ist der Beweis, daß unsere Gesellschaft endlich soweit ist, eine Generation anders talentierter, mit Tentakeln ausgestatteter Mädchen und Jungen in ihre Arme zu schließen. Fassen wir uns an den Händen, und singen wir ein paar alte Spirituals.

Mein mißgebildeter Sohn: Halt, nicht feiern, Dad. Das Stück, das wir aufführen, heißt *Zwanzigtausend Meilen unter den Meeren*. Sie hassen mich und lachen über mich wie eh und je. Kapier's endlich, ich bin eine Mißgeburt! Eine Mißgeburt!

Ich: Ich weiß nicht, was ich sagen soll. Ich fühle mit dir. Ich leide mit dir...

Mein mißgebildeter Sohn: Ja, schon gut, und besten Dank auch, daß du die vielen Burritos aus der Mikrowelle gefuttert hast, Dad. Besten Scheiß-Dank. Ich bin eine Mißgeburt! Ah ha ha ha! Ah ha ha! Ich bin eine Mißgeburt! (beide ab)

Wie auch immer, neulich war ich in einem 7-Eleven und kaufte ein paar abgepackte Obsttörtchen. Hast du jemals auf die Verfallsdaten von abgepackten Obsttörtchen bei 7-Eleven geachtet? Beängstigend. Wenn man dem Aufdruck auf den Packungen glaubt, weilen manche der Dinger schon länger auf dieser Erde als die Mammutbäume in Kalifornien. Brich sie auseinander, und du wirst Jahresringe und ein kleines Fähnchen finden, das markiert, wann Lincoln ermordet wurde.

»Er ist grauenhaft, stimmt's?«
Ich saß mit Eboni an einem Tisch im Nebraska Fried Chicken und aß ein paar gebratene Hühnerflügel; sie machte gerade ihre Pause. Mein Hunger war größer als sonst, weil mich ein Unfall aufgehalten hatte – ein umgestürzter Pizza-Lieferwagen, der den Verkehr zum Erliegen gebracht hatte. Es sind nie die Unfälle selbst, die den Stau verursachen, sondern die Leute, die langsamer fahren, um zu gaffen. Irgendwo scheint da eine Lektion fürs Leben versteckt zu sein. Eboni und ich unterhielten uns ein bißchen über diese und andere Nichtigkeiten, immer schön an der Oberfläche – ich versuchte das Thema ihrer schlechten Schreibe hinauszuzögern.
»Es ist also grauenhaft, ja?«
Grauenhaft ist vielleicht ein zu hartes Wort, sagte ich schließlich. Erinnere mich dran, daß ich dir einen Thesaurus besorge.
»Den könnte ich brauchen«, sagte sie und kaute auf ihren lackierten Fingernägeln. »Die Hälfte der Schüler in meiner Klasse glaubt, ein Thesaurus ist eine Art Dinosaurier. Und der Hälfte der Lehrer ist das schnuppe.«
Gewöhn dich schon mal dran. Wenn du erst ins Berufsleben eintrittst, bekommst du *überhaupt* keine Hilfe mehr. Alle deine weißen Freunde werden ihre Mentoren haben, und du wirst ganz allein dastehen.
»Daran kann ich mich jetzt schon gewöhnen. Das Personal-

hickhack in einem Fastfood-Restaurant ist absolut ätzend. Nichts ist widerlicher, als zwei mittelalten Männern zuschauen zu müssen, wie sie für den Posten des Ersten Brutzlers um die Wette schnarchen.«

Ich lachte. Ich hatte die sechs Flügel, die sie mir herausgeschmuggelt hatte, gerade aufgegessen, da brachte sie mir gleich noch eine Ladung. Wir vertieften uns in ein langes Gespräch über Jobs, Rasse und Geschichte.

Diese Gesellschaft, diese Regierung hat Institutionen und Programme, die nur dazu da sind, uns am Fortkommen zu hindern und dafür zu sorgen, daß wir keine dauerhafte Macht aufbauen können, sagte ich. In den Sechzigern haben sie sämtliche einflußreichen Führer liquidiert, die wir hatten, und davon haben wir uns bis heute nicht erholt. Wir haben keine Führer, keine Vorbilder, denen wir folgen könnten. Sie haben Malcolm X erschossen, Martin Luther King, Medgar Evers; sie haben Nelson Mandela ins Gefängnis gesteckt – als sie mit den Ms fertig waren, haben sie mit den Ns weitergemacht. Genozid in alphabetischer Reihenfolge.

»Halt mir keine Vorlesung. Ich kenne unsere Geschichte. Außerdem liegst du falsch. Malcolm X ist von Schwarzen umgebracht worden. Manchmal können wir niemandem die Schuld geben außer uns selber.«

Aber weiße Geldsäcke inszenieren das alles. In den Sechzigern gab es beim FBI eine Abteilung namens COINTELPRO, die eigens dafür eingerichtet wurde, jeden schwarzen Führer und jede politische Gruppe, mit der wir in Erscheinung getreten sind, zu diskreditieren und kaputtzumachen. In den Siebzigern haben Untersuchungsausschüsse des Kongresses diese ganze Scheiße aufgedeckt.

»Aber jetzt sind wir in den Neunzigern. Und mir fallen auf Anhieb ein paar schwarze Führer ein, die sich selber kaputtmachen. Der schwarze Bürgermeister dieser Stadt ist cracksüchtig. Niemand hat ihm die Crackpfeife ins Maul gesteckt. Niemand hat ihm *irgendwas* ins Maul gestopft. Obwohl sich das jetzt, wenn er in den Knast kommt, ganz schnell ändern kann.«

Solche Figuren wie unser Bürgermeister füllen bloß ein Machtvakuum. Stell dir nur mal vor, wie es wäre, wenn Martin und Malcolm und Medgar noch am Leben wären. Sie wären allesamt jünger als Reagan. Sie wären wahrscheinlich Vorsitzende von Parteien, würden an der Spitze von Demonstrationen marschieren und wären im Frühstücksfernsehen zu sehen. Wenn diese Jungs noch am Leben wären, hätten Schwarze – Anwälte, Strafgefangene, alleinerziehende Mütter – hätten wir alle jemanden, zu dem wir aufschauen können, von dem wir uns Inspiration holen. Denk an Mandela – er gehört zur selben Generation wie unsere großen Helden, und jetzt, nachdem sie ihn freigelassen haben, regiert er ein ganzes Land.

»Ich kann mich noch daran erinnern, wie Mandelas Freilassung im Fernsehen kam, es war unglaublich. Wie er aus dem Nebel aufgetaucht ist, Hand in Hand mit Winnie. Es war, als ob er aus einem Geschichtsbuch herausgetreten wäre – die Art Geschichtsbuch, wie wir sie in meiner Schule nie zu lesen kriegen werden, verlaß dich drauf.«

Südafrika hat seinen Führer. Und wen haben wir hier in Amerika?

»Wir haben Jesse. Laßt die Hoffnung nicht *untergehen*! Laßt uns zueinander *stehn*! Nach der Nummer Neun kommt *Zehn*!«

Der reimende Jesse. Den Kerl muß man einfach liebhaben. O.k., das ist ein schwarzer Führer. Wen gibt es sonst noch? Nenn mir einen einzigen, einsamen, schwarzen, nationalen Führer. Aber der diesjährige Trefferkönig der Basketballer zählt nicht.

»Was ist mit General Pinpoint?«
Auuh! Ich schmeckte plötzlich Blut in meinem Mund. Ich hatte mich beim Hähnchenflügel-Knabbern in die Lippe gebissen.

Ich ging zum »Paragraph Factory« und kaufte ein paar Bücher für Eboni. *In einem andern Land* von Hemingway und *Wovon wir reden, wenn wir von Liebe reden* von Carver. Außerdem, wie ich es versprochen hatte, einen Thesaurus. Als ich ihr die Bücher brachte, sagte ich ihr, gute Schreiber seien auch gute Leser. Je mehr sie kenne, desto mehr habe sie auch zu erzählen. Und wenn ihre Kenntnisse sie im Stich ließen, könne sie ihre Phantasie ins Spiel bringen. Große Schreiber sind auch große Schwindler, sagte ich ihr. Übe dich in der Kunst der Täuschung, dann wirst du es weit bringen.
An diesem Abend blätterte ich in meiner eigenen Ausgabe von Bells *And We Are Not Saved*. Ich hatte nur ein paar der Geschichten gelesen und merkte erst jetzt, als ich das ganze Ding las, was für ein phantastisches Buch es war. Eboni hatte längst einen guten Geschmack in der Auswahl ihrer Lektüre – wer zum Teufel war ich denn, ihr literarische Ratschläge zu erteilen? Oder überhaupt irgendwelche Ratschläge?
Am nächsten Morgen schaltete ich den Computer an, um zu sehen, ob E-Mail im Kasten war. Yukio hatte mir eine Mail geschickt. Merkwürdig. Peter hatte ihm eine Adresse eingerichtet, aber er nutzte sie höchst selten. Ich holte mir seine Nachricht auf den Schirm.
(Hatte soeben eine heiße Begegnung mit Sojourner. Kann dir ein Rendezvous mit ihr vermitteln.)

Which is better,
the distant lover
you long for
or the one you see daily
without desire?

IZUMI SHIKIBU
Things I Want Decided

4

⋆ ⋆ Wo die Wahrheit lügt ⋆ ⋆

Unser Haus erstickte im Dreck. Im ersten Stock war der Duschvorhang mit einer dicken Schmierschicht überzogen, im zweiten Stock breitete sich eine Art Schimmelpilz auf dem Boden der Badewanne aus, die Toiletten auf beiden Etagen waren verstopft und wimmelten von kleinen Kreaturen, die eine frappierende Ähnlichkeit mit Sea Monkeys hatten.

In der Küche klebten die verkohlten Reste eines verschütteten Fertiggerichts an den Wänden des Backofens. Der Mülleimer war seit geraumer Zeit nicht geleert worden und stank. Die Teppiche im Wohnzimmer waren fällig für den Staubsauger. In der Spüle türmte sich ein Berg Geschirr. Nicht irgendein Berg – das war mindestens ein Zweitausender. Expeditionen, die zur Vermessung unseres Abwaschberges ausgesandt wurden, verloren die Orientierung, ernährten sich wie Kannibalen von ihren eigenen gestrauchelten Weggenossen und erflehten die Absolution des Papstes.

»Wir müssen die Hausarbeit aufteilen«, sagte W. W. »Ich habe einen Plan an die Wand gehängt, in den sich jeder für einen Job seiner Wahl eintragen kann. Macht eure Kreuze und geht ans Werk.«

Ich trug mich als letzter ein, daher war meine erste Aufgabe die Ausräumung der verstopften Toiletten. Halt mich meinetwegen für verrückt, aber ich haßte es, mit den festen Abfällen anderer Menschen zu hantieren. Das war also der Preis für ein Leben in Gemeinschaft.

»Mich wirst du bei so einem Job nie erwischen«, lachte Guy. Er lehnte an der Badezimmertür, eine Bierdose in der Hand.
Später kam Sarah vorbei.
»Du hast Toilettendienst, ja?« sagte sie.
Ich lag auf den Knien und schrubbte den Badezimmerboden.
Ja, ich habe Latrinendienst. Hast du gesehen, was für riesige Tiere in unseren Klos herumschwimmen?
»Ja, ziemlich ekelhaft.«
Kennst du diese Sea Monkeys, die es im Spielwarenladen zu kaufen gibt? So kleine Kügelchen, die wirfst du ins Wasser, dann saugen sie sich voll und werden zu kleinen Monstern mit grinsenden, menschenähnlichen Gesichtern.
»Ja, ich erinnere mich. Sie haben eine Krone auf dem Kopf und einen Dreizack in der Hand.«
Genau. Die Tiere in unserer Kloschüssel haben genau die gleiche Größe. Ich glaube, sie haben einen demokratischen Staat gegründet. Eines von ihnen hat mich gefragt, ob ich ihm meine Ausgabe von Platons *Staat* leihen kann. Ich habe fast das Gefühl, wenn ich sie jetzt töte, verstoße ich gegen irgendein interstellares Abkommen der Sternenflotte über die Nichteinmischung in sich entwickelnde Gesellschaften.

Ich habe eine ganze Reihe von Pseudo-Freunden, mit denen ich ausschließlich über Anrufbeantworter kommuniziere. Alle paar Monate rufen sie mich an und sprechen mir eine Nachricht auf Band: Hallo, wie geht's, was treibst du? Ein paar Monate später rufe ich zurück: Hey, alles bestens, was gibt's, ruf mich an. Natürlich wollen wir gar nicht wirklich miteinander sprechen. Wenn es eine Möglichkeit gäbe, unsere Anrufbeantworter so zu programmieren, daß sie diese sporadischen Anrufe für uns erledigen, würden wir es tun.

Yukio und ich spielen dieses Anrufbeantworter-Spiel eigentlich nicht. Aber aus irgendeinem Grund telefonierten wir diesmal seit zwei Tagen aneinander vorbei. Er rief an, wenn ich nicht da war, und hinterließ eine Nachricht; ich rief zurück, wenn er nicht da war, und hinterließ eine Nachricht. Vielleicht war er aber auch zu Hause und ging bloß nicht an den Apparat – vielleicht hörte er meine flehende Stimme und grinste sich eins, während er mit Sojourner kopulierend im Bett lag. Dieser Gedanke machte mich immer nervöser, ich wollte ihn endlich erreichen und erfahren, was los war.

Als ich schließlich ganz spät anrief, um drei Uhr morgens bei mir, also gegen Mitternacht in Los Angeles, nahm er den Hörer ab. Wahrscheinlich dachte er, eine der vielen Ladies, die immer an seinem Bett Schlange stehen, hätte Appetit auf einen erotischen Mitternachts-Snack.

Hallo? sagte ich.

Überraschtes Schweigen.

»Hier ist Yukio. Ich bin im Augenblick nicht zu Hause, aber...«

Hör auf, mich zu vergackeiern, Mann. Ich weiß, daß du dran bist.

Yukio stellte seine falsche, tonlose Automatenstimme wieder ab. »Wie geht's denn...«, begann er.

Das Rendezvous mit Sojourner. Ich warte auf Antwort.

»Hör zu, ich kann dir überhaupt nichts sagen. Peter war derjenige, der die ganze Sache angezettelt hat. Er war stinksauer, daß ich dir davon erzählt habe. Ich mußte ihm absolute Geheimhaltung schwören.«

Absolute Geheimhaltung? Was wird hier eigentlich gespielt?

»Hoppla, ich muß Schluß machen. Hab ein Gespräch auf der anderen Leitung.«

Gabby war mit den Nerven am Ende. Ihr Hund hatte Krebs. Sie verkaufte ihren Wagen und nahm eine zweite Hypothek auf das Haus auf, um eine Operation bezahlen zu können, bei der dem Hund eine Geschwulst am Hals entfernt wurde. Sie telefonierte mit Spezialisten für Chemotherapie bei Hunden.

Hör zu, sagte ich, ich liebe Hunde wie meinen Nächsten, aber meinst du nicht, du übertreibst?

»Ich könnte nicht mehr in den Spiegel schauen, wenn ich nicht alles versuchen würde, um diesen Hund zu retten.«

Candy war aus dem Häuschen vor Freude. Sie hatte endlich eine Story gelandet.

Koreanische Zwergschweine waren der letzte Schrei. Sie waren niedlich, sie waren so winzig, daß man sie in einer Hand halten konnte, und die Generation der Babyboomer war verrückt nach ihnen. Eine Story war keine Story, wenn sie nicht irgendwie mit dem Babyboom zu tun hatte. Jedenfalls fanden koreanische Zwergschweine in den Zoohandlungen so reißenden Absatz, daß man mit dem Import aus dem Fernen Osten kaum nachkam. Candy war durch eine Freundin auf die Tierchen gestoßen und hatte sich sofort an die Recherche gemacht. Es war eine schwachsinnige Trendstory, so recht nach Ursulas Geschmack. Am nächsten Tag wurde die Geschichte gedruckt.

»Ein Radiosender will mich zu meiner Story interviewen!« quietschte Candy und ließ den Hörer auf die Gabel fallen. Sie klatschte in die Hände und stampfte mit den Füßen vor Begeisterung.

»Großartige Story, Candy«, sagte Ursula. »Ich glaube, solche Geschichten brauchen die Leute, um die Lage am Persischen Golf aus dem Kopf zu kriegen.«

Ich war in einer städtischen Bibliothek, um ein Buch auszuleihen, das mir zu teuer war, um es zu kaufen, und zu dick, um es im Buchladen zu lesen. Zufällig stieß ich auf ein interessantes Werk von Upton Sinclair mit dem Titel *The Brass Check* - eine vernichtende Kritik des Pressewesens.
Sinclair schrieb: »Eine moderne Zeitung ist, vom Standpunkt des Arbeiters aus betrachtet, eine gigantische Munitionsfabrik, in der die besitzende Klasse geistige Bomben und Gasgranaten zur Vernichtung ihrer Feinde herstellt. Und ebenso wie große Munitionsfabriken und Munitionslager im Krieg zuweilen zu strategischen Zielen werden, wird der Klassenkampf sein Zentrum in den Redaktionsstuben der Zeitungen haben...«
Sinclair veröffentlichte sein Buch 1919.
Ich fragte mich, was wohl ein »Brass Check« war.

Ich war im Südosten, auf dem Weg zu Ntozakes Wohnung. Sie hatte mich zum Essen eingeladen. Ich hatte ein Dutzend Rosen und eine Flasche Wein unter dem Arm und klopfte an ihrer Tür.
Die Tür ging auf. Ich blickte nach unten und entdeckte ein Kleinkind unter meinem Kinn.
»Hallo«, sagte der Junge. Er sah zu mir hoch und zupfte an meinem Sakko. Er hatte ein T-Shirt mit dem Bild des derzeitigen Scoring Champs der National Basketball Association an. »Mom hat gesagt, ich soll dich reinlassen.«
Ich folgte ihm in die Wohnung. Auf dem Sofa lag ein Kleinkind und schlief. Ebenfalls ein Junge.
»Hallo«, sagte Ntozake fröhlich. »Essen ist in ein paar Minuten fertig.«
Die sind für dich, sagte ich und reichte ihr die Rosen. Und der Wein ist zum Essen.
»Danke. Das war doch nicht nötig. Aber ich freue mich.« Sie

küßte mich auf die Wange. Sie trug keinen Lippenstift und hatte aufgesprungene Lippen. Das gefiel mir – es war echt.

Ich wußte nicht, daß du Kinder hast.

»Ich? Kinder? Das sind meine Brüder. Meine Mutter ist viel auf Reisen und gibt sie bei mir ab.«

»Mom! Mom! Marcus haut mich dauernd!« sagte ein kleines Mädchen im Nebenzimmer. Kind Nummer drei. Plus Marcus macht vier, dachte ich und rechnete sicherheitshalber noch mal nach.

Deine Mom ist heute abend auch da? sagte ich. Ich dachte: Hmm, ein bißchen früh, um mich gleich den Eltern vorzustellen.

»Sie nennen mich nur aus Spaß Mom. Ich bin die Älteste«, sagte Ntozake, während sie ins Nebenzimmer eilte, um den Streit zu schlichten.

Es stellte sich heraus, daß Ntozake älter war, als ich ursprünglich angenommen hatte, sogar älter als ich, genaugenommen siebenunddreißig. Das Essen war Spitze – Curryhuhn, Bohnen, Reis, Süßkartoffeln, und als Nachspeise Pekannußkuchen. Aber unser Gespräch wollte nicht recht in Gang kommen. Vielleicht lag es an den vielen Kindern, die um uns herumturnten. Vielleicht lag es auch daran, daß ich nicht mehr recht den Nerv hatte, mich anzustrengen. Ich mag Kinder, aber angesichts der Zahl der Kinder, die da auf und ab flitzten, wurde mir klar, daß Ntozake eine Geschichte hatte, eine Vergangenheit, starke emotionale Bindungen, in die ich mich hineinzufühlen und die ich zu verstehen hätte, wenn ich ihr jemals näherkommen wollte. Die Leute, die ich damals im College kennenlernte, waren noch nicht erwachsen, sie veränderten sich noch. Ich hatte das Gefühl, mich mit ihnen austauschen zu können, mit ihnen herausfinden zu können, was ich gut fand, was sie nicht gut fanden, was meine Meinung war, was ihre. Aber das College lag Jahre zurück, und es sah ganz so aus, als ob ich immer mehr Frauen traf, die sich in bestimmten Lebensgewohnheiten eingerichtet hatten. Sie hatten ein Register von Beziehungsgeschichten, sie hatten die Narben früherer Partner im Gewebe, sie hatten Geheimnisse, die so bedeutend und so intim waren, daß sie sie nie einer anderen Seele anvertrauen würden, egal wie nah man sich mit der Zeit käme. Wer nicht dabei war, als es passierte, der hatte es verpaßt. Sie hatten Winkel in ihrer Seele, um die ihre Persönlichkeit einfach herumgewachsen war, so wie ein Baum um etwas herumwachsen und einen harten Knoten bilden kann, der den Zugang zu dem, was in der Mitte liegt, für immer verschließt. Diese Frau mit all ihren Kindern hatte Seiten an sich, die sie niemals ändern würde; sie hatte Kammern in sich, die kein neuer Mensch je zu Gesicht bekäme. Ich selbst fühlte mich wie jemand, der immer noch im Fluß ist. Und sie war siebenunddreißig.

(Das ist eine zutiefst antifeministische Haltung), antwortete Peter, als ich ihm meine neueste Beziehungstheorie darlegte.

Aber so fühle ich mich einfach, tippte ich zurück, leicht gereizt, weil die Titulierung ›Antifeminist‹ in meinem liberalen Naverton-Zirkel fast der Ernennung zum ›Antichristen‹ gleichkam. Ich tippte weiter: Ich habe mich wahrscheinlich falsch ausgedrückt. Ich meine, ich sehe manchmal diese Paare, die schon ihren fünfzigsten Hochzeitstag gefeiert haben. Das sind Sandkastenliebschaften, die die High School, das College und den Zweiten Weltkrieg zusammen durchgemacht haben. Diese Paare sind so ungeheuer fest zusammengeschweißt, sie haben einen gemeinsamen Schatz von Erfahrungen. Wäre es nicht phantastisch, so was zu haben? Mir kommt es vor, als ob ich das ein für allemal verpaßt hätte. Ich meine, es ist einfach zu spät, meinen High School-Schwarm zu heiraten und mit ihr durchs ganze Leben zu gehen.

(Ich nehme an, jetzt willst du zum Thema Sojourner kommen.)

Du hast's erraten.

Also legte Peter los. Es stellte sich heraus, daß er beim Surfen im Netz auf einen User namens Struth gestoßen war, der sich gern in der »Ätherscheide« tummelte, einem anarchistischen Lesben-Forum, das sich der mentalen Revolution durch erotische elektronische Kommunikation verschrieben hat. Einem Gerücht im Cyberspace zufolge verbarg sich hinter dem Pseudonym Struth eine Kolumnistin der *Washington Post* mit Namen Sojourner Truth Zapader. In einem Gespräch mit Yukio hatte Peter beiläufig über die Sache gesprochen, worauf Yukio sich postwendend einen Computer mitsamt Modem angeschafft und sich in die »Ätherscheide« eingewählt hatte. Und dann hatte er ein sexuell aufgeladenes On-line-Schwätzchen mit Struth gehalten, sowie anschließend eine Art flotten Dreier-Talk mit zwei bisexuellen Cheerleaders der Dallas Cowboys.

Na gut, daß Yukio ein Schlitzohr ist, wußte ich, aber wie hat er die Frauen dazu gekriegt, sich mit ihm auf einen schlüpfrigen Plausch einzulassen – bei einem Service, der auf lesbische Erotika spezialisiert ist?

(Yukio hat einen Decknamen benutzt; niemand wußte, wer er war. Er gab sich als Lesbe aus, seine On-line-Partnerinnen glaubten ihm, und er hatte virtuellen Sex mit ihnen.)

Das klingt original nach Yukio.

(Das Interessante ist doch, daß bei der On-line-Kommunikation deine Identität verborgen bleibt, aber dein wahres Gesicht zum Vorschein kommt. Deinen Namen, dein Geschlecht, deine Hautfarbe, das kannst du alles hinter einem Pseudonym verstecken. Aber was für ein Mensch du wirklich bist, wie du denkst, das kommt in einer On-line-Unterhaltung ans Licht, weil solche Dinge wie Ausstrahlung, Schönheit oder ob du einen schlechten Atem hast, wegfallen – Dinge, die der andere sonst immer von dem, was du zu sagen hast, abziehen oder dazuzählen muß.)

Das ist so ähnlich wie in John Rawls' *Theorie der Gerechtigkeit*. Er behauptet, wenn der Mensch in der Lage wäre, sich von sich selbst ein Bild unter Abzug der Attribute seiner Person zu machen – also seiner Rasse, seiner Klassenzugehörigkeit, seiner sexuellen Orientierung usw. –, daß er dann in der Lage wäre, die Prinzipien der Gerechtigkeit zu schaffen, die das Fundament einer egalitären Gesellschaft ausmachen. Das On-line-Universum ist die Realisierung dieser Utopie.

(Das ist eine ziemlich vereinfachte Auslegung von Rawls. Ich glaube, du verwechselst Rawls' äußerst differenzierte und strenge Philosophie mit John Lennons »Imagine«.)

Gut, dann laß uns von Martin Luther King sprechen. Irgendwie war ich schon immer der Meinung, daß der Cyberspace eine massenkompatible Konkretisierung des Ortes ist, den King im Kopf gehabt haben muß, als er sagte, er habe einen Traum, in dem weiße und schwarze und überhaupt alle Kinder zusammenkommen und rufen können »Endlich frei« usw. Das Traurige ist bloß, daß die Schwarzen wieder mal die einzigen sind, die keine Computer haben, um an diesen farbenfreien Ort zu reisen.

(Cyberspace ist nicht das Gelobte Land. Es ist ein Ort, den man besucht, aber kein Ort, an dem man lebt. Freilich hat Yukio mit seinem Outing – entschuldige die unglückliche Wortwahl – ein paar Leute hinters Licht geführt, aber wenn er seinen On-line-Sexpartnerinnen in der realen Welt begegnen würde, wäre er im Nu durchschaut. Willst du dich wirk-

lich als Frau ausgeben, um mit einer Person in Kontakt zu kommen, die möglicherweise gar kein Interesse an Männern hat?)
Die Brücke werde ich niederreißen, sobald ich sie überschritten habe. Ich will Sojourner kennenlernen.
Wir schrieben noch eine Weile hin und her, aber Peter wollte die Nummer der »Ätherscheide« nicht herausrücken.
(Sich als Lesbe auszugeben ist bestimmt nicht der beste Weg, eine heterosexuelle Beziehung anzufangen), sagte er. (Ich sehe da ein Fiasko auf dich zukommen. Laß dir die Sache noch mal durch den Kopf gehen. Und melde dich wieder.)

W. W. und ich saßen im Wohnzimmer und spielten Schach. Sein Boß hatte bei einer Büroparty diese billigen Plastik-Schachspiele an seine Mitarbeiter verschenkt, bei denen die weißen Figuren lauter führende Republikanerköpfe trugen und die schwarzen Figuren lauter berühmte Demokratenköpfe. Ich hatte Schwarz, W. W. Weiß.
»Nie und nimmer sind die Kinder ihre Geschwister«, sagte er und zog mit einem Bauern, der aussah wie Senator Orrin Hatch. »Das ist dir doch klar.«
Ich habe meine Zweifel, sagte ich und sah nachdenklich auf das Brett. Sie ist einfach zu nett, um bei so was zu lügen.
»Wenn es um Sex geht und wenn sie einen Mann rumkriegen wollen, lügen die Frauen. Vor allem die schwarzen Schwestern. Das liegt an der beschränkten Auswahl.«
Da spricht ein echter schwarzer Macho. Genau das ist die Sorte von Sprüchen, die uns alle in Verruf bringt.
Ich zog mit dem Läufer – Hochwürden Jesse Jackson – zur Brettmitte.
»Ich sage nur die Wahrheit«, sagte W.W. »Die Wahrheit an die Macht, mein Freund. Ich an deiner Stelle wäre vorsichtig. Frauen, die schon vier Kinder haben, sind extrem fruchtbar.

Du brauchst sie bloß heiß anzuschauen, nur *anzuschauen*, und schon schnalzt ihr Kopf zurück wie bei einem PEZ-Männchen, und aus dem Hals kommen die Babies gepurzelt.« Er schlug meinen Jackson mit seinem Hatch.
Ich kann selber auf mich aufpassen, Mann, sagte ich und schlug seine Königin – Barbara Bush – mit meinem Springer – Ted Kennedy. Schach.

Gabby hatte wieder mal schwere Zeiten. Ihr Vater weigerte sich, in ein Pflegeheim zu gehen.
»Er ist mein Vater und ich liebe ihn, aber wir können uns einfach nicht um ihn kümmern«, sagte Gabby. »Außerdem hat er nie akzeptiert, wie ich lebe, ich meine, daß ich lesbisch bin.«
Außerdem war Gabbys Vater Alkoholiker. Er hatte Gabbys Mutter geschlagen, sogar noch nach der Scheidung; er fuhr von da, wo er wohnte, siebenhundert Meilen, schlug seine Ex-Frau grün und blau und fuhr wieder zurück. Die Bullen fanden, es handle sich um eine familieninterne Auseinandersetzung, und fuhren wieder weg, die angebissenen Donuts fertig essen.
»Er ist wirklich extrem abhängig, weißt du? Er braucht eine Pflegerin, die ihn nicht aus den Augen läßt, sonst findet er Alkohol und betrinkt sich. Ich weiß nicht, wo er das Zeug immer findet. Alkoholiker ziehen Alkohol an wie Pfarrer die Klagen wegen Kindesmißbrauchs.«
Interessanter Vergleich.
»Ich war doch früher katholisch. Mir macht das immer noch Schuldgefühle.«

Die *Washington Post* brachte heute als Aufmacher die Geschichte eines Weißen, der im Nordwesten erschossen worden war. Sojourner nahm in ihrer Kolumne im Hauptstadt-

Teil auf die Titelstory Bezug. Ihr Tenor war der: Wenn ein Schwarzer im Südosten erschossen wird, gibt es eine Kurzmeldung auf der Lokalseite; wenn ein Weißer im Nordwesten erschossen wird, ist es die Schlagzeile des Tages und kommt auf die Titelseite; und wenn eine weiße Frau in Georgetown von einem schwarzen Mann vergewaltigt wird, halten sie sofort die Druckpressen an.

Sojourner griff wieder mal das richtige Thema zum richtigen Zeitpunkt auf. Zuverlässig wie das Amen in der Kirche. In den Zeitungen zählt das Leben eines Schwarzen weniger als das Leben eines Weißen. Das Leben eines Armen weniger als das eines Reichen. Das Leben eines Kanadiers mehr als das Leben eines Mexikaners oder eines Somali.

Der systemimmanente Todesfall ist keine Meldung, erklärte Sojourner. Daß in Washington in jeder Winternacht ein paar Obdachlose erfrieren, ist keine Neuigkeit. Aber wenn ein zweisitziges Sportflugzeug abstürzt und der weiße Geschäftsmann, der am Steuer saß, sich dabei den Nacken verrenkt, ist das eine Nachricht. Es ist ein abstoßendes, amoralisches Einmaleins.

Ich saß mit Eboni im Wohnzimmer meiner WG und ging mit ihr eine Short story durch, die sie geschrieben hatte. Sie handelte von dem Tag, an dem ihre Eltern umgekommen waren. Es war etwas, worüber Eboni so gut wie nie sprach. Ihr Vater, Garvey, war Tischler, und ihre Mutter, Amy, war Krankenschwester. Sie verdienten nicht viel Geld, mußten aber hart dafür arbeiten. Als Amy mit Eboni schwanger war, und die Wehen einsetzten, brachte Garvey sie ins Krankenhaus. Sie kamen aber nicht an. Ihr Kombi stieß an einer Kreuzung frontal mit einem Pizza-Lieferwagen zusammen. Der Lieferwagenfahrer beging Fahrerflucht; der Kerl rammte den Wagen, in dem Garvey, Amy und die ungeborene Eboni saßen, setzte zurück und fuhr einfach weiter – seine Pizzas ausliefern. Später wurde er von den Bullen gefaßt, und es stellte sich heraus, daß sein Alkoholspiegel um das Fünffache über dem gesetzlichen Grenzwert lag. Dazu war der Kerl mit Heroin vollgepumpt. Eboni wurde mit Kaiserschnitt zur Welt gebracht, direkt am Unfallort, und verbrachte viele Jahre in Kinderheimen, ehe sie von Ice' Familie adoptiert wurde.

»Hast du mal Drogen probiert?« fragte sie mich.

Nie. Es sei denn, du zählst die Feuerstein-Vitamine dazu. Diese Barneys machen echt süchtig.

»Ich beiße den Wilmas immer so gern die Köpfe ab. Geschieht dieser magersüchtigen Zimtzicke nur recht.«

Ich schmunzelte. Freut mich, daß dein bissiger Humor langsam in deine Texte Eingang findet, sagte ich. Aber deine neue Geschichte deckt auch was auf, etwas Echtes. Man mag es kaum glauben, weil es so bunt erzählt ist. Du fängst an, über die Dinge zu schreiben, die dir wichtig sind.

»Machst du das auch?«

Was?

»Schreibst du auch über die Dinge, die dir wichtig sind?«

Das ist es, worum ich mich drücken wollte, dachte ich. Das Problem mit den Nachhilfestunden für Eboni war, daß sie mich zwangen, der Jämmerlichkeit meiner eigenen Schreibe ins Auge zu sehen. Ehrlich gesagt, konnte ich mich nicht erinnern, wann ich zum letzten Mal über etwas geschrieben hatte, das mir wirklich wichtig war.

Schluß für heute, sagte ich, die Stunde ist um.

Für die heutige *Post* hatte Sojourner eine Ode an den schwarzen Soldaten geschrieben.

Es war ein guter Text, ein Loblied auf die schwarzen Kämpfer, die sich seit Jahren für dieses Land ins Zeug legten, mit doppeltem Einsatz, für die halbe Ehre. Es war ein rührender,

herzerweichender Schmatz von einer Kolumne. Vielleicht war das ja nötig, jetzt, da Tausende schwarzer Soldaten zum Persischen Golf geschickt wurden.
Trotzdem, ich hatte das Gefühl, Sojourner wollte mehr als nur triefende Oden verfassen – sie wollte selbst an den Golf. Kunststück – jeder Reporter, der etwas auf sich hielt, wollte am Golf sein. Ich glaube, sogar ich wollte es, irgendwie. Bloß: Wollte ich wirklich in die vorderste Schußlinie, nur um für *National Now!* die Treffer zu zählen?

Ich saß auf dem Klo. W. W. öffnete die Tür.
Hey! Ein bißchen Privatsphäre, bitte!
»Ich hab einen Witz für dich«, sagte W. W. »Was hat Saddam mit seinem Vater gemeinsam?«
Keine Ahnung. Darf ich vielleicht erst mal fertig scheißen?
»Sein Vater hat den Moment für den Rückzug auch schon verpaßt. Kapiert?«
Kapiert. Ich trat die Tür mit dem Fuß zu. Zwischenfälle im Leben eines WG-Insassen.

Das Telefon klingelte. Guy ging an den Apparat. Er geht immer ans Telefon, und die Art, wie er sich meldet, macht mir jedesmal Lust, ihm eine reinzuhauen.
»Yello!« sagte Guy.
Was mir noch mehr auf den Senkel ging, war, daß die Anrufe meistens für ihn waren. Was finden Mädchen an diesem kurzbeinigen Republikanerzwerg?
»Es ist für dich«, sagte Guy und hielt mir den Hörer hin. »Saki oder so ähnlich.«
Sieg. Endlich mal eine Lady für mich.
»Du hast dich lange nicht gemeldet«, sagte Ntozake. »Was war los?«
Ich hatte wahnsinnig viel zu tun, das ist alles.

»Thurgood, können wir mal miteinander sprechen?«
Das tun wir doch gerade.
»Ich meine, richtig sprechen. Warum hast du dich nicht mehr gemeldet?«
O.k. Es sind die Kinder. Ich gebe es zu. Ich meine, du hast einen Haufen Kinder. Du hast eine alttestamentarische Zahl von Kindern. Ich hab das Gefühl, wenn ich mich das nächste Mal mit dir verabrede, muß ich in einer Arche vorrudern.
»Also gut, gehen wir einfach mal davon aus, es wären meine Kinder. Du verabredest dich doch mit mir, nicht mit den Kindern. Im übrigen sind sie wirklich nett.«
Ich muß mir die Sache irgendwie noch mal durch den Kopf gehen lassen. Bist du Ende der Woche zu erreichen? Oder nächste Woche?
»Klar. Ruf mich an, egal wann – du rufst nicht an, das weiß ich jetzt schon.«

Ntozake hatte wahrscheinlich recht. Aber sie hatte mir selber die Ausrede geliefert, mich nicht mehr zu melden. Ich war kein Vollidiot. Es waren ihre Kinder – und sie schlitterte von einer Lüge in die nächste. Zweimal hatte sie sie als ihre Kinder bezeichnet, sich aber sofort wieder korrigiert. Einmal hatte sie sie als ihre Cousins und Cousinen ausgegeben. Langsam entwickelte sich das zu einer Szene aus *Chinatown*: Sie sind meine Kinder – klatsch! – meine Brüder – klatsch! – meine Cousins – klatsch! – meine Mutter – klatsch!

Sarah und ich spülten nach dem Abendessen das Geschirr.
»Ich habe übrigens nicht mit Guy geschlafen.«
Wer sagt denn...
»Ich bin nicht taub. Ich höre doch, was hier durchs Haus getratscht wird. Aber ich kann's nicht fassen, daß du mir allen Ernstes zutraust, ich könnte es mit einem Republikaner

treiben. Wofür hältst du mich? Er ist auch noch völlig wild auf diesen Krieg. Ich meine, er will wirklich an die Front und kämpfen. Als ginge es nicht um Leben und Tod. Als wär's nur eine Prügelei in der *West Side Story,* zur Untermalung des Jet-Songs.«

Hey, wenn du ein Jet bist, bist du's ein Leben lang.

»Von dem Tag, an dem du stirbst, bis zu deiner ersten Fluppe.«

Und wie stehst du zum Krieg?

»Du weißt, wie ich dazu stehe.«

Ich glaube, ich weiß es, aber ich weiß es nicht mit abschließender Gewißheit.

»Na ja, ich hoffe, daß es nicht zum Krieg kommt, aber irgendwie war es nur eine Frage der Zeit, wann uns einer dieser republikanischen Präsidenten einen Krieg einbrockt. Ich glaube, es kann der Weltuntergang werden.«

Gabby war heute nicht im Büro. Candy erzählte mir, ihr Hund sei gestorben und deshalb hätte sie sich zwei Tage freigenommen.

Ich fand das eigenartig. Es kam mir vor, als ob immer mehr Leute für Tiere mehr übrig hatten als für Menschen. Ich meine jetzt nicht nur die Tierschutzbewegung und die Vegetarier mit ihrer gesunden Ernährung. Ich glaube, es hat etwas mit Selbsthaß zu tun, nicht nur auf die eigene Person, sondern auf die eigene Gesellschaft. Natürlich mag es auch etwas mit diesen sadistischen Wissenschaftlern zu tun haben; die überflüssigen Experimente, die sie machen, können jeden in einen militanten Tierschützer verwandeln.

Wissenschaftler Nummer eins: Ist dieses neue Parfüm unbedenklich?

Wissenschaftler Nummer zwei: Das werden wir herausfinden. Wir besorgen uns tausend Seehundbabies, erhitzen das

Parfüm auf fünfhundert Grad Celsius, pumpen das brühheiße Parfüm in die Gehörgänge der Seehundbabies und pumpen so lange weiter, bis das kochendheiße Parfüm ihnen die Schädel zerreißt!
Tierschützer: Hmm, ist das nicht ein bißchen unnötig?
Wissenschaftler eins und zwei: Zum Teufel, das ist Wissenschaft!
Eintausend Seehundbabies (mit erstaunlich menschenähnlichen Stimmen): Eiiiii!!!
Ich glaube, das erste Mal, daß ich dachte, an der Sache mit dem Tierschutz ist vielleicht doch was dran, war in der neunten Klasse, im Biologieunterricht, als Mark Barnard einem Frosch, den wir sezieren sollten, bei lebendigem Leib das Herz herausriß, darauf herumkaute und es Mary Beth Fackwit ins Gesicht spuckte. In der Tat werfen die Tierschützer ja eine Frage auf, der man sich schwer entziehen kann. Woher nehme ich das moralische Recht, ein Tier zu töten? Habe ich das Recht, ein anderes Wesen aufzuessen, nur weil ich schlauer bin? Wenn man diesen Gedanken zu Ende denkt, hätte Dan Quayle schon vor Jahren als Rostbraten enden müssen. Hier und da kommt es vor, daß ich ein dickes Steak esse und beim Anblick des rinnenden Saftes, des Blutes auf dem Teller, an das ganze Tier denken muß, an ein frei herumlaufendes Kalb. Aber dann kippe ich etwas Ketchup drüber, und das Gefühl vergeht. Eine moralisches Dilemma im Zusammenhang mit Fleisch, das sich nicht durch Zugabe von Gewürzen lösen ließe, habe ich noch nicht erlebt.

Ich machte Überstunden im Modernen Leben. In der *Abendschau* kam ein Beitrag über koreanische Zwergschweine. Ich ging in den Vorraum mit den Fernsehern hinüber und drehte den Ton lauter.
Es hat sich gezeigt, daß die Schweine mit dem Alter doch

beträchtlich wachsen. Anfangs sind sie so groß wie Wüstenspringmäuse, aber bald blähen sie sich auf, bis auf zwei Zentner und mehr. Die Yuppies standen bereits wieder Schlange vor den Zoohandlungen, um die Tiere zurückzugeben. Wenn die Zoohandlungen sie nicht zurücknahmen, setzten sie sie aus oder verkauften ihre ehemaligen Lieblinge an Schlachthöfe.

»Ich dreh die Koreaschweine normalerweise durch den Wolf und verfütter sie an die Hunde«, sagte ein Schweinefarmer, den die *Abendschau* interviewte. »Hier und da schieben wir uns auch selber eins in die Röhre. Die schmecken gar nicht verkehrt, die Dinger.«

»Mach das leiser, mach das leiser!« zischte Candy, die ebenfalls Überstunden schob, wie jeden Tag.

Nach zweiundzwanzig Uhr machen sämtliche Bürogebäude einen Ruck und befinden sich plötzlich jenseits der südlichen Staatsgrenze. Die Putzkolonnen marschieren auf, und wenn du kein Español verstehst, bist du geliefert. Es ist, als ob da zwei Welten existierten, die sich im Turnus der Schicht ablösen.

Ich war sehr spät, gegen Mitternacht, ins Büro gekommen, um eine Story aufzuschreiben. Mit mir betrat eine junge Frau in der blauen Uniform des Reinigungspersonals den Lift. Sie hatte einen Besen in der Hand und einen fahrbaren Mülleimer neben sich. Sie hatte dunklen Teint, Schlitzaugen und pechschwarzes, schulterlanges Haar. Sie schien etwa so alt wie ich zu sein und irgendwo aus Mittelamerika zu kommen. Ich sagte Hallo, und sie lächelte schüchtern.

Im zwölften Stock blieb der Lift stecken, die Türen streikten. Wir standen beide da, schweigend, etwa zwanzig Minuten lang, unfähig, auch nur ein einziges Wort zu wechseln.

Ursula besuchte Abendkurse. Sie machte eine Fortbildung zur Psychologin. Ich wußte zwar nicht genau, auf welche Schule sie ging, aber ich war ziemlich sicher, daß es eines dieser Institute war, die in Streichholzheftchen inserieren. Ich nehme an, sie tat es, um die Banalität ihres Jobs zu ertragen.
Aber Halbwissen ist eine gefährliche Sache. Und als Ursula sich einen mittelgroßen Vorrat an psychologischen Kenntnissen angeeignet hatte, wurde sie zu einer ernsthaften Bedrohung. Sie versuchte mit List und Tücke, ihre psychoanalytischen Techniken in ihren Redaktions- und Führungsstil einzubauen.

»Thurgood, ich brauche von dir einen Aufmacher über Haustier-Apartments«, sagte Ursula. »Das ist der neueste Schrei. Leute, die in ihren Wohnungen keine Haustiere halten dürfen, kaufen für ihre Hunde und Katzen Luxusquartiere. Ich brauche die Story bis Dienstag abend.«
Der Künstliche-Deadline-Trick. Ich wußte zufällig genau, daß bis Freitag in der ganzen Zeitung keine Zeile mehr frei war. Und es ging nicht gerade ein Aufschrei durch die Öffentlichkeit, der nach unverzüglicher Aufklärung über Haustier-Apartments verlangte.

Ursula: »Die Geschichte über Nasenringe ist phantastisch geworden. Ich habe bloß noch ein paar Fragen dazwischengeschoben.«
Die alte Frage-Antwort-Masche. Die Geschichte war nur sechzig Zeilen lang. Ursula schob dreißig Zeilen Fragen ein. Nachdem ich sämtliche Fragen beantwortet hatte, war die Geschichte neu geschrieben – nach ihrer Nase.

Ursula: »Ich habe ein paar Änderungen an deiner Story über die obsessiven Videofilmer vorgenommen. Ich habe den Text schon mal in den Satz gegeben. Für größere Änderungen ist keine Zeit mehr, wir sind meilenweit hinter der Deadline. Aber lies die Geschichte doch schnell noch mal durch und schau, ob du einverstanden bist.«
Die Termin-überschritten-Taktik. Es war erst siebzehn Uhr. Ich wußte, daß noch bis Mitternacht Änderungen am Text möglich waren. Von dem, was ich geschrieben hatte, waren nur noch zwei Nebensätze erhalten, sie hatte die Geschichte von vorn bis hinten neu geschrieben. Nun handelte die Story, kaum zu glauben, von der anhaltenden Anziehungskraft einer Eisrevue namens *Ice Capades*.

Die Kunde von Sojourner Truth Zapaders neuester Kolumne verbreitete sich wie ein Lauffeuer im ganzen Haus.
Sie befaßte sich mit Gisella Hernandez, einer Putzfrau bei *National Now!* Während Hernandez' Ehemann, ein Berufssoldat, in Saudi-Arabien im Einsatz war, hatte die Frau ein Baby zur Welt gebracht, das an einer Reihe körperlicher Mißbildungen litt. Die Leute mutmaßten, daß die Anomalien mit den Bauarbeiten in Verbindung stehen könnten, die derzeit in dem Gebäude durchgeführt wurden. Es hatte unter den Frauen der Putzkolonne eine Anzahl weiterer Säuglingsmißbildungen und Fehlgeburten gegeben, aber die betreffenden Frauen hatten aus Furcht vor der Abschiebung nicht gewagt, viel Wirbel darum zu machen. Hernandez' Mann aber kämpfte in Übersee für die Vereinigten Staaten, und nur deshalb hatte sie den Mut aufgebracht, sich mit ihrer Geschichte an die Presse zu wenden.

Willamina, das Schlachtschiff, tobte. Ihr Blutdruck kletterte so gewaltig, daß sie ihre träge Leibesfülle aus ihrem abgedunkelten Büro hervormanövrierte und die gesamte Belegschaft des Modernen Lebens zusammenrief.

»Inzwischen hat wohl jeder von Ihnen die Kolumne in der *Post* zur Kenntnis genommen«, sagte sie. In ihren Mundwinkeln klebte eine häßliche, weiße Masse, irgendein Sekret oder ein kristallisierter, zuckriger Lebensmittelrückstand. »Irgend jemand hat diese Information der *Post* zugespielt. Ich will wissen, wer.«

Allgemeines Schweigen.

Ich flüsterte Gabby zu: Ich bin Spartakus.

Gabby kicherte. »Nein, ich bin Spartakus.«

»Diese Sache ist bei Gott nicht zum Lachen«, sagte Willamina Schlachtschiff.

Ich ging mit W. W. einen trinken, in der Hoffnung, mich sehr viel besser zu fühlen, wenn ich die Ereignisse des Tages durch eine Bierbrille sah. Wir gingen in eine Bar an der Wisconsin Avenue in Georgetown. Jede Menge Studenten waren in dem Lokal, mehr als die üblichen paar drallen Erstsemester. W. W. trank wie ein Berserker. Es war etwas beängstigend. Außerdem sprach er, trotz der reichen Auswahl an wunderbaren schwarzen Schwestern, mit dieser vollkommen unattraktiven Blondine. Ich wollte von niemandem, der mich kannte, mit W. W. gesehen werden, solange er eine häßliche Blondine anbaggerte, während gleich daneben eine schwarze Frau durch die Zähne zischte: »O Mann, typisch.«

»Ich arbeite für den Präsidenten der Vereinigten Staaten«, sagte W. W. »Ich bin Redenschreiber.«

»Und was macht dein Freund?« sagte die häßliche weiße Frau, deren Atem wie der Luftstrom vor der einfahrenden U-Bahn roch.

Ich bin Reporter, sagte ich.

»Ob du es glaubst oder nicht, er arbeitet für *National Now!*«, sagte W. W.
»Wow! Ist das wahr?«
»Und er hat in Naverton studiert«, ergänzte W. W.
»Wow!«
»Ich hätte auch nach Naverton gehen können, aber dann hab ich mich doch fürs Georgia State entschieden«, sagte W. W., in einem Ton, den ich unter Garantie schon mal in einer Inszenierung von *Tod eines Handlungsreisenden* gehört hatte.

Später an diesem Abend, als W. W. bereits ordentlich einen im Kahn hatte, kam er auf seine Arbeit zu sprechen. Ihm war klar, daß er ausgebeutet wurde und man seiner Arbeit nicht den mindesten Respekt zollte. Die älteren Redenschreiber klauten ihm die Ideen und die Lorbeeren, und er ging leer aus.
»Ich muß da weg«, sagte W. W. und nahm einen großen Schluck Bier. »Mann, heute war es grauenhaft. Grau-en-haft! Diese Scheißkerle! Daß du in diesem Büro dauernd von hinten getreten wirst, bin ich ja mittlerweile gewöhnt. Aber damit ist jetzt Schluß – jetzt kriegst du's mitten in die Fresse.«
Vor ein paar Wochen hatte W. W. eine kurze Ansprache verfaßt, die der Präsident anläßlich eines Besuchs in einer Kindertagesstätte hielt. Es war ein so intelligenter, kleiner Text, daß zwei Radiosender kurze Ausschnitte davon brachten. W. W. hielt es für seinen Durchbruch. Bislang war er nur für Recherchen zuständig, aber jetzt, so glaubte er, wäre er auf dem besten Weg, eine Rede nach der anderen zu schreiben und sich zum vollwertigen Redenschreiber zu mausern. Doch im Moment bekam er von seinen höherstehenden Kollegen nur die übelsten Jobs aufgebrummt, Sekretariatsarbeiten, Kaffeekochen und solchen Mist.

»Ich könnte alle meine Probleme mit einem Schlag lösen, wenn ich mich beschneiden ließe.«
Tut mir leid, ich kann dir nicht folgen, mir fehlen noch ein paar Promille.
»Wenn ich zu den Republikanern überlaufe. Mir die liberale Vorhaut abrasieren lasse. Jeder im Büro weiß, daß ich nicht voll hinter dem Programm stehe. Wenn ich jetzt ankündigen würde, daß ich ganz auf ihre Seite wechsle, wäre ich ein Star, Mann, ein Shooting Star! Die Republikaner sind ganz versessen auf junge, schwarze Männer mit Grips.«
Das ist der Ku-Klux-Klan auch. Die Frage ist, was sie mit dir anstellen, sobald sie dich im Sack haben.

Ich schob Arizonas Diskette in mein Laufwerk.
Ich wartete, während der Computer surrte und die Daten von der Diskette lud.
»Festplatte wird gelöscht«, meldete der Bildschirm. »100 %.«
Was zum Henker? Ich zog den Stecker. Was tat dieses Ding da? Ich nahm eine Büroklammer, bog sie auseinander und stocherte in dem Schlitz an der Vorderseite des Rechners herum, damit er die Diskette wieder ausspuckte. Die Diskette sprang heraus. Ich brach sie entzwei und warf sie in den Mülleimer. Dann schaltete ich den Computer wieder an.
»Festplatte gelöscht«, stand auf dem Bildschirm.

Ich glaube, ich bin der einzige Irre auf der Welt, der sich bei einer Verabredung mit einer Unbekannten einen Computervirus holt. Zum Glück hatte ich noch meine Backup-Disketten, sonst könnte ich dir jetzt gar nicht schreiben.
(Du solltest deinen PC zur Entlausung bringen. Ich kann dir ein paar Adressen geben. Glaubst du, das hat sie mit Absicht gemacht?)

Ich weiß es nicht. Ich hab überlegt, ob ich sie anrufe. Aber was soll's? Was soll das überhaupt alles? Du kannst keiner Menschenseele mehr trauen.

(Hast du bei eurem Treffen gesagt, du rufst sie wieder an?)

›Vielleicht‹ hab ich gesagt.

(Hast du's ernst gemeint?)

Was spielt das schon für eine Rolle?

(Vielleicht keine. Die Welt, in der wir leben, wird zunehmend gefährlicher, aber auf eine äußerst verzwickte Weise. Herzensangelegenheiten, intime Beziehungen werden zu Unternehmen auf Leben und Tod. Eine untreue Geliebte ist ein Aids-Risiko. Vertrauen ist eine Überlebensfrage, nicht bloß ein emotionaler Luxus. In der Informationstechnologie, mit den Computern, passiert das gleiche. Wir haben uns eine Welt eingerichtet, die vom Datentransfer beherrscht wird, von Datenbanken, in denen höchstpersönliche Dinge gespeichert sind etc. Aber die Gesellschaft hat keinen ausreichenden Schutz für all die Information geschaffen.)

Ich glaube, wir sind moralisch leichtsinnig geworden. Für mich hängt das alles zusammen. Du kannst das Leben eines Menschen auf Zahlen am Bildschirm reduzieren, und durch ein Rating-Programm von der Festplatte kannst du es auslöschen. Die Gesellschaft lebt damit. Seit es Aids gibt, sind wir plötzlich alle in jungen Jahren mit dem Tod konfrontiert. Wir haben irgendwie gelernt, das zu akzeptieren, wir haben gelernt, mit dem Tod zu leben. Aber ich finde, das macht das Leben ärmer. Tod, Obdachlosigkeit, Rassismus – das sollten Dinge sein, denen wir ewige Feindschaft schwören, aber doch nicht Dinge, die wir als gegeben hinnehmen. Die Menschen sind leichtsinnig geworden, und das Leben hat an Wert verloren. Ich glaube, das ist der Grund, warum die Regierung es geschafft hat, diese Sache am Persischen Golf zu verkaufen. Das Leben ist ohnehin so sinnlos, so elektronifiziert,

so virenverseucht, was bedeuten da noch ein paar tausend Menschenleben in einer abgelegenen Wüstenregion?
(Du vermischst jetzt eine ganze Menge Dinge, aber ich glaube, dein Hauptgedanke ist gar nicht so verkehrt. Die heutige Welt ist zu reduktionistisch. Wir verwechseln die Reduktion mit der Sache selbst, und das verarmt die Realität. Der Datensatz einer Person gibt kein vollständiges Bild ihrer Persönlichkeit wieder. Ein toter Soldat auf dem Bildschirm ist nicht ein toter Soldat. Wir ersetzen die Realität immer mehr durch ihre Abbildung. Oder denk an Meinungsumfragen vor Präsidentschaftswahlen. Sie erfassen die blanken Zahlen, aber nicht die Stärke der Zustimmung oder die Gründe der Entscheidung für diese oder jene Partei. Trotzdem haben Meinungsumfragen inzwischen fast mehr Gewicht als die Wahlen selbst. Aber für mich fokussiert sich das ganze Thema wirklich in CDs.)
In CDs? Ich glaube, ich weiß, worauf du hinauswillst. Die digitale Aufnahme einer Darbietung ist nicht die Darbietung selbst. Erinnerst du dich an den Typen aus dem Studentenwohnheim, im ersten Semester, der immer Geige gespielt hat? Er sagte, er haßt CDs, weil er physisch spürt, wie durch den Prozeß der Tonaufnahme die rauhen Kanten abgeschliffen werden und der Musik ein Stück Menschlichkeit entzogen wird. Hat er nicht Selbstmord begangen oder so was?
(Schlimmer. Ich glaube, er ist mittlerweile Werbetexter und strickt Kampagnen für den Absatz von Zigaretten an mongoloide Kinder. Aber noch mal zum Thema. Wenn die Gesellschaft sich darauf einläßt, die Kunst zu digitalisieren, kann das langfristig verheerende Folgen haben. Das Kuriose ist, daß Viren nach dem gleichen Prinzip arbeiten. Sie ersetzen gesunde Zellen. Man könnte sagen, die Gesellschaft selbst wird von einem riesigen Virus ersetzt.)

(Du willst das also tatsächlich machen.)
Es kommt mir einfach plausibel vor, eine potentielle Geliebte on-line kennenzulernen. Es hat was für sich, sich in einem Raum zu begegnen, in dem nur die Worte, nur die Gedanken zählen. Ich habe diese Oberflächlichkeit satt, mich mit Leuten wie Arizona zu treffen, nur um herauszufinden, daß sie ein krankes Hirn haben. Die Medien bombardieren uns mit einer solchen Flut von Bildern, Archetypen, Verhaltensmustern, daß sich jeder hinter einem Panzer verschanzt. Ich will direkt zum Herzen vordringen.
(Ich halte nichts von dieser Psychologenschule, die für alles die Medien verantwortlich macht. Die Menschen schaffen ihre Daseinsräume selbst. Nimm das Land, in dem ich lebe, Israel. Hier gibt es eine Kultur, ein Volk, dessen gesamte Existenz von Leid und Überlebenskampf gezeichnet ist, und damit letztlich von Ausdauer. Deine Umwelt muß nicht dein Leben regieren. Denk an Beethoven, der in der absoluten Stille Symphonien komponiert hat.)

Es war Zeit für ein bißchen Cyberlesbensex. Wie die meisten bekennenden Heteros unter den Männern hatte es mich immer brennend interessiert, wie es war, eine Lesbe zu sein. Für den Mann war Sex eine lokalisierbare, prosaische Angelegenheit; du schaukelst dich hoch, fühlst dich eine Sekunde lang großartig, du rollst dich zur Seite und schläfst ein. Bei Frauen schien Sex etwas Mysteriöseres zu sein, etwas Organisches, Allumfassendes; der Orgasmus schien bei ihnen den ganzen Körper in Besitz zu nehmen, wie ein Poltergeist. Die Architektur weiblicher Lust war von einer ebenso erschreckenden wie faszinierenden Komplexität. Der weibliche Orgasmus war kein singuläres Ereignis, das sich wie auf Knopfdruck durch einen überraschend eindringenden, hartnäckigen Zylinder aus Fleisch auslösen ließ; der weibliche

Orgasmus war ein Langzeitprojekt, ein Lebensstil, der sich aus dem Austausch von Geheimnissen, langen Spaziergängen im Abendlicht und Händchenhalten am Frühstückstisch zusammensetzte. Männer in festen Beziehungen hatten, so war mein Eindruck, immer Schwierigkeiten, mit dem breitgefächerten Spektrum der Liebe klarzukommen, die das weibliche Geschlecht verlangt. Lesben hatten Partner, die das alles schon kannten. Vielleicht konnte ich on-line ein Empfinden dafür bekommen, wie sich das anfühlte – kein körperliches Empfinden natürlich, aber ein intellektuelles. Ich würde mich mit anderen Lesben unterhalten und eine Vorstellung davon bekommen, was sie heiß machte, welche Gefühle sie mit der Liebe verbanden. Und vielleicht würde ich sogar Sojourner ausfindig machen.

Ich setzte mich an meinen Computer, rief das Modem-Fenster für die Verbindung zum Netz auf und tippte die Adresse der »Ätherscheide« ein. Ich hörte ein paar schnell aufeinanderfolgende Wähltöne, dann ein Klicken und ein langes, schrilles Pfeifsignal, und schon war die Verbindung da. Ich habe schon immer gestaunt, was für eine Masse an Information so ein winziges elektronisches Quieken transportiert. Der Bildschirm färbte sich tief violett und aus meinem scheppernden Lautsprecher tönte die Stimme von k.d. lang, die einen alten Patsy-Cline-Song trällerte, während über den Bildschirm eine Passage aus *Ein Zimmer für sich allein* lief.

»›Ich‹ ist nur ein bequemer Ausdruck für jemanden, den es nicht wirklich gibt. Es werden Lügen über meine Lippen fließen, aber es könnte sich auch ein Körnchen Wahrheit daruntergemischt haben; es ist Ihre Aufgabe, diese Wahrheit herauszufinden und zu entscheiden, ob irgend etwas davon des Aufhebens wert ist. – Virginia Woolf.«

Als nächstes erschien ein Anmeldeformular auf dem Schirm, in dem ich um die Angabe meines Namens gebeten wurde

(freigestellt – also ließ ich die Zeile leer) sowie um ein passendes Literaturzitat (obligatorisch) und um ein Computer-Pseudonym meiner Wahl. Für den Decknamen zog ich Tremonisha in Betracht (nach dem Buch *Reckless Eyeballing* von Ishmael Reed und der gleichnamigen Oper von Scott Joplin, die ich nie gehört habe, aber trotzdem, a priori, bewundere), aber der Name hatte zu viele Buchstaben, so daß ich mich für Jodie entschied. In die Zeile für das Zitat tippte ich einen Satz, den ich vage aus *Medea* in Erinnerung hatte: »Da ist ein Riß, der quer durch meinen ganzen Körper geht.«
Das Hauptmenü erschien auf dem Schirm. Es bestand aus einer Ansammlung farbiger Symbole, lauter Körperteile. Es gab ein Auge, einen Mund, eine Faust und etwas Verwischtes, das entfernt an weibliche Fortpflanzungsorgane erinnerte. Ich klickte das Auge an. Der Schriftzug »Willkommen bei VOYEUR« flackerte über den Bildschirm. Als nächstes erschien ein bewegtes Videobild mit ziemlich grobkörniger Auflösung. Das Video hatte etwas von den Aufnahmen einer Überwachungskamera in einer Bank, nur daß anstelle der Schlangen vor dem Schalter und des verschlafen dreinblikkenden Bankangestellten lauter Frauen zu sehen waren, die sich an- und auskleideten, in einem Raum, der wie die Umkleide eines Fitneßstudios aussah. Da mußte jemand eine versteckte Kamera installiert haben. Ich war wie hypnotisiert. Manche der Frauen waren alt und welk, andere jung und kräftig. Hier und da lief eine nackte, frisch geduschte, dampfende Figur durchs Bild, und alles verschwamm. Als eine der Frauen die Kapuze ihres Habits hochschlug, begriff ich endlich, daß die Frauen alle Nonnen waren, daß die Kamera im Sporttrakt eines Nonnenklosters installiert war und daß ich jetzt in die Hölle kommen würde. Trotzdem konnte ich nicht weggucken. War die Tatsache, daß manche dieser Nonnen Figuren wie Topmodels hatten, der Beweis, daß Gott tot war

– oder lediglich ein Indiz dafür, daß er/sie einen delikaten Sinn für Humor besaß? Während ich noch über diese Frage nachsann, trat eine fette, dampfende Nonne vor die Linse, und das Bild löste sich komplett in Schlieren auf. Ich beschloß, zum Hauptmenü zurückzukehren.
Ich klickte auf das Mund-Symbol. Eine weibliche Stimme sagte, »Willkommen im Lesbentreff«. Ah, Spuren intelligenten Lebens. Das war die Art von Ort, die ich suchte. Es war eine Chat-Zone mit einer Auswahl unterschiedlicher Themen, unter anderem Selbsthilfe, Kunst, Meckerecke, Liebe und Sex. Mir fiel sofort auf, daß Liebe und Sex als getrennte Themen firmierten – hieß das, daß sie sich wechselseitig ausschlossen? Egal, das war eine Frage für Philosophinnen – oder für Nachmittags-Talk-Shows. Ich klickte auf das Zeichen für Sex.
Es befanden sich nur fünf weitere Personen im Sex-Chatroom. Hillary, Brrknstoc, Barbabe, Lingus7... und Struth. Bingo! Struth – die Frau, die ich suchte! Anfangs beteiligte ich mich nicht am Gespräch, sondern sah nur zu, wie die Beiträge der anderen Teilnehmer über meinen Bildschirm rollten.
Brrknstoc: (Was ist hübscher: Muschi-Lutschen in Puschen oder Schnecke-Lecken in Pumps?)
Barbabe: (Hat irgend jemand Nacktfotos von Whitney Houston zum Downloaden?)
Brrknstoc: (WILL MIR VIELLEICHT IRGEND JEMAND MEINE FRAGE BEANTWORTEN?)
Lingus7: (SCHREI NICHT SO! Großbuchstaben tippen ist wie Brüllen.)
Barbabe: (Hat jemand irgendwelche Nacktfotos von irgendwelchen berühmten Frauen zum Runterladen?)
Brrknstoc: (Was ist HÜBSCHER: Muschi-Lutschen in Puschen oder Schnecke-LECKEN in PUMPS?)

War das das Reich der Ideen, von dem ich mir so lebhafte Phantasien ausgemalt hatte? Nicht gerade die Welt von John Rawls. Und höchst unwahrscheinlich, daß ich aus dem Geplauder dieser Luschentruppe wertvolle Aufschlüsse in fleischlichen Fragen erhalten würde. Na gut – wenn du in Rom bist, tu, was die Römer tun. Ich beschloß, gleich zur Sache zu kommen, plump und ohne Umschweife. Ich schickte Struth eine Nachricht. Ob sie Lust hätte, mit mir in ein Séparée zu gehen und virtuell Liebe zu machen? Zu meiner Verblüffung sagte sie ja. Mir wurde heiß vor Aufregung. Sie dachte, ich wäre eine Frau. Sie hielt mich für eine lesbische Schwester. Struth und ich zogen uns in ein Séparée zurück, einen abgetrennten Chat-Bereich, in dem die übrigen User nicht mitlesen konnten, was für Nachrichten wir austauschten. Wir kommunizierten etwa eine halbe Stunde. Wir tauschten Anzüglichkeiten aus. Sie schrieb mir, sie sauge an meinen Brustwarzen, lecke mich etc. etc. etc. Ich antwortete mit annähernd den gleichen Sachen, bla bla bla. Es war ungefähr so erotisch wie Wäschewaschen – und ich meine nicht Spitzen-Dessous; ich meine Hemden, Handtücher und die Fußmatte aus dem Auto.
Als mein On-line-Schäferstündchen um war, war mir schlecht. Ich fühlte mich, als hätte ich soeben die scheußlichste Geschichte meines Lebens geschrieben. Ich hatte geglaubt, durch diese Erfahrung zur Quintessenz der Liebe vorzudringen; statt dessen hatte sich alles, was an der Nähe zwischen Menschen bedeutsam war, in Luft aufgelöst. Es reichte. Ich hatte zuviel und zu schnell getippt heute abend, mir taten die Finger weh. Ich beugte mich hinter den Computer und schaltete ihn aus. Ich merkte, daß sich das Gehäuse warm anfühlte, wie Haut nach einem Liebesakt. Ich fragte mich, ob er vielleicht den Rücken gekrault haben wollte.

Als ich Yukio von meinem Besuch in der »Ätherscheide« erzählte, konnte er sich vor Lachen kaum halten. Er hatte sein erstes Cybersex-Erlebnis ganz und gar geil gefunden, aber sich danach schnell gelangweilt und sein Modem und den Computer längst wieder zu dem Media-Markt zurückgetragen, wo er ihn gekauft hatte. Sein Gelächter fing an, mir auf die Nerven zu gehen, deshalb versuchte ich das Thema zu wechseln. Ob er wüßte, was ein »Brass Check« ist?

»Klar weiß ich das«, sagte Yukio. »Früher, Anfang des Jahrhunderts, war es in den Puffs üblich, daß die Freier bei der Puffmutter bezahlten, bar und im voraus. Dafür bekamen sie von der Puffmutter eine Messingmarke, die sie dann bei der Nutte ihrer Wahl abgaben.«

Und diese Messingmarke hieß Brass Check – woher weißt du so was eigentlich immer?

»Hey, ich bin Japaner. Wir wissen alles.«

Wir unterhielten uns noch ein Weilchen und machten dann Schluß. Eine Messingmarke für die schönste Nutte. Das war es also. Mist – ich hatte vergessen, ihn zu fragen, ob Woolf auch lesbisch war. Egal, war sowieso unwichtig. Ich gähnte. Es war spät. Ich schlief ein und träumte, ich ritte auf dem Camel-Kamel über eine Sanddüne in Saudi-Arabien. Am Morgen rätselte ich, ob das ein homoerotischer Traum war.

Ich duschte, zog mich an, ging nach unten und schaltete meinen Computer an, um zu sehen, ob E-Mail im Kasten war. Eine Mail war da, die in der Nacht gekommen sein mußte. Wahrscheinlich noch mal Yukio, der sich einen Jux mit mir machte.

(Struth war ein Hochstapler, Honey. Du hattest einen virtuellen Fick mit einem Mann.)

Die Nachricht war unterschrieben: Sojourner Truth Zapader.

Kündet, ihr Musen, mir jetzt, die ihr
hauset im hohen Olympos;
Göttinnen seid ihr, allgegenwärtig, und
alles erkennend;
unser Wissen ist nichts, wir horchen allein
dem Gerüchte.

HOMER
Ilias

5

★ ★ Shall we dance? ★ ★

Der Kriegswahn schlich sich auf leisen Sohlen heran. Ein Nebel von Chauvinismus und Kriegshysterie hatte sich über Amerika gebreitet und umwallte die Nachrichtenmacher der Nation. Anfangs merkte es keiner. Dann kam es über Nacht. Wir legten uns schlafen im »Land der Freien« und der »Heimat der Tapferen«, wie in der Hymne vorgesehen; am nächsten Morgen sahen wir die Nachrichten, und als im Bild ein Balken mit der Aufschrift »von den Militärbehörden zensiert« erschien, zuckten wir mit keiner Wimper. Symbole wurden plötzlich bedeutsam, geradezu heilig, und wehe, es machte sich einer über sie lustig. Überall Flaggen und Kundgebungen, Sympathiebezeugungen für die Soldaten, Ergebenheitsadressen an den Präsidenten. Moment mal, das hier war doch Amerika – ein paar von uns, genauer gesagt, die Abonnenten von *Mother Jones* und *Utne Reader*, fragten sich: Machen wir uns ernsthaft was aus all dem Brimborium? Aber die drei, vier Amerikaner, die sich über derlei Geschmacksfragen mit viel Herzblut erhitzen konnten, merkten bald, daß wir keine relevante gesellschaftliche Kraft waren. Eine wachsende Zahl von Menschen – Menschen, die doch die ganze Zeit über dagewesen sein mußten, wie ich mir sagte, Leute, in deren Vorgärten die Flagge wehte, deren Söhne ausrasierte Nacken hatten wie die Hitlerjungen in der Kristallnacht, Leute, die bei der Nationalhymne vor einem Profi-Ringkampf die Hand aufs Herz legten –, diese Leute

standen hinter dem Krieg. Ihre Herzen schlugen für Amerika, und wenn andere Leute, Protestler, links-kommunistisch - leninistisch - marxistisch - maoistisch - feministische Nigger-Liebchen es wagten, Amerikas Stärke in Frage zu stellen, Amerikas Rechtschaffenheit, Amerikas schicksalsgewollte Aufgabe, den beherzt zuschlagenden »Laß-mich-mal - machen«, »Grundrecht? - Dir - geb - ich - gleich - ein - Grundrecht - Freundchen«-Weltpolizisten zu spielen – dann geriet das patriotische Blut dieser Leute in Wallung.
Diese Leute hatten keine Lust, sich ihre harte Linie von den Medien, vom Fernsehen, von *National Now!* miesmachen zu lassen. Aber das mutete ihnen auch keiner zu. Niemand, nicht einmal die Reporter, die Experten, die Kommentatoren, die es wahrhaft besser wissen mußten, unternahmen den Versuch, die feine Moral dieser feindseligen Mehrheit anzuprangern oder Bush von seinem geliebten, kleinen Sandkastenkrieg wegzuzerren. Schließlich und endlich floß Geld in diesem Krieg; er heizte den Umsatz an; es wurden Landkarten gebraucht; Farbgrafiken der Waffen, mit denen wir den Feind plattmachen würden; Operation-Wüstenschild-Lunchpakete; Aufklärungssendungen auf ABC mit einem lächelnden Moderator, der den Krieg für Kinder erklärte und durch eine gigantische 3-D-Landkarte des Nahen Ostens spazierte, um den Feldzug der Neuen Kreuzritter als eine kleine Magical-Mystery-Tour durch Wüstengelände zu veranschaulichen. Und überall drehte sich alles um die Frage, was wir zu tun hatten, um uns auf den Krieg vorzubereiten – nirgends um die Frage, was zur Stützung des Friedens getan werden konnte. Krieg ist eine tausendmal spannendere Geschichte als Frieden. Macht euch fertig für die Front, Kinder.

»Hier ist der Anrufbeantworter von Sojourner Truth Zapader bei der *Washington Post.* Eine Klarstellung vorweg – ich bin eine Kolumnistin, keine Talk-Show-Moderatorin. Wenn Sie also irgendeine trostlose Geschichte von einem Freund oder einer Freundin haben, die nicht nett zu Ihnen war, und von der *irrtümlichen* Annahme ausgehen, ich würde darüber eine Kolumne schreiben, hinterlassen Sie bitte *keine* Nachricht. Falls Sie mir eine *wichtige* geschäftliche Nachricht zukommen lassen wollen, sprechen Sie bitte nach dem Signalton. Sie haben dreißig Sekunden Zeit.«

Piep!

Äh... hier ist Thurgood. Thurgood Brinkman. Äh... Ich bin auch Journalist. Ich bin sozusagen bei der Konkurrenz, bei *National Now!* Ich weiß, daß eine Menge ernstzunehmender Journalisten uns gar nicht als Konkurrenz betrachten, als richtige Journalisten, aber ich arbeite da eben, deshalb wollte ich es erwähnen. Egal, ich komme vom Thema ab. Also, wir haben on-line Bekanntschaft gemacht, wenn Sie sich erinnern. Ich meine, eigentlich habe ich nicht mit Ihnen Bekanntschaft gemacht, sondern mit jemand, der sich für Sie ausgegeben hat. Und ich schätze, ich habe mich auch für jemand anderen ausgegeben. Und ich glaube, Sie haben herausgefunden, daß ich vorgab, jemand zu sein, der vorgab, mit jemandem Sex zu haben, der vorgab, er wäre Sie. Es ist alles ziemlich bescheuert und pubertär und kompliziert, glaube ich, und deshalb wollte ich mit Ihnen sprechen. Ich meine, glauben Sie mir, wenn ich wirklich ich gewesen wäre, und Sie wirklich Sie gewesen wären, hätten wir nie und nimmer Sex zusammen gehabt. Moment. Ich meine, ich schätze, wir hätten wahrscheinlich schon Sex miteinander gehabt, aber nicht so. Ich meine, nicht, daß ich so vermessen wäre, mir einzubilden, Sie hätten Lust, mit mir... O Scheiße! Jetzt halten Sie mich wahrscheinlich für irgendeine durchgeknallte, geisteskranke Tunte, nachdem Sie das gehört haben. Ich wollte im Grunde nur eines sagen. Ich bin kein...

Piep!
Die dreißig Sekunden waren um. Ich hatte mich zum totalen, unwiderruflichen Volltrottel gemacht, in nur einer halben Minute.

So sehr ich es haßte, mit Guy herumzuhängen – als er mich fragte, ob ich einen Happen essen mitkomme, sagte ich, klar. W. W. war nicht zu Hause, also klauten wir ihm sein nettes Demokraten-Republikaner-Schach und zogen los. Wir gingen zum NFC, wo Eboni heute Schicht schob, und ließen uns von ihr zwei Gratis-Teller herausschmuggeln. Zum Essen spielten wir eine Partie Schach – die Pflaume hätte mich fast matt gesetzt, aber dann schlug ich doch noch ein Remis heraus – und anschließend gerieten wir, logisch, in einen Streit über den Krieg. Guy war Reservist und konnte als solcher jeden Tag in Marsch gesetzt werden, also dachte er von früh bis spät an nichts anderes.
»Wir haben all die Atombomben doch nicht gebaut, um sie nicht zu benutzen«, sagte er.
Natürlich haben wir das. Wir haben sie zur Abschreckung gebaut. Es war ein thermonuklearer Hahnenkampf. Wechselseitige Androhung der totalen Vernichtung.
»Dazu sage ich nur zwei Worte: Neville Chamberlain.«
Und dazu sage ich nur zwei Worte: Wilt Chamberlain. Der Kerl hat in einem einzigen Match hundert Punkte gemacht. Und er hat mit dem Thema exakt so viel zu tun wie der alte Neville.
»Mensch, Junge, wir kriegen mit diesem Appeasement-Gerede kein Bein in die Tür. Wenn wir die Bombe einsetzen, retten wir Leben. Alles, was wir brauchen, ist ein gezielter Abwurf auf Bagdad, dann kommt die Botschaft schon bei Saddam an.«
Seit wann eignen sich Atomwaffen zur Übermittlung von

Botschaften? Am Muttertag schicke ich Blumen, nicht Kilotonnen, um auszudrücken, was ich empfinde. Per Bombe kann man nicht kommunizieren. Und was ist mit den Opfern unter der Zivilbevölkerung?

»Und was ist mit meinen verdammten Kumpels aus der Truppe? Bloß, weil sie eine Uniform anhaben, willst du sie zum Abschuß freigeben? Ich will lieber tausend Iraker krepieren sehen als einen von den Jungs aus meiner Einheit.«

Sieh mal, was mir gegen den Strich geht, ist, daß wir immer nur Bomben auf farbige Leute werfen. Ich meine, wir werfen die Bombe auf die Japaner, aber nicht auf die Deutschen. Und dann finden wir es dermaßen klasse, die Gelbe Gefahr zu bombardieren, daß wir es gleich noch mal machen. Dabei waren die Nazis diejenigen, die die Leute in KZs vergast haben.

»Du weißt nicht, wovon du redest«, sagte Guy. »Wenn wir ein paar Atombomben werfen, retten wir schwarze Menschenleben, schwarze Soldaten. Ich kenne ein paar von den schwarzen Jungs. Ich habe mit ihnen Karten gespielt, ich habe ihre Mütter kennengelernt, ihre Schwestern gevögelt. Vielleicht stehst du nicht hinter diesem Krieg, aber du mußt dich doch hinter die Soldaten stellen.«

Das war das Mantra. Wenn du nicht hinter dem Krieg stehst, stell dich wenigstens hinter die Soldaten. Eine volltönende, hohle Formel, ein Jabberwocky-Nonsense, ein Orwellsches Oxymoron. Gegen den Krieg, für die Soldaten. Orangen und Zitronen. Krieg bedeutet Frieden. Unwissenheit ist Stärke. Und die gabben Schweisel frieben.

Und alle waren so scharf darauf, die Bombe zu werfen. Wußten sie wirklich, was es hieß, 100000 Menschen zu töten? Sie einer Strahlung auszusetzen, die ihnen das Fleisch von den Knochen schmolz? Frauen und Großmütter und Kinder in

Schattenrisse auf Mauern zu transformieren? O. k., vielleicht wußte ich genauso wenig, was das alles hieß – der einzige militärische Konflikt, den ich bislang aus erster Hand mitbekommen hatte, war der Cola-Krieg. Trotzdem, ich hatte einen gesunden Respekt vor den Schrecken des Krieges.
Der zweite Punkt war, daß alle so eine Heidenangst davor hatten, Saddam könnte sich selber die Bombe beschaffen. Wir druckten mehrere Editorials, die sich mit der Frage befaßten, wie nah Saddam Hussein an der Bombe sei und wie gefährlich es wäre, wenn Saddam Hussein dem Club der Nuklearmächte beiträte. Die Weißen werden immer ganz nervös, wenn farbige Menschen sich Waffen besorgen. Soweit ich mich erinnerte, hatte sich niemand sonderlich aufgeregt, als Frankreich Atombomben zu bauen begann. Und wenn ich daran denke, wie die Franzosen auf Jerry Lewis abgefahren sind, wüßte ich niemanden, dem ich im Hinblick auf Massenvernichtungswaffen weniger über den Weg trauen würde. Es hatte sich auch verdammt noch mal kein Schwein aufgeregt, als das weiße Rassistenregime in Südafrika sich die Bombe besorgte. Im Gegenteil, der CIA hat ihnen die verdammte Technologie dazu geliefert. Aber kaum hebt ein schwarzer Mann eine Steinschleuder auf, rufen sie eine NATO-Sondersitzung zusammen. Und der Hit an der Sache ist, bei all den Bauchschmerzen über die Frage, ob Saddam an Nuklearwaffen kommt, gerät eine Sache völlig in Vergessenheit: Das einzige Land der Welt, das je Atombomben geworfen hat, sind die guten, alten Vereinigten Staaten von Amerika.

Eboni bat mich, mit ihr in die Kirche zu gehen. Ich hatte seit rund fünf Jahren keine Kirche mehr von innen gesehen. Früher hatte ich gelegentlich einen Blick in diese eine schwarze Kirche im Nordosten geworfen, bis mir eines Tages ein

Wandgemälde aufgefallen war – eine riesengroße, weiße Hand, in der ein Haufen grinsender, schwarzer Kinder saß. Anschließend war mir auch noch ein Bild im Vorraum aufgefallen, Jesus mit braunen Haaren, rosa Wangen, blauen Augen. Wie, bitte schön, kommt man zu rosa Wangen, wenn man in der Wüste lebt? Ich sagte der Kirche freundlich Adieu. Ich weiß nicht, wie ihr das seht, aber mein Jesus hat dicke Lippen, einen Afro und einen dieser Kämme mit einer geballten Faust als Griff.

Wie auch immer, Eboni hatte mich darum gebeten; sie suchte jemanden, der mit ihr in die Kirche ging; also sagte ich ja.

Sie holte mich zu Hause ab, in ihrer NFC-Uniform.

Gott im Himmel! Gehst du in diesem Aufzug überall hin?

»Oh, ich bin untröstlich, Meister Ralph Lauren, aber mein kleines Schwarzes ist nicht rechtzeitig trocken geworden.«

Na gut, ich schätze, der Herr sieht das nicht so eng. Also los, gehen wir.

Sie führte mich in die Kirche einer schwarzen Gemeinde. Das Energielevel war beachtlich. Ein swingender, klatschender Gospelchor, schöner Gesang. In der Predigt ging es um Drogen. Ich sah mich in der Gemeinde um. In den Bänken vor und hinter mir saßen eine Menge Mädchen in Ebonis Alter, alle herausgeputzt, die kleineren Mädchen in weißen Sonntagskleidchen, feinen Handschuhen und den guten Schuhen. Ältere Leute gab es auch, Fünfzig-, Sechzigjährige. Aber dazwischen schien eine ganze Generation zu fehlen – die jungen, schwarzen Männer. Ich schätze, sie waren alle draußen, vor der Kirche, auf den Straßen, in der Nachbarschaft, und begingen all die Sünden, gegen die der Pfarrer heute gepredigt hatte.

Die Menge sang: »I got a home in that rock, don't you see? I got a home in that rock, don't you see? Between the earth and sky, thought I heard my Savior cry, you got a home in that rock, don't you see?«

»Schön, dich zu sehen, Bruder, komm wieder«, sagte der Pfarrer zu mir, als ich hinausging. Er war glatzköpfig, Mitte Fünfzig, und hatte ein Grinsen im Gesicht, so breit wie der Jordan – vor lauter Freude, einen gutgekleideten, anscheinend gutverdienenden schwarzen Mann in seiner Kirche zu sehen.

Ich inspizierte den Kühlschrank in der WG-Küche, auf der Suche nach etwas Eßbarem. Brrr! Da lag ein schimmelndes Stück Käse, das wie ein Bonsai-Bäumchen aussah. Es roch auch streng im Kühlschrank. Wir brauchten dringend Natron. Ich suchte weiter. Ich hatte einen Bärenhunger, war aber zu faul, auszugehen. Irgendwas Eßbares mußte doch hier sein. Mir fiel auf, daß W.W. alle seine Lebensmittel gekennzeichnet hatte. Du kannst mich mal, Junge. Ich nahm einen kräftigen Schluck Apfel-Preiselbeer-Nektar aus einer Flasche, auf der ›W. W.‹ stand. Ich machte mir nicht mal die Mühe, mir ein Glas zu holen. Ich bin ein lausiger Mitbewohner, dachte ich. Ich gehöre in die Einsiedelei, in einen Rousseauschen Naturzustand oder so was.

Sarah und ich sahen in meinem Zimmer die Spätnachrichten und knabberten Mikrowellen-Popcorn. Überall im Bett piekten einen die Salz- und Maiskörner. Koppel sprach mit einem pensionierten General über den Krieg. Diese pensionierten Militärs bekamen neuerdings ständig Großauftritte im Fernsehen, und jedesmal wurden sie als unabhängige Experten eingeführt, als könnte jemand, der mal bei der Armee der Vereinigten Staaten gedient hat, auch nur im entferntesten neutral beurteilen, ob ein Krieg unter amerikanischer Schirmherrschaft gerecht ist oder nicht. Gott im Himmel!

Wußtest du, daß die Gäste dieser Sendung sich meistens im gleichen Gebäude aufhalten wie Ted Koppel? sagte ich. Er interviewt sie nur deshalb über die Bildwand, um sie besser unter Kontrolle zu haben.
»Das wußte ich nicht. Der Mann hat wahrscheinlich eine Kontroll-Neurose«, sagte Sarah.
Der Mann hat eine ausgewachsene Kontroll-Psychose. Die Medien sind alle unheimlich darauf bedacht, bestimmte Standpunkte nicht in den Äther dringen zu lassen. Vor allem linke Standpunkte. Koppels Gäste sind fast ausnahmslos weiß, männlich und Angehörige des Establishments.
»Das ist mir auch schon aufgefallen«, sagte Sarah. »Alle reden nur noch darüber, wie der Krieg geführt werden soll, aber keiner fragt nach der Moral dieses Krieges.«
Es wird ein Blutbad. Es wird genauso wie Vietnam. Mir will einfach nicht in den Kopf, daß wir nach Vietnam und Korea noch einmal in einen Krieg hineinschlittern, der sich ewig hinziehen wird und der nicht zu gewinnen ist.

»Hast du Zapaders Kolumne schon gelesen?« fragte Guy mich am Frühstückstisch. »Die Frau hat so viele Schrauben locker, ich wette, wenn die den Kopf schüttelt, hörst du's klimpern.«
Das will ich selber sehen. Gib mal den Hauptstadt-Teil.
»Den lese ich aber noch.«
Seit wann interessierst du dich für Lokales? Komm schon, gib her. Du kriegst dafür die Comicseite.
»Leg noch die Hälfte von deinem Zimt-Rosinen-Bagel drauf, dann hast du sie, Brother.«
Ich haßte es, wenn irgendein hergelaufener weißer Schwachkopf »Brother« zu mir sagte, oder »Homeboy« oder sonst einen Ausdruck aus dem Schwarzenmilieu. Aber ich ließ mich auf den Handel ein.

In diesem Krieg gehe es um den militärisch-industriellen Komplex, schrieb Sojourner in ihrem jüngsten Opus. Der Kalte Krieg sei vorüber, nichts läge näher, als den Verteidigungshaushalt drastisch zu kürzen und mit den freiwerdenden Billionen den Hungernden Brot, den Obdachlosen ein Dach über dem Kopf, den Arbeitslosen Jobs und den Bürgern Bildung zu geben.
Also brauchten Bush und seine Generäle und seine Spezis bei Lockheed, McDonnell Douglas, der Mord und Totschlag AG und den Vereinigten Holocaust-Werken einen neuen Krieg, argumentierte Sojourner. Sie brauchten einen Grund, weiter Waffen zu produzieren, einen Grund, ihre Raketen nicht zu Pflugscharen umzuschmieden. Das Traurige ist nur, daß die Produktion von Bomben eine völlig sinnlose Verschwendung ökonomischer Ressourcen ist. Eine Rakete wird allein zu dem Zweck gebaut, herumzusitzen und zu sagen, »Weckt mich, wenn es Zeit ist, zu töten.« Nähme man die Arbeiter, die bislang Bomben herstellen, und die Fabrik, in der sie hergestellt werden, und ließe sie statt dessen Hochgeschwindigkeitszüge bauen, dann wäre das ein Beitrag für die Wirtschaft, der gesellschaftlichen Nutzen bringt.
Die Menschen seien allzu leicht für den Krieg zu begeistern, schrieb Sojourner. Sie fallen auf die Propaganda des militärisch-industriellen Komplexes herein. Die Experten im Fernsehen, die Radiohörer, die bei Live-Diskussionen ihre Sender anriefen, die Zeitungsleser, die der *Post* Leserbriefe schrieben, sie alle seien ganz vernarrt in diesen Krieg. Wie schon Niebuhr sagte: »Der Mann auf der Straße giert nach Ansehen und Macht, aber die Beschränkungen seiner Person und die Notwendigkeiten des gesellschaftlichen Lebens setzen seiner Gier Grenzen, so daß er sein Ich auf die Nation überträgt, um seinem anarchischen Streben auf höherer Ebene zu frönen.« Mit anderen Worten, Otto Normalbürger wollte es diesen

Kameltreibern zeigen. Er wollte ihnen klarmachen, daß Onkel Sam den größten Schwanz im Universum hatte.
Wow, sagte ich. Kann man das Wort »Schwanz« in einer bürgerlichen Zeitung schreiben?
»Kommt drauf an, was für Bürger das Blatt lesen«, sagte Guy. »Aber der Haken an dieser Kolumne ist nicht die Sprache. Es ist die Logik.«
Wieso?
»Sie verkauft ihre Leser für dumm. Erst tut sie, als wäre sie eine Populistin, und dann stellt sie die Masse der Wahlberechtigten als einen Haufen blutrünstiger Schafe hin.«
Blutrünstige Schafe? Ist mir da etwa ein Artikel im neuen *National Geographic* entgangen?
»Du weißt schon, was ich meine. Außerdem gefallen dir Sojourners Kolumnen nur deshalb so gut, weil du dir im geheimen nichts sehnlicher wünschst, als ihr Betthase zu sein.«
Da liegst du total falsch. Ich mache überhaupt kein Geheimnis daraus, daß ich mir nichts sehnlicher wünsche, als ihr Betthase zu sein.

Sojourner hatte nicht zurückgerufen. Aber was erwartete ich eigentlich? Gestern war ich die Lesbe im Cyberspace, heute der durchgeknallte Telefonwichser, der schließlich genauso gut ein Serienkiller sein konnte. Nie im Leben würde sie mich zurückrufen.
In mir reifte allmählich eine äußerst beunruhigende Schlußfolgerung. Wenn du erst mal dreißig bist und immer noch unverheiratet, dann könnte es sein, daß irgendwas mit dir nicht stimmt. Du hast drei Jahrzehnte auf dieser Erde verbracht, wahrscheinlich ein Drittel deines Lebens, und immer noch niemanden gefunden, der Lust hat, die restlichen zwei Drittel mit dir zu verbringen. Ich war neunundzwanzig. War ich einer von diesen Leuten? Stimmte etwas nicht mit mir?

Oder, schlimmer, würde ich mich am Ende mit einer Frau bescheiden müssen, mit der etwas nicht stimmte? Oder, schlimm hoch drei, würde ich mich mit einer Frau bescheiden müssen, die glaubte, sich mit mir bescheiden zu müssen?

Ich las die letzte Seite einer neuen Kurzgeschichte von Eboni und lehnte mich im Sessel zurück. Ich war baff, ich war neidisch. Dieses Mädchen hatte das Zeug zur Schriftstellerin. Ich meine, es war wirklich beeindruckend, wie schnell sie es geschafft hatte, ihre Sprache zu zügeln und anständige Sätze zu bauen. Das Faszinierende dabei war, daß sie ihre Herkunft nicht verleugnete. Sie benutzte nach wie vor den Straßenslang aus dem Südosten, all die Ausdrücke, mit denen die Kids in ihrer High School vermutlich um sich warfen.
Die neue Geschichte handelte von ihrem Ex-Freund, einem Jungen aus der Abschlußklasse, der es zum fünftbesten Schachspieler der Stadt in seinem Jahrgang gebracht hatte. Vor einigen Monaten war er wegen eines Drogendelikts ins Gefängnis gekommen und hatte sich in der Zelle das Leben genommen. Später räumte die Polizei ein, daß es sich bei seiner Verhaftung um einen Irrtum gehandelt habe, weil sein Aussehen auf die Beschreibung eines gesuchten Drogendealers gepaßt habe. Der vollständige Wortlaut dieser Beschreibung war: »Schwarz, männlich, mittelgroß, mittlere Statur, durchschnittliches Gesicht, olivgrünes T-Shirt.« Als ich die Story fertiggelesen hatte, wischte ich mir echte Tränen aus den Augen. Der Text ging einem wirklich ans Herz. Ich fragte mich, woher Eboni die Kraft und das Selbstvertrauen nahm, mit solcher Offenheit zu erzählen. Ich wehrte mich dagegen, es einzugestehen, aber die Geschichte war besser als alles, was ich bislang für *National Now!* geschrieben hatte.

»Also, was meinst du?« wollte Eboni wissen.
Es ist o.k., sagte ich. Du mußt unbedingt was für deine Rechtschreibung tun. Es schadet einer Story, wenn man dauernd über Rechtschreibfehler stolpert. Man stellt automatisch die Seriosität und Intelligenz des Autors in Frage.
»Ist denn Rechtschreibung wirklich *so* wichtig?«
Hey, Hitler hat noch als Erwachsener die gleichen Rechtschreibfehler gemacht wie in der Schule. Einer seiner herausragenden Charakterzüge war der absolute Unwille, irgendwas an sich zu ändern. Wenn du nicht lernen willst, wie man die Wörter richtig schreibt, bitte sehr! Aber mach mir keine Vorwürfe, wenn du eines Tages aufwachst und den unwiderstehlichen Drang verspürst, das Rheinland zu besetzen. Wir sehen uns dann in Nürnberg.
Eboni versprach, an ihrer Rechtschreibung zu arbeiten.
Schweinehund! sagte ich zu mir selber, als sie gegangen war. Erst war ich eifersüchtig auf meine Altersgenossen. Jetzt war ich schon eifersüchtig auf eine Siebzehnjährige, oder was?

In letzter Zeit macht mir jede Frau, die ich kennenlerne, egal ob Teenager oder Mittdreißigerin, auf irgendeine Weise Kummer. Ich bin immer noch nicht drüber weg, als was für ein widerliches Miststück sich Arizona entpuppt hat. Hast du irgendwas über diesen Virus herausgefunden, den sie mir angehängt hat?
(Bis jetzt noch nicht. Aber ich habe intensiv über die ganze Sache nachgedacht. Kierkegaard hat irgendwo mal geschrieben, »Das Dasein selbst ist ein Streitfall«, und deine Erfahrung mit Arizona wirft in diesem Zusammenhang einige interessante philosophische Fragen auf. Ist es nicht interessant, wie zwei Leute, die im gleichen kulturellen Umfeld aufgewachsen sind, einen so grundverschiedenen Zugang zur Realität haben können?)

Darüber habe ich mir auch schon Gedanken gemacht. Es ist wie mit jemandem, der farbenblind ist. Er sieht Grün als Blau, Grau als Rot. Vielleicht gibt es noch eine andere Art von Farbenblindheit, auf der Ebene der Ideen. Daß jemand Liebe als Haß empfindet oder so was.
(Oder Krieg als Frieden. Ich glaube, wir gehen zu selbstverständlich davon aus, daß in unseren Hirnen ähnliche Schaltmuster ablaufen. Das ist vielleicht gar nicht der Fall. Ich kann nie mit Sicherheit wissen, wie du die Wirklichkeit wahrnimmst, ob du überhaupt existierst, ob ich selber überhaupt existiere. »Ich denke, also bin ich« ist ein unvollständiger Gedanke. Das einzige, was ich sicher wissen kann, ist, daß das Denken existiert. Aber vielleicht zwingt mich bloß irgendeine fremde Macht, so zu denken. Vielleicht ist mein Denken eine ausgeklügelte Illusion. Vielleicht bin ich ein Verrückter, vielleicht bin ich im Crackrausch, und während ich mir einbilde, in diesem Augenblick auf einer Tastatur zu tippen, erwürge ich in Wirklichkeit gerade meine Mutter selig.)
Siehst du, und ich glaube, genau dieses Gefühl kann ein ganzes Land erfassen. Wie Deutschland in den Dreißigern. Wußte die deutsche Öffentlichkeit, wie weit sie schon vom Pfad der Tugend abgewichen war?
(Gute Frage. Wüßten *wir*'s?)

Ich habe in letzter Zeit ziemlich viel Freud gelesen. Da gibt es eine Stelle in *Das Unbehagen in der Kultur*, wo es heißt, »daß der Preis für den Kulturfortschritt in der Glückseinbuße durch die Erhöhung des Schuldgefühls bezahlt wird.« Mir kommt es vor, als ob Reagan, Bush und Konsorten die letzten zehn Jahre damit zugebracht haben, diese Gleichung umzukehren. Die Vaterfigur ist ja angeblich das Vorbild für das internalisierte, persönliche Schuldempfinden, also das Gewissen.

(Wie in der Serie *Mein lieber Biber*, wo Ward Cleaver den kleinen Beaver behutsam an das Verantwortungsbewußtsein erwachsener Männlichkeit heranführt.)
Genau. Reagan/Bush haben genau das Gegenteil getan. Sie sind moralisches Gift für das amerikanische Über-Ich; sie saugen ihm alle Kräfte und alles Verantwortungsbewußtsein aus, die es bräuchte, um sein Ego durch Schuldgefühle im Zaum zu halten. Die Doktrin von Reagan/Bush lautet: Du sollst kein Mitleid haben mit dem Abschaum der Gesellschaft. An der Armut sind die Armen schuld. Am Rassismus sind die Minderheiten schuld. Aids ist eine gerechte Gottesstrafe.
(Waffen vernichten keine Menschenleben, Waffen vernichten Waffen. Zieh dich am eigenen Schopf aus dem Sumpf. Zieh dich an deiner überteuerten Hundertdollar-Frisur hoch.)
Und indem sie uns jedes Empfinden für Schuld ausgetrieben haben, haben sie buchstäblich das ganze Land de-zivilisiert. Don't worry, be happy. Fühl dich bloß nicht schuldig. Borg dir was von deinen Enkeln. Treib das Defizit in die Höhe. Irgendwas wird schon bis nach unten durchsickern. Nur keine Schuldgefühle. Und der Golfkrieg ist das ultimative Beispiel dafür. Er ist der schreckliche Preis, den wir für die Vernichtung unseres nationalen Schuldgefühls bezahlen, er ist die Endlösung, mit der wir uns von Vietnam befreien, diesem napalmgetränkten Klotz am Bein, diesem größten Schuldsymbol Amerikas.
(Shakespeare sagte: »So macht das Gewissen uns alle zu Feiglingen.«)
In gewisser Weise ist Schuld das, was die Moral einer Nation zusammenhält. Ich höre weit und breit keine Anmeldung von Schuldgefühlen bei der Aussicht, Tausende von Irakis auszuradieren. Die Experten im Fernsehen reden über Dinge

wie »kollaterale Verluste«. Schuldgefühle sind was für Schwächlinge. Schuldgefühle waren schuld, daß wir in Vietnam verloren haben. Schuldgefühle waren der Grund, warum der Iran Amerika als Geisel halten konnte und warum Carter nur eine Amtsperiode lang Präsident war. Diesmal wird es keine Schuldgefühle geben.

(Ich muß sagen, meiner Meinung nach liest du Freud falsch. Er hat sich den idealen Staat bestimmt nicht als pazifistisch vorgestellt. In *Zeitgemäßes über Krieg und Tod* sagt er sinngemäß: »Solange es kaltblütige Nationen und Imperien gibt, müssen alle auf Krieg gefaßt sein.«)

Willst du damit sagen, ich habe eine Art psychoanalytischer Legasthenie, oder was? Hast du vielleicht eine bessere philosophische Interpretation für den Unterbau dieses Krieges?

(In Anbetracht der Tatsache, daß ich hier in Tel Aviv sitze, meine ich einen besseren Blickwinkel zu haben, ja.)

O.k., Rabbi Truman, dann rück mal mit deiner These rüber.

(Saddam war der Aggressor, die USA und ihre Verbündeten schreiten ein, um ihm Einhalt zu gebieten. Ganz einfach. Wie Freud sagte, manchmal ist eine Zigarre nur eine Zigarre.)

Ja, und manchmal ist eine Zigarre C. G. Jungs Penis. Der Unterschied ist, einer schreit, wenn du ihm die Spitze abbeißt.

W. W. war die Sammelstelle, bei der wir die Schecks für Miete, Wasser und Heizkosten abzuliefern hatten. Er hatte sich selbst dazu ernannt. Er war der Zar der kollektiven Haushaltsführung.

An einem besonders kalten Tag berief er eine Hausversammlung ein.

»Die Heizkostenrechnungen sind astronomisch«, sagte er. »Wir verbrauchen zu viel Energie.«

Als warmblütige, auf Kohlenstoffverbindungen basierende Lebensform brauchen wir Wärme zum Existieren, stellte ich fest.
»Aber nicht so viel Wärme«, sagte W. W.
Ich zahle gern für Wärme. Sie gehört zu meinen Grundbedürfnissen. Wie Luft oder Kabelfernsehen oder Billie-Holiday-CDs.
»Ich zahle auch gern dafür«, sagte Sarah, »und ich habe hier wohl den schmalsten Geldbeutel von allen.«
»Die Steuern erhöhen und munter weiter Geld ausgeben«, sagte Guy, während er seine Militärstiefel mit Spucke polierte. »Ihr Demokraten könnt einfach keinen ordentlichen Finanzhaushalt führen.«
»Ich stelle den Thermostat auf sechzehn Grad«, setzte W. W. einseitig fest. »Wir werden ja sehen, wie das funktioniert. Im Keller steht ein Heizlüfter. Wer friert, soll sich den holen.«
Ich warf einen Blick auf die Heizkostenabrechnung. Heiliger Strohsack! Hatten wir wirklich soviel Energie verbraucht? Mir wurde plötzlich flau im Magen. Vielleicht hatte sich ja der Computer verrechnet.

Ich war bei Bethune. Wir saßen auf ihrem Sofa, ich hielt sie im Arm. Sie schluchzte. Sie hatte sich wieder mal mit Professor Ice entzweit.
»Ich verstehe einfach nicht, warum er so ist, wie er ist«, sagte Bethune.
Gib ihm den Laufpaß, sagte ich. Du bist zu gut für ihn.
»Aber ich bin noch nicht soweit. Ich kann ihn nicht verlassen. Ich hab doch sonst keine Menschenseele.«
Aber ja, es gibt eine Menge Jungs. Ice ist eben nicht der Richtige.
»Er sagt immer, eines Tages ist er ein großer Rap-Star. Ich

soll ihm vertrauen. Ich will einfach, daß er endlich erwachsen wird, damit wir...«

Aus dem wird nie ein Star. Vergiß ihn. Ein Typ wie Ice endet entweder als Postbeamter hinter dem Schalter oder auf dem Fahndungsplakat vor dem Schalter. Schmeiß ihn raus.

»Wahrscheinlich hast du recht.«

Nacht. Das antike Bett in Sarahs Zimmer brannte. Ich half ihr, die Flammen zu ersticken.

Kurz darauf kam W. W., um den Schaden zu begutachten.

»Der Heizlüfter muß eine Macke gehabt haben«, sagte Sarah. »Aber das ganze Haus ist ja voller Zunder, der nur darauf wartet, Feuer zu fangen.«

Das ist lächerlich, sagte ich. Stell die Heizung wieder höher. Ich setze doch nicht mein Leben aufs Spiel, nur weil die Stromrechnung mal ein bißchen höher ist.

»Schlag dir das aus deinem hohlen Schädel«, sagte W. W. Seine Nasenlöcher weiteten sich bedrohlich. »Die Heizung wird nicht höhergestellt. Wir haben das Geld nicht. Ich habe das Geld nicht. Verstehst du mich? Ich habe das gottverdammte Geld nicht.«

Könntest du das noch mal wiederholen? sagte ich. Ich glaube, du mußt noch etwas lauter und grober werden, damit ich dich verstehe.

»G-E-L-D«, buchstabierte W. W. »Haben wir nicht, hatten wir nie, werden wir nie haben.«

Sarah und ich warfen uns einen Blick zu. Ihre Augen schienen zu sagen: Steck diesen Mann in irgendein 12-Schritte-Programm. Aber schnell.

Unter der Dusche. Plötzlich kommt kein Wasser mehr. Und ich stand eingeseift da.

Hey!
Ich wickelte mir ein Handtuch um und stürmte nach unten, um mir jemanden zum Anbrüllen zu suchen. W. W. und Sarah spülten das Frühstücksgeschirr. Zumindest taten sie das, solange noch Wasser aus dem Hahn lief.
Was ist mit dem Wasser los?
»Wir hatten eine absurd hohe Wasserrechnung, schlichtweg astronomisch«, sagte W. W. »Ich versuche mit dem Wasserwerk einen Deal auszuhandeln.«
Sieh mich an. Ich bin voller Seife.
»Ach, leck mich am Arsch«, sagte W. W. »Ich kann deinen verdammten Arsch nicht mehr sehen. Du dämliches Arschgesicht.«
Oooh, sehr gut. Eine Eloquenz ist das, so was hab ich seit William Jennings Bryans Rede vom »goldenen Kreuz« Anno 1894 nicht mehr gehört.
Ich ging zurück ins Badezimmer und fing an, mir die Seife mit einem trockenen Gästehandtuch abzuwischen. Da klopfte es leise an der Tür.
»Ich bin's«, sagte Sarah durch die Tür. »Laß dich nicht von ihm ärgern.«
Tu ich nicht. Fluchen ist sowieso ziemlich blöde. Ich habe nie verstanden, was die Leute daran finden. Was soll es eigentlich heißen, wenn mich jemand ein dämliches Arschgesicht nennt? Heißt das, ich habe tatsächlich ein Antlitz, das einem Anus gleicht? Ergibt das einen Sinn?
Sie lachte und sagte: »Ich glaube nicht.«
Ich meine, das Bild ist einfach zu dadaistisch, um wirklich kränkend zu sein. Es könnte aus einem Gemälde von Dalí stammen. Ich muß sagen, die Vorstellung macht mich sogar stolz, in einem Gemälde von Dalí vorzukommen, mit einem anusgleichen Antlitz, von Ameisen übersät, eine zerfließende Uhr in Händen haltend. Doch, im Grunde empfinde ich

W. W.s Verbalinjurien als Komplimente, auf einer surrealistischen Ebene.

Es klingelte an der Tür. Der Postbote brachte einen Brief. Ich unterschrieb die Empfangsbestätigung und öffnete ihn.
Hallo Thurgood – verzeih, daß ich Dir auf diesem steinzeitlichen Postkutschenwege Mitteilung mache, aber die Umstände lassen mir keine andere Wahl. Ich muß Dir unbedingt einen guten Rat geben: Nimm Deinen Computer und wirf ihn in den Mülleimer. Nimm alle Deine Disketten und wirf sie ebenfalls in den Mülleimer. Dann geh in den Laden und kauf Dir neue Disketten und einen neuen Computer, und am besten auch einen neuen Mülleimer. Arizona, die Frau, mit der Du diesen unerquicklichen Abend verbracht hast, steht bei Interpol auf der Liste der zehn meistgesuchten Verbrecher. O. k., um ehrlich zu sein, steht sie auf Platz 14, aber das ist für eine Computer-Terroristin immer noch oberste Liga. Sie hat einen Computervirus namens Ragnarök *in die Welt gesetzt, der so verheerend ist, daß ich ihn immer noch nicht ganz aus meinem System draußen habe – und ich arbeite mit Antivirus-Software, die im Computerforschungszentrum des MIT entwickelt wurde. Vermutlich ist jeder, den Du in den letzten paar Wochen per Computer kontaktiert hast, infiziert. Schick mir eine Mail, sobald Du Dir einen neuen Computer gekauft hast. Bis dann, viel Glück. XXXOOO, Peter.*
Das Telefon klingelte. Eine Frau war dran.
»Wir müssen uns unterhalten.«

Sonst stünde dieser Stein entstellt und kurz
unter der Schultern durchsichtigem Sturz
und flimmerte nicht so wie Raubtierfelle;

und bräche nicht aus allen seinen Rändern
aus wie ein Stern: denn da ist keine Stelle,
die dich nicht sieht.
Du mußt dein Leben ändern.

RAINER MARIA RILKE
Archaïscher Torso Apollos

6

★ ★ Wilde Erdbeeren ★ ★

Jede Geschichte über Washington ist im Grunde eine Geschichte über zwei Städte. Die eine ist das Regierungsviertel. Die andere ist der Distrikt, die sichtbar gewordene Finsternis. Es gibt eine Geschichte von Ursula K. Le Guin, die in einer Stadt der ewigen Lustbarkeiten spielt, deren Bewohner durch ein unaussprechliches, grauenhaftes Geheimnis verbunden waren. Tief im Keller unter einem der goldenen Paläste der Stadt schmachtete ein kleines Mädchen. Und jeder Bürger der Stadt wußte, daß ihrer aller grenzenloses Wohlergehen auf irgendeine Weise mit der qualvollen Gefangenschaft des kleinen Mädchens zusammenhing. An diese Geschichte muß ich oft denken, wenn ich mit dem Auto draußen unterwegs bin. Ich fuhr zu einer Adresse knapp hinter der Linie, die das eine Washington vom anderen trennt. Wo die Banken und Bürogebäude Häusern Platz machen, auf denen Schilder »Vier Stück zum Preis von einem« und »Bargeld sofort« versprechen. Ich stand an einer roten Ampel, als ein Kerl auf mein Auto zugerannt kam. Ich gab Vollgas. Mit diesen Kids, die dich aus dem Wagen zerren wollen, um dann ohne dich davonzubrausen, ist nicht zu spaßen. Das waren ganz üble Straßen hier. Die, auf der ich gerade fuhr, bestand überwiegend aus Bauzäunen; die Häuser wurden einfach nicht weitergebaut. Sämtliche Geschäfte waren mit Brettern vernagelt. Kein leichtes Brot, Kunden zu finden, wenn es nicht mal eine Straße gab. Hallo, besuchen Sie doch unsere

Verkaufsausstellung, Nirgendwo-Straße Ecke Frühermal-Boulevard.
An der nächsten Ampel gab es einen Stau. Ich fuhr langsam näher. Die Ursache für den zähflüssigen Verkehr waren Typen in Pickup-Trucks, die sich Prostituierte ansahen. Ein ganzer Schwarm von Huren bevölkerte die Kreuzung. Große, stämmige Frauen in Perücken und Pumps. Ich kontrollierte, ob meine Fenster alle geschlossen waren. Diese Nutten waren beängstigende Kreaturen – warum sollte irgend jemand Geld ausgeben, um mit ihnen Sex zu haben? Vermutlich waren einige unter ihnen sogar Männer. Ich habe gehört, daß manche dieser männlichen Prostituierten sich so raffiniert anstellen, daß man gar nicht merkt, daß es ein Mann ist – bis es zu spät ist, und dann will man es so genau gar nicht mehr wissen. Der weiße Typ im Wagen vor mir öffnete die Tür seines Kombi, und eine Nutte stieg ein. Das ist wirklich Scheiße. Seine Frau hat ihn wahrscheinlich zum Milchholen geschickt, und statt dessen bringt er ihr Aids nach Hause. Ich fuhr weiter.

Frauen lassen mich warten, das war schon immer so. Die einen wollen beweisen, daß sie es wert sind, daß man auf sie wartet. Die anderen demonstrieren damit, daß ich es in ihren Augen nicht wert bin, sich zu großartiger Pünktlichkeit zu bequemen. Die Frauen, mit denen ich mich verabrede, fallen immer in eine dieser beiden Kategorien. Mir ist noch nie eine untergekommen, die dazwischen lag. Ich für meinen Teil habe die vielleicht altmodische Neigung, als Kavalier in etwa zur vereinbarten Zeit zu erscheinen. Es war also wenige Minuten vor achtzehn Uhr, als ich in einem kleinen Soulfood-Restaurant an der Florida Avenue zu warten anfing. Die Frau, die mich angerufen hatte – Gigi irgendwas –, arbeitete für die *Post* und hatte gesagt, sie und eine Kollegin müßten mich treffen; den genauen Grund hatte sie mir allerdings nicht verraten (nur für den Fall des Falles hatte ich ein paar Kondome eingesteckt). Ihre ungenannte Kollegin hatte dieses Restaurant als Treffpunkt ausgesucht und gesagt, sie würde um achtzehn Uhr hier sein. Ich hatte noch nichts bestellt, aber ich sah und roch, was die Leute um mich herum bekamen. Saftige Spareribs und süß duftendes Maisbrot. Es schien ein Familienbetrieb zu sein; die Atmosphäre hatte etwas Erdiges, etwas von »Wir unter uns«. Die talentierten Zehn Prozent waren mit einigen Exemplaren vertreten – schwarze Yuppies mit ihren helläugigen Ladies, die zeigen wollten, daß sie noch die Füße auf dem Boden hatten. Das Restaurant war voll, aber nicht zu voll – es schien ein Geheimtip zu sein, aber einer, der noch nicht »entdeckt« worden war. Will sagen, entdeckt von Restaurantkritikern und weißen Yuppies. Orte haben die Eigenschaft, daß sie immer gleich »echt« und »eine Entdeckung« werden, sobald die Weißen sie gefunden haben; Restaurants, Clubs, Musikstile, Kontinente.

Ich bestellte einen Fruchtsaft und nippte daran – nicht zu süß, mit etwas Fruchtfleisch, man merkte, er war frisch gepreßt – und sinnierte darüber, was für einen exzellenten Geschmack diese anonyme Dame hatte, als sie schließlich, Punkt sechs Uhr, erschien.

Oh, Mann, und wie sie erschien.

Man hört ständig diesen Ausdruck »atemberaubend«, aber ich hatte bis zu diesem Moment nicht gewußt, was er tatsächlich bedeutete, bis zu diesem unglaublichen, unvergeßlichen, herzklopfenden Augenblick, in dem die Zeit stehenblieb und sie erschien. Mir stockte der Atem, als ich sie sah. Mir blieb einfach die Luft weg. Mir war mit einem Mal und in aller Klarheit das Atmen als Tätigkeit bewußt – eine Tätigkeit, die ja normalerweise unbewußt und ganz unwillkürlich abläuft. Aber in dem gleichen Sekundenbruchteil, in dem ich die Dehnung und Kontraktion meiner Lungen wahrnahm, hatte ich eine überwältigende Wahrnehmung dieser Frau, dieses Anblicks, und das schien meine gesamte Denkkapazität auszufüllen, so daß kein Winkelchen übrigblieb, von dem aus ich meine Lungen hätte steuern können. Ich konnte buchstäblich nicht mehr atmen.

Was mir als erstes auffiel, war ihr Selbstbewußtsein. Sie hatte eine Aura, die zu sagen schien, das hier ist mein Raum, hier bin ich, das bin ich, dieses Stück des Planeten gehört mir. Aber ich müßte lügen, wenn ich nicht zugeben würde, daß es ihre Schönheit war, die mich fesselte und nicht mehr losließ. Ihre Augen waren braun, wie dunkler Honig, es waren große Augen, voller Gefühl, eingerahmt von langen, schwarzen Wimpern; und über jedem Auge saß eine lange, elegante Augenbraue; prachtvolle Augenbrauen, nicht zu modisch dürr, nicht zu dick, sondern eine fein geschwungene Linie, wie zwei lange, schwungvolle Pinselstriche mit schwarzer Tinte von der Hand eines Künstlers.

Ihre Nase – sie hatte einen langen, weich geformten Nasenrücken und geblähte Nasenflügel – erinnerte mich auf Anhieb an etwas Königliches, an die Nasenflügel einer Königin, an die Nasen, die man auf den vergoldeten, juwelenbesetzten Sarkophagen findet, oder die Nase der Sphinx, bevor die Briten ihr die Spitze abgeschlagen haben, um ganzen Generationen zukünftiger Forscherhirne zu suggerieren, die Dinger wären von Außerirdischen gebaut, nicht von schwarzen Menschen. Vielleicht sollte ich auch sagen, sie hatte die Nase eines schwarzen Panthers, glatt, geschmeidig und stark. Außerdem hatte sie kräftige, hohe Wangenknochen, die ihrem Gesicht einen Anflug von Autorität und Herrschaftlichkeit gaben und ihr Lächeln ausdrucksvoll und fröhlich machten.

Sie hatte einen großen Mund mit vollen, roten Lippen, die beim Lächeln ebenmäßige, strahlende Zähne entblößten, eine wahre Augenweide, dieser Mund! Ihre Ohren sahen aus wie Kursivbuchstaben, der Buchstabe S, von einem Meister der Kalligraphie geschrieben. Und die Krönung dieses Kopfes war eine Lawine pechschwarzer Rasta-Locken, die über ihren langen, weichen Hals hinunterstürzte.
Ihre Haut hatte einen dunklen, braunen Schimmer, einen Glanz wie Bronze, der ihre festen Muskeln hervorhob und umschmeichelte, den Nacken, die Schultern, die Arme. Allein diese Haut, schokoladenbraun, wie Kaffee mit einem Schuß Sahne, ließ einem das Wasser im Mund zusammenlaufen und weckte noch eine ganze Palette weiterer Sinne. Nicht das kleinste Fleckchen trübte diese Haut, sie war makellos klar und rein wie die Wasser der Karibik.
Sie war groß und schlank und trug ein kurzes, eng anliegendes Kleid, das sich an ihre Formen und Kurven schmiegte, als fühlte es sich geehrt, von ihr getragen zu werden. Ein schlichtes, kleines Schwarzes, das die Aufmerksamkeit auf sich zog, indem es die Aufmerksamkeit auf seine Trägerin zog. Eines dieser Katalysator-Kleider, die zum Ereignis werden, sobald sie in die richtigen Hände, an den richtigen Körper geraten. Und dieser Körper war goldrichtig. Sie hatte volle, weibliche Brüste, die dennoch fest und feministisch waren. Ich sage das, weil sie eine Art hatte, die Brust vorzustrecken, die einem den Kopf verdrehte, aber gleichzeitig Respekt einjagte. Ihre Taille war wohlgeformt, der Bauch flach und fest, die Hüften fraulich rund, und ihre schlanken, endlos langen Beine steckten in schwarzen Pumps, im gleichen Farbton wie das Kleid. Vor mir stand ein afrozentrischer Engel. Wer ihn aus der Finsternis treten sah, hörte das Todesröcheln der Reagonomics.
Ich wußte, wer diese Frau war. Es war Sojourner Truth

Zapader – ich hatte einmal ein Schwarz-Weiß-Foto von ihr gesehen. Sie in Farbe und in voller Lebensgröße vor mir zu haben, brachte mich völlig aus dem Konzept. Mein erster Impuls war, Yukio anzurufen, ihn um Rat zu fragen. Aber ich wußte, daß ich diesmal auf mich allein gestellt war.

Tut mir leid wegen der Nachricht auf Ihrem Anrufbeantworter, sagte ich. Und diese ganze Cybersex-Geschichte tut mir auch leid. Nehmen Sie einfach eine Generalentschuldigung von mir an und beziehen Sie sie auf alles, was Sie möchten.

»Das Leben ist kein Spaziergang, Honey«, sagte sie. »Solche Dinge passieren eben und...«

Ihre Stimme – ich war sogar verliebt in ihre Stimme! Sie hatte den vertrauten, melodiösen Tonfall; sie klang freundlich und intelligent; außerdem war da ein Anklang von Südstaatenakzent; kein breit ausgelatschter, auf drei Meilen genau lokalisierbarer Slang; nur ein kleiner Unterton, eine Prise Lokalkolorit.

»Offen gesagt, vielleicht kommt ja noch etwas Gutes dabei heraus. Deshalb bin ich hier...«

O.k., ich mußte mit offenen Karten spielen. Ich wußte von der ersten Sekunde an, daß ich diese Frau in meinem Leben haben wollte, daß ich für lange Zeit mit ihr zu tun haben wollte. Der Anfang sollte ehrlich sein, ich wollte ihr erzählen, warum ich wirklich hier war. Ja, das ist es. Ich würde von Anfang an ehrlich sein.

»Da Sie sich offenbar mit Computern auskennen, dachte ich, Sie könnten mir vielleicht helfen. Ich habe anscheinend einen Virus im System...«

Scheiß auf die Ehrlichkeit, dachte ich.

Einen Virus im System? sagte ich. Nein, bedaure, mit so was kenne ich mich überhaupt nicht aus. Komplette Fehlanzeige.

»Tatsächlich? Das ist jammerschade. Sonst hätten wir für Sie vielleicht einen Job bei der *Washington Post* gehabt.«
Moment! Sagten Sie, Sie haben einen Virus im System? Ach so! Ich hatte verstanden, Sie haben ein *Iris-Emphysem.* Als Augenarzt bin ich eine Niete, das gebe ich unumwunden zu, aber wenn es um Computer geht, hey, Computer ist mein zweiter Vorname. Also los, erzählen Sie mir von dem Job.
In diesem Moment trat eine braunhaarige, weiße, etwa vierzigjährige Frau an unseren Tisch und setzte sich dazu.
»Hallo, Gi«, sagte Sojourner. »Thurgood, das ist Gigi Bunmuffin.«
Ich schüttelte Gi zögernd die Hand. Was wurde hier gespielt?

Das Ganze schien ein Vorstellungsgespräch zu sein. Gigi entpuppte sich als Redakteurin aus dem Auslands-Ressort der *Washington Post.* Sie löcherte mich mit Fragen nach meinem Lebenslauf. Ich sagte ihr, ich hätte in Naverton studiert und nach dem Abschluß bei *National Now!* angefangen, ich hätte Interviews mit Filmregisseuren, Schauspielerinnen, Oscarpreisträgern und Kongreßabgeordneten gemacht und verschiedene Trend-Stories geschrieben.
»Dann sind Sie ja schon etliche Jahre bei *National Now!*«, sagte Bunmuffin. »Steht Ihnen nicht der Sinn danach, Ihren Horizont zu erweitern, mal was Richtiges zu schreiben?«
Ich schreibe die ganze Zeit richtige Sachen, sagte ich, ohne gleich bis ins Detail zu schildern, was für ein super Gefühl es war, jeden Tag bei *National Now!* am Fließband zu stehen und im Akkord Nachrichten-Pommes zu schnitzen. Als Privatmann konnte ich ohne Ende über *National Now!* herziehen, aber diesen Ungläubigen von der *Post* gegenüber empfand ich es als meine Pflicht, die Ehre meines Brötchengebers zu verteidigen.
»Vielleicht sollten wir zum Punkt kommen«, sagte Bunmuf-

fin mit einem Seitenblick zu Sojourner. »Wir beide haben uns einige Ihrer Artikel angesehen und sind davon recht angetan. Sojourner fliegt Ende dieser Woche an den Persischen Golf, und wir würden Sie gern engagieren, sie zu begleiten. Ich weiß, daß das irrsinnig kurzfristig ist, aber ich habe den Eindruck, Sie gehören zu der Sorte begabter, junger Reporter, die auch mal spontan auf der Matte stehen können.«

»Im Grunde suchen wir jemanden, der intelligent genug ist, mit Computern umzugehen, und bekloppt genug, in ein aktives Kriegsgebiet zu reisen«, sagte Sojourner. »Ich glaube, Sie sind einer der intelligentesten, bekloopptesten Journalisten, die ich in Washington kennengelernt habe.«

Ich war sprachlos, gekränkt, geschmeichelt. Ich platzte heraus: Sie meinen, ich soll für die *Washington Post* an den Golf fahren?

»Ja«, sagte Sojourner, »als mein persönlicher Assistent.«

Ich war noch mal baff, aber diesmal negativ. Als ihr gottverdammter ASSISTENT!!!?? Ich hatte sechs lange Jahre bei *National Now!* gearbeitet, ich hatte genauso viel Erfahrung wie sie.

Als Assistent? Ich will Ihnen mal was sagen, brachte ich heraus. Ich bin ein Profi, ich bin mit allen Wassern gewaschen. Noch ein Nieselregen, und mir wachsen Flossen.

»Hören Sie«, sagte Gigi in dem abschließenden Tonfall, der zu den unverkennbaren Eigenheiten von Redakteuren gehört. »Das ist eine große Chance für einen ehrgeizigen, jungen Reporter. Wir bei der *Post* sind nicht der Auffassung, daß ein *National-Now!*-Reporter einfach zu uns rüberwechseln und gleich als regulärer, festangestellter Reporter arbeiten kann. Eine Position als Assistent ist für den Anfang ein großer Schritt. Und ein Einsatz in der Golfberichterstattung ist wirklich eine große Nummer.«

Ich wischte mir den Mund ab und legte die Serviette auf den Tisch.
Vielen Dank für Ihr Angebot, aber ich muß leider passen, sagte ich.
Ich stand auf und ging Richtung Tür.
»Before you go, think – kennen Sie den Song von Aretha Franklin?« sagte Bunmuffin.
Hey, R-E-S-P-E-C-T, das ist auch von Aretha Franklin. Something something means to me, oder wie der Text heißt. Ich ging weiter. Was hatte die Queen of Soul überhaupt in diesem schrägen Kontext zu suchen?
Sojourner kam hinter mir her und faßte mich am Arm. »Sie machen einen großen Fehler, Thurgood«, sagte sie. »Wir können als Schwarze nicht einfach in der Hierarchie der Geschlechter mitspielen; wir müssen gegen das Patriarchat kämpfen. Ich hoffe, Sie sind nicht…«
Dann fiel ihr Blick direkt in meine Augen, und sie sah die winzige Spur Verletztheit, die ich weder verbergen wollte noch konnte.
Sie lachte. »Barmherziger! Sie haben doch nicht gedacht, das hier wäre ein Rendezvous, oder?«
Nein, dachte ich, zu Vorstellungsgesprächen stecke ich immer drei Kondome ein.

Vor mir fuhr ein BMW. Er hatte einen Aufkleber auf der Stoßstange: »Iß den Nachtisch zuerst. Das Leben ist voller Ungewißheit.«

Die folgenden paar Tage verbrachte ich wie in Trance. Ich war so nah, so hautnah am Objekt meiner Begierde, die schon von ferne so groß geworden war, und als ich es endlich leibhaftig – ach, allzu leibhaftig – vor mir hatte, da hatte ich keinen Schlachtplan, keine Strategie, überhaupt keinen einzigen Gedanken im Kopf, wie ich es anstellen sollte, diese Frau zu umwerben und ihr zu zeigen, daß ich etwas Interessantes, Gebildetes, Intelligentes, Geistreiches, Charmantes war, das ihre Aufmerksamkeit und Zeit und Liebe verdiente. Was war ich bloß für ein Blödmann!

Ich konnte den Job nicht annehmen. Es war einfach zu widerlich. Warum sind es immer die schwarzen Männer, denen angetragen wird, zwei Stufen abwärts zu steigen, um eine Stufe höherzuklettern? Wenn ein Schwarzer tatsächlich mal eine Chance bekommt und einen Job erwischt, der seiner Qualifikation entspricht, dann ist es so gut wie ausgeschlossen, daß er von da aus noch mal eine vertikale Bewegung macht. Die weißen Jungs, die die Weichen stellen, werden ihn sein Lebtag lang in der Horizontalen hin- und herschieben. Aber wenn der Schwarze vorwärtskommen will, sorgt Mr. Charlie dafür, daß ein Rückwärtssalto draus wird. Dann darf er seine Talente wieder ganz von vorn unter Beweis stellen, darf den Lehrling spielen und auf einen Posten als Alibi-Neger warten. Nein, nicht mit mir. Entweder sie ließen mich aufwärts klettern oder ich blieb eben, wo ich war, auch wenn ich wußte, daß Stehenbleiben im Grunde darauf hinauslief, langsam, aber sicher abwärtszugleiten.

Professor Ice hatte einen Auftritt, also gingen Eboni und ich hin, um ihn uns anzusehen. Er hatte einen Gig in einem kleinen Club, und im Publikum wuselten jede Menge Plattenmanager herum, weiße Schnösel in dunklen Zweireihern, mit Schlipsen und Pferdeschwänzen.

Kennst du diese Typen – ich nenne sie immer Pferdeschwanz-Beamte? Obercoole Hengste sind das. Tagsüber stecken sie sich die Dinger unter ihre gestärkten Hemdkragen, und abends, wenn sie aus ihrem Büro rauskommen, wippen sie sie durch die Luft und kommen sich jung und dynamisch

und männlich und mega-hip vor, bloß weil sie einen Pferdeschwanz haben. Ich zählte an diesem Abend mindestens ein Dutzend Pferdeschwanz-Beamte im Publikum.
Wir durften also den großartigen Ice in Aktion erleben. Sein Auftritt dauerte dreißig Minuten. Der Rap kam etwas kurz, in der Hauptsache prahlte er. Mit der Länge seines Penis, mit der Länge seiner Knarre, mit dem, was er einer Reihe von Huren, Miststücken und Respektspersonen mit seinem Penis und seiner Knarre antun wollte. Er rappte von Überfällen auf Verbrauchermärkte, von Schüssen auf Schulkinder, um ihnen ihre Pausenpfennige abzuknöpfen. Seine Raps waren auch unter soziopathischen Gesichtspunkten nicht sonderlich einfallsreich. Gegen Ende des Sets spuckte er auf die Bühne, furzte und urinierte auf einen Zuschauer in der ersten Reihe. Dann sang er sein Erkennungslied, »Die Schlampe«.
»Die Schlampe sieht beschissen aus«, grölte Ice. »Die Schlampe kotzt, motzt, rotzt / Die Schlampe ist im Bett ein Brett / Die Schlampe ätzt, ätzt, ätzt.«
Das war kein jambischer Pentameter, das war eine beschissene Pseudo-Show. Die Menge fiel drauf rein. Sie hielt es für echt, für Real Life pur. Die weißen Plattenfritzen waren hin und weg, schnippten mit den Fingern, wippten mit den Füßen. Na also, sie hatten es geschafft, der schwarze Machismo war bis zur Impotenz karikiert und vor den Karren gespannt, jetzt ließ er sich bequem und profitabel in den weißen Vororten verschachern. Der ganze Rummel ließ mich an mein Heimatstädtchen denken. Er versetzte mich unversehens nach Fairtowne Forks zurück. Es war in der Woche, als im Fernsehen die erste Folge von *Roots* gelaufen war. Ich war fünfzehn Jahre alt, und der Film hatte mich bewegt wie nichts zuvor. Ich erinnere mich lebhaft an die Szene, in der der Vorarbeiter so lange mit der Peitsche auf den afrikanischen Sklaven Kunta Kinte einschlug, bis der klein beigab und sagte, sein

Name sei Toby. Am nächsten Tag in der Schule hatten die weißen Jungs es schon in eine Beleidigung verkehrt. »Hey, Kunta«, riefen sie mir nach. »Kunta Kinte.« Ich fand es merkwürdig, daß sie mich nicht Toby nannten. Sie nannten mich Kunta, obwohl der Name doch mit Ehre, nicht mit Spott verbunden war. Geschichtsverdrehung. Kulturzersetzung. So lief es. Ich muß in diesem Monat in ein Dutzend Prügeleien verwickelt gewesen sein.

Ice rappte immer noch. »Die Schlampe stinkt, trinkt, hinkt / Die Schlampe gähnt, flennt, pennt / Die Schlampe ist Scheiße.«

»Der Mann kommt groß raus«, brüllte eine häßliche Weiße neben mir, direkt in mein Ohr, um die dröhnende Musik und den Lärm der Menge zu übertönen. »Er soll einen riesigen Plattenvertrag in Aussicht haben. Angeblich bieten zwei Musik-Tycoons um die Wette.« Dann fing sie an, zu der Musik zu tänzeln, in dieser arhythmischen, hüftenlosen, auf der Stelle tretenden Art, die weiße Frauen beim Tanzen haben.

Eboni, die neben mir stand, warf den Kopf zurück und lachte.

Nach dem Ende der Vorstellung gingen wir in Ice' Garderobe, wo wir ihn umringt von Pferdeschwanz-Beamten antrafen. Ich schnappte auf, wie einer von ihnen zu Ice sagte, seine Show sei eine »ganz differenzierte, fast warholhafte Apotheose urbaner Ästhetik... ganz abgesehen natürlich von dieser coolen, erfrischenden Musikalität«. Ice antwortete, indem er sagte: »Hat vielleicht irgendjemand hier einen gottverdammten Joint?« Ich versuchte das Palaver auszublenden und zog mich mit Eboni in eine Ecke zurück.

Und, was meinst du, ist dein Bruder ernsthaft der neue Rap-Shooting-Star?

»Ice behauptet das von sich ja seit Jahren«, sagte Eboni. »Wir

haben alle diese größenwahnsinnigen Vorstellungen, was aus uns mal wird. Scheint bei uns in der Familie zu liegen.«
Das ist ein faszinierendes genetisches Merkmal, sagte ich. Die Nazis haben das in ihrer Zwillingsforschung untersucht, soviel ich weiß.
»Wo ist deine Schwester?« fragte mich Eboni.
Ice und sie sind nicht mehr. Ende. Aus. Gütertrennung.
»Ooch, das find ich aber schade.«
Ich auch.
»Kannst du mich übrigens nach Hause fahren? Ich hab morgen früh Schule.«

Ich brachte Eboni zu ihrer Wohnungstür. Irgendwo in der Nähe hörte man zwei Crack-Junkies streiten.
»Also dann, gute Nacht«, sagte Eboni, als wir auf ihrer Schwelle standen.
Ich sah sie an, sah sie wirklich an, zum ersten Mal überhaupt, glaube ich. Sie hatte sich heute abend in Schale geworfen. Es war das allererste Mal, daß ich sie in etwas anderem als ihrer NFC-Uniform sah. Sie war eine wirklich attraktive junge Frau. Sie war sogar schön. Sie trug ein lindgrünes Kleid, schulterfrei und im Rücken geknöpft.
Ich sah ihr ins Gesicht. Sie hatte ein rundes, volles Gesicht, und wenn sie lächelte, tanzten ihre Augen vergnügt. Ihr Gesicht war offen, es war unschuldig, süß und arglos. Aber da war auch etwas Reifes, eine Art Weisheit, eine Lebensklugheit, die nicht zu ihrem Alter paßte, aber die sie sich vielleicht durch ihre Lebensweise erworben hatte, durch die eigene Wohnung, die Arbeit, die Notwendigkeit, für sich selber zu sorgen.
»Ich hab übrigens heute Geburtstag«, sagte Eboni. »Ich werde achtzehn.«
Wirklich! Herzlichen Glückwunsch, sagte ich.

Ich beugte mich vor, um sie zu umarmen. Irgendwie – entweder war es die Magie des Mondes oder eine sintflutartige Testosteron-Ausschüttung – wurde aus der Umarmung ein Kuß auf die Wange. Und dann fand mein Mund ihre Lippen. Der Kuß dehnte sich nur ein paar Sekunden über die Freundschaft hinaus. Ihr Mund öffnete sich, und meine Zunge tastete sich hinein.

Drinnen knöpfte ich dieses lindgrüne Kleid mit der Knopfleiste im Rücken auf. Sie hatte um ihr Bett herum Kerzen aufgestellt und zündete ein paar von ihnen an, während ich ihren schwarzen BH aufhakte und ihren glatten Rücken küßte.
Sie drehte sich zu mir herum, ich streifte ihr das Kleid von den Brüsten, und sie schlängelte ihre Arme aus dem BH. Ich legte die Lippen an ihre Brustwarzen und begann zu lecken und zu saugen. Sie stöhnte, und ich saugte weiter sanft an ihren Brüsten, während sie meinen Rücken streichelte und mir langsam das Hemd aufknöpfte. Ich küßte wieder ihre Lippen, und sie öffnete meinen Gürtel und zog mir die Hosen herunter. Ich schlüpfte aus dem Hemd und küßte ihren Hals. Dann schob ich meine Hand unter ihr Spitzenhöschen und zog ihr die Strumpfhose über die Schenkel hinunter, um den weichen, feuchten, warmen, schwarzen Flaum zwischen ihren Beinen freizulegen. Ich drückte ihre Beine sanft auseinander, und als ich meine Hand aufwärts wandern ließ und mit den Fingern in sie hineinglitt, gab sie ein wohliges, langgezogenes Stöhnen von sich. Ihre Hände wühlten in meinen Haaren, als ich mich nach oben bewegte und mit der Zunge an ihren Brüsten spielte, während meine Hand weiter die feuchte Glätte zwischen ihren Beinen streichelte. Ihr Stöhnen wurde lauter, und ich zog meine Boxer-Shorts aus. Ich war hart und drang sanft in sie ein, und als sie einen winzigen Schmerzschrei ausstieß, wurde ich noch härter. Ich spürte,

wie das Blut in meinem Schwanz pulsierte und wie ihre Hüften zu wogen begannen. Und dann fanden wir den gemeinsamen Rhythmus, und ich spürte, daß sie bald kam, und der Gedanke, daß ich ihr einen Orgasmus verschaffte, daß ich sie in den siebten Himmel brachte, ließ mich kurz nach ihr ebenfalls kommen.
»Danke«, sagte sie.
Ich mußte lächeln, aber ich fühlte mich schon im gleichen Moment unwohl. Es war dermaßen teeniemäßig, so etwas zu sagen. Danke, daß du mit mir geschlafen hast.
Alles Gute zum Geburtstag, sagte ich.

Am nächsten Tag hatte ich ein schlechtes Gewissen, die Art von schlechtem Gewissen, die man sich selber strickt. Die Art von schlechtem Gewissen, wie katholische Schulmädchen in Baumwollunterhosen es haben, wenn sie ihre erste Periode bekommen oder von der Mutter Oberin beim Masturbieren in der Dusche erwischt worden sind. Schuldig, schuldig, schuldig.

Wann immer Willamina, das Schlachtschiff, eine große Neuigkeit bekanntgeben wollte, kritzelte sie sie auf ein Post-it und klebte es an den Kühlschrank in der Teeküche.
Heute stand auf dem Zettel: »Ted Debone, zuständig für Fernsehkritiken, hat am Wochenende einen Nervenzusammenbruch erlitten und ist gestorben. Neue Fernsehkritikerin ist Gabby Huntingford.«
Alle verließen sie das Haus mit den Füßen zuerst.

Gabby war aus dem Häuschen vor Freude.
»Ich wollte schon immer Kritikerin werden«, sagte sie. »Bei den meisten Kritiken wird mir schlecht.«

Gabbys erste Rezension. Sie betraf eine neue Serie bei ABC über eine Frau, die tagsüber staatlich geprüfte Krankenschwester, abends Privatdetektivin und am Wochenende Hexe war. Die Serie hieß *Mit Häubchen und Besen auf heißer Spur.* Gabbys Besprechung war niederschmetternd. Sie schrieb, die Hauptdarstellerin habe »einen Körper wie zwei Männer in einem Pferdekostüm auf einer Halloween-Party«, das Drehbuch müsse »der zurückgebliebene Nachwuchs eines Maultiers und eines Zirkusclowns geschrieben haben«. Und der Schlußsatz lautete, den Programmdirektoren bei ABC, die diese Serie eingekauft hätten, »wäre zu wünschen, daß ihnen ein wildgewordener Maulwurf einen Einlauf verpaßt«.

Gabbys nächste Besprechung war ein Verriß einer neuen Folge der beliebten Serie *Pete, das Schnabeltier.* Im Mittelpunkt dieser Serie stand ein vorwitziges Schnabeltier namens Pete, das bei einer Vorortfamilie lebte. Das Schnabeltier wurde durch eine Handpuppe dargestellt; seine Stimme stammte von einem ehemals populären MTV-Moderator, der aufgrund seines fortgeschrittenen Alters gefeuert worden war und jetzt eine neue Karriere als Schauspieler anstrebte.
»Die Dialoge sind so erbärmlich«, schrieb Gabby, »daß man unwillkürlich mutmaßt, die Hand in der Schnabeltierpuppe zeige dem Publikum im verborgenen den Stinkefinger.
Irgendwann im Verlauf der Sendung merkte ich, wie ich meinen Fernseher von allen Seiten inspizierte und dabei vor mich hin murmelte, ›Da hat mir einer in den Apparat gekotzt, während ich einkaufen war.‹ Die Leute, die diese Serie verbrochen haben, verdienen als Mindestmaß die Todesstrafe. Man sollte sie in ungeweihter Erde begraben und ihre gesamte lebende Nachkommenschaft sterilisieren und zur Zwangsarbeit in einem Kernkraftwerk abkommandieren.«

Gabbys Niedergang entsetzte mich. Sie war eine radikale, lesbische Nachachtundsechziger-Feministin. Am Persischen Golf tobte der Krieg, Tausende von Menschen waren mit dem Tod konfrontiert, und sie hatte nichts Besseres zu tun, als mit Inbrunst eine Schnabeltier-Puppe niederzumachen. Es kam mir vor, als verschiebe sie ihre Aggressionen auf unschuldige, wehrlose Pappmaché-Kreaturen. Bemitleidenswert. Auf so einen Holzweg wollte ich nicht geraten, um keinen Preis. Wir lebten in einer gefährlichen, wichtigen, großen Zeit, und ich wollte da irgendwie mitmischen.

Ich fragte Gabby, warum ihre Kritiken so gehässig seien. Sie sei doch im Grunde eine liebenswerte, sanftmütige, ökofeministische Vegetarierin.
»Ich sehe jeden Tag zwölf Stunden fern, seit ich Kritikerin bin«, sagte sie. »Irgendjemand muß diesen Leuten das Handwerk legen.«

Alle Lichter gingen aus. Finsternis im ganzen Haus.
W! W!
»W. W., ich bringe dich um!« brüllte Guy.
»Gottverdammt, W. W.! Hast du schon wieder vergessen, die Stromrechnung zu zahlen?« kreischte Sarah aus ihrem Zimmer.

Noch ein Stoßstangen-Aufkleber. Diesmal auf einem Pickup Truck: »Bomben werfen für die Demokratie ist wie Vögeln für die Unschuld«.

In unserer WG war die Kacke am Dampfen.
Sarah zeigte mir ein paar Briefe. Einer enthielt die Ankündigung, daß in Kürze Gas und Strom abgestellt würden. Von der Telefongesellschaft das gleiche. Ein weiterer Brief kam

von Helga DeSnoghass, unserer geheimnisvollen Vermieterin. Sie war sehr, sehr verärgert. Sie hatte seit Monaten keine Mietzahlungen erhalten.

»W. W. hält uns zum Narren«, sagte Sarah. »Ich glaube, er reicht unsere Schecks überhaupt nicht ein, um die Rechnungen zu begleichen. Das ist nicht zu fassen, der Mann spinnt doch. Vor kurzem hat er mir noch erzählt, er hätte die gesamte Haushaltsführung verwissenschaftlicht und in den Computer eingegeben.«

Uff, dachte ich. Wenn W. W. alles über den Computer laufen ließ, dann war es gut möglich, daß Arizonas Virus die Quelle war, der die chaotische Finanzlage unseres Hauses entsprang. Sollte sich etwa am Ende herausstellen, daß an der ganzen Sache ich allein schuld war? Moment mal, ganz ruhig. Soweit die Lage zu übersehen war, hatte W. W. seit Monaten nicht eine einzige Rechnung bezahlt. Das konnte doch nicht *mein* Fehler sein, oder? Vielleicht hatte der Virus uns ja im Gegenteil sogar geholfen, denn jetzt, da die Rechnungen zu solcher Höhe aufgelaufen waren, daß sie sich nicht mehr ignorieren ließen, waren wir gezwungen, uns mit dem Problem zu befassen.

Dieser letzte Gedanke war ein waghalsiges Stück Gehirnakrobatik. 9,0 vom amerikanischen Punktrichter. Ich beschloß, über meine Mitschuld besser den Mund zu halten, und kam mit Sarah gemeinsam zu dem Schluß, daß wir uns W. W. vorknöpfen mußten.

Am gleichen Abend hielten wir eine Hausversammlung ab. Sarah, Guy, W. W. und ich.

W. W., was zum Teufel machst du mit unserem Geld?

»Ich stecke in finanziellen Schwierigkeiten«, sagte W. W. »Macht euch nicht in die Hosen, ich kriege das geregelt.«

»Wißt ihr, wo der Scheißkerl arbeitet? Bei Dominos Pizza-

Service«, sagt Guy. »Ich bin dir nachgefahren, du Idiot. Der Kerl ist jetzt Pizzafahrer. In dreißig Minuten frei Haus – eine Minute Verspätung und Sie schulden uns keinen Cent.«
W. W., du mußt uns sagen, was los ist. Morgen kommt die Vermieterin. Wir verlieren alle zusammen das Dach über dem Kopf. Es ist, als ob wir beim Monopoly auf der Schloßallee gelandet sind, mit vier Hotels drauf – wir sind bankrott.
»Ich sag's doch«, sagte W. W., stand auf und baute sich vor mir auf. »Ich kriege das geregelt.«
»In dreißig Minuten frei Haus – eine Minute später und der Fahrer muß bluten«, sagte Guy.
Hör auf, Guy, das hilft uns jetzt nicht weiter, sagte ich, eingedenk der Tatsache, daß von dem Platz aus, an dem ich saß, mein Kopf W. W.s Faust am nächsten lag.
»Halt's Maul. Alle beide. Haltet einfach den Rand«, sagte W. W. »O. k., ich hab meinen alten Job aufgegeben, und jetzt stabilisiere ich mich ein bißchen, das ist alles, klar?«
W. W. hatte einen irren Blick in den Augen. Seine Fäuste waren geballt. Er war ein Mann, der sich in die Ecke gedrängt fühlte und kurz davor war loszuschlagen. Seine Finanzen waren im freien Fall, und er hatte keinerlei Sicherheitsnetz. Seine Eltern waren arm wie die Mäuse, das wußte ich; er war in seiner Familie der erste, der aufs College gegangen war. Wenn er Mist baute, gab es niemanden, der ihm aus der Patsche half. Wenn bei mir alle Stricke rissen, konnte ich immer noch nach Fairtowne Forks zurückgehen. Meine Mom würde mich höchstwahrscheinlich mit einem Blech frisch gebackener Reisplätzchen erwarten und mit einer Auswahl Bewerbungsbögen für juristische Fakultäten an Elite-Universitäten.
»Wie, willst du dich jetzt auch noch prügeln, W. W.?« sagte Sarah. »Willst du Thurgood schlagen?«

»Nein, dich will ich schlagen, du Schlampe.« Er ging drohend auf Sarah zu.

Ich stand auf und stellte mich zwischen die beiden.

Guy stand auf und ging zur Treppe. »O. k., das war's. Ich bin weg. In einer Woche werde ich ohnehin verschifft. Die paar Tage ziehe ich zu meinem Cousin. DeSnoghass kann meine Kaution behalten.«

»Ich steige auch aus«, sagte W. W. und marschierte davon.

Ich glaube, wir gehen besser auch von Bord, sagte ich zu Sarah. Ich denke nicht daran, für den ganzen Misthaufen, den diese Crew hinterlassen hat, meinen Kopf hinzuhalten. Wenn DeSnoghass hier auftaucht, wird sie jeden, den sie hier antrifft, vors Mietgericht bringen.

Am nächsten Tag, nach einer wilden, bis in die frühen Morgenstunden dauernden Pack-Orgie, stand ich mit Sarah vor dem Haus und leistete ihr Gesellschaft, bis das Taxi kam, das sie zum Flughafen bringen sollte.

Also dann, mach's gut, sagte ich. Viel Spaß in Kalifornien.

»Danke. Allzuviel Spaß werden mir meine Eltern nicht gönnen, fürchte ich. Sie sind von der Sorte, bei denen immer alles geregelt und geplant und mit drei Durchschlägen ausgefüllt werden muß, mit Bleistift Stärke zwei.« Sie seufzte. »Ich freue mich überhaupt nicht darauf, wieder daheim zu wohnen. Ich bin aus dem Alter einfach raus.«

Wir umarmten uns. Ich half ihr, das Gepäck im Wagen zu verstauen, und weg war sie.

W. W. hatte diese Abschiedsszene vom zweiten Stock aus mit bitterer Miene verfolgt. Sein Fenster stand offen, er hatte einen Song von Luther Vandross aufgelegt und sang grölend mit. Er hörte sich betrunken an, brachte die Wörter alle durcheinander. »Ein Stuhl ist kein Tisch«, jaulte er. »Und ein Haus ist kein Heim.«

Ich zog zu Bethune. Es ging ihr elend. Mir ging es ebenfalls elend. Es war fürchterlich. Elend kann Gesellschaft im Grunde nicht ausstehen. Elend will seine Ruhe haben und allein sein, Elend will in Unterhosen und Socken vor dem Fernseher sitzen und Tortilla-Chips knabbern. Hier und da rufen Kummer und Sorgen an, fragen Elend, ob es Lust hat, mit ins Kino zu gehen, einen Bergman-Film anschauen oder so was, aber Elend geht nicht ans Telefon, sondern stellt den Anrufbeantworter an, und nach einer Weile geben Kummer und Sorgen es auf und rufen nicht mehr an. Dann macht sich eine dumpfe Leere breit, und genau das ist es, was Elend haben will. Aber wir waren zusammengeworfen, Bruder und Schwester, und ich wußte nicht, wohin ich sonst gehen sollte, also machten wir das Beste daraus.

»Ich bin schwanger«, sagte Eboni, kaum daß ich den Hörer abgenommen hatte.
W-w-was?
»Ist es für mich?« rief Bethune aus dem anderen Zimmer herüber, wo sie vor dem Fernseher saß und Doritos knabberte.
N-n-nein, nein, nein, sagte ich. Ich flüsterte in die Muschel: Von mir?
»O nein, das hat er nicht gefragt. Der Thurgood, den ich kenne, würde mich das nicht im Traum fragen. Ich muß mich verwählt haben. Ich habe wahrscheinlich 0130–333999 gewählt, Wichser rund um die Uhr.«
Bist du sicher, daß du schwanger bist?
»Nein, ich hab nur so eine Ahnung. Verdammte Hacke, natürlich bin ich sicher. Ich hab mir einen Test in der Apotheke geholt.«
Na siehst du, da haben wir's. Diese Tests sind total unzuverlässig. Manchmal sieht Blau wie Rot aus und Rot sieht wie

Blau aus. Vielleicht bist du auch farbenblind. Bist du sicher, daß du nicht farbenblind bist? Und hattest du überhaupt das Licht an, als du den Test angeschaut hast?

»Ich war beim Arzt und, glaub mir, das Licht hat während der ganzen Untersuchung gebrannt.«

Du mußt immer zwei Meinungen einholen. Manche dieser Leute würden heute mit Pauken und Trompeten durch die Prüfung rasseln. Ich meine, ich hab kürzlich erst von diesem Fall gelesen, wo einer mit Ohrenschmerzen ins Krankenhaus kam und dann haben sie ihm aus Versehen eine Niere rausgenommen. Kannst du dir das vorstellen? Oder diese andere Geschichte, ein angesehener Arzt in Idaho, seit zwanzig Jahren eine eigene Praxis, plötzlich stellt sich raus, er hat nie einen medizinischen Hörsaal von innen gesehen, er war einfach nur ein frustrierter Buchhalter. Also, ich meine, ein einzelner Arzt, dem kannst du nicht trauen. Woher willst du wissen, daß es nicht der staatlich geprüfte Buchhalter ist, der sich deine Niere krallen will? PMS. Bist du sicher, daß es nicht PMS ist?

»Es ist kein prämenstruelles Syndrom. Ich war bei zwei Ärzten. Ich bin sicher, daß ich schwanger bin. Das ist kein Märchen, Thurgood. Das ist Realität. Damit mußt du dich auseinandersetzen.«

O. k., sagte ich. Laß uns drüber nachdenken. Laß uns drüber nachdenken. O. k., du mußt eine Abtreibung machen. Du bist zu jung, ich bin zu jung. Himmel, du bist zu jung. Ich bin zu alt. Ich kann mich unmöglich jetzt mit einem Kind auseinandersetzen. Ausgeschlossen.

»Ich werde KEINE Abtreibung machen. Das machen weiße Mädchen. Sie machen eine Abtreibung, lassen sich die Eileiter zu einer hübschen Schleife zusammenbinden, und dann gehen sie zurück zum Volleyballspielen oder lassen sich einen wasserstoffblonden Bubikopf schneiden oder was man sonst in weißen Vororten macht, keine Ahnung. Nein. Das bin ich nicht. Ich werde mein Baby nicht umbringen.« Dieses Mädchen hatte Stahl in der Stimme.

Es war nach Mitternacht. Ein lautes Klopfen an der Tür hatte mich aus dem Schlaf gerissen.

»Mach die verdammte Tür auf!« Es klang nach Ice. Er wummerte mit irgendwas gegen die Tür, einer Fünfliterflasche Bier oder so was. »Du Scheißkerl, du hast meine kleine Schwester geschwängert.«

Ice zog nach etwa einer Stunde wieder Leine. Aber jetzt wußte meine Schwester über meine ganze schmutzige Affäre Bescheid. Sie weinte.

»Ich kann nicht glauben, daß du das bist«, sagte Bethune und sah mich aus rotgeweinten Augen an. »Und Mom und Dad sagen immer, *ich* bin die Chaotin.«

Unglücklicherweise ging am nächsten Morgen die Sonne auf. Ich mußte irgend etwas tun. Ich rief bei Sojourner an. Ihr Anrufbeantworter war dran. Ich rief in ihrem Büro an. Ihre Mailbox war dran. Ich rief den Flughafen an und ließ sie ausrufen.

»Ich bin dabei«, sagte ich. »Ich komme.«

»Zu spät«, sagte sie.

Ich weiß, was für eine Journalistin Sie sind, sagte ich. Sie setzen Himmel und Hölle in Bewegung, wenn Sie nur wollen. Ich bin dabei. Ich komme. Ich will den Job. In fünfzehn Minuten bin ich bei Ihnen und steige ins Flugzeug. Und ich will einen Fensterplatz.

Als ich am Flughafen ankam, reichte Sojourner mir einen picobello amtlichen Presseausweis der *Washington Post*.

Sie wußten, daß ich mitkomme. Himmel und Hölle.

»Ich mußte das Foto aus Ihrem High School-Jahrbuch nehmen.« Sie lächelte. »Aber daß Sie zum Mr. Steile Karriere gewählt wurden, hatten Sie gar nicht erwähnt.«
Fragt sich nur, als was?

Ich hatte meinen Fensterplatz. Sojourner saß neben mir, einen Walkman auf dem Kopf, und las in einem Buch über irakische Politik. Wir flogen erst mal nach Dhahran, Saudi-Arabien. Von dort würden wir uns, vielleicht, irgendwie, irgendwann, zu Fuß, zu Roß, im U-Boot oder auf einem fliegenden Teppich nach Bagdad durchschlagen. Das war jedenfalls der Plan. Den Rest mußten wir spontan entscheiden.
Anarchischem Streben auf höherer Ebene frönen. Es war Ende Dezember. Es hieß, Saddam Hussein hätte über eine halbe Million Soldaten am Golf. Die USA hatten über 300 000 Mann dort, Tendenz steigend. Die Alliierten schickten ebenfalls ihre Truppen. Die Welt machte sich für ein Blutbad bereit.
Die Startbahn und der Flughafen rasten an mir vorbei. Aus dem Fenster zu schauen war wie Fernsehen. Wir hoben ab und kurz darauf schrumpfte Washington, das in einem trägen, weichen Morgenlicht badete, auf die Größe einer Spielzeugstadt und verschwand dann unter den Wolken.
Langsam erwärmte ich mich für Bushs Entscheidung, die Truppen auszusenden. Es war so befreiend, die häuslichen Sorgen daheim zu lassen und aufzubrechen, um Sieg oder Untergang in einem fremden Land zu suchen. Meine Gedanken gingen kreuz und quer. Ich konnte Eboni nicht heiraten, das mußte sie wissen. Vielleicht würde die Distanz ihr zu der Einsicht verhelfen, daß sie abtreiben mußte. Es war typisch schwarze Frau, ein Kind zu kriegen und zwei Leben zu ruinieren, drei Leben. Wir waren mehr als pure Biologie. Es waren doch nur ein paar Zellen, es war nicht real, es hatte

keine Karriere, kein Leben. Weißen Leuten fiel es nie ein, ihr Leben zu ruinieren, bloß weil ein Sperma zufällig einem passenden Ei das Jawort gegeben hatte. Wenn Gott gewollt hätte, daß jedes verhütete Kind geboren wird, hätte er die Schweiz nicht erschaffen. Aber ein Teil von mir fühlte sich zutiefst frauenfeindlich, weil ich Eboni nicht beistand, egal wie sie sich entschied. Früher, als ich noch nicht persönlich in der Tinte saß, hatte ich immer gesagt, es sei die Entscheidung der Frau. Aber jetzt, da ich mit der Aussicht auf ein Baby konfrontiert war, ein Baby, das sich ganz radikal in meine Träume einmischen und mir eine Menge Steine in den Weg legen, ja mir den Weg zu ihrer Realisierung völlig zubauen konnte, jetzt wollte ich, daß es meine Entscheidung wäre. Ich wollte nicht, daß dieses Baby passierte. Und weil ich meinen Willen nicht durchsetzen konnte, weil ich es mit einer Achtzehnjährigen mit Stahl in der Stimme zu tun hatte, saß ich nun in einem Düsenflugzeug und flog weit, weit weg. Vielleicht würden mir die Distanz, die Zeit, der Krieg, und hoffentlich auch Sojourner, helfen, meine Möglichkeiten zurückzugewinnen. Während das Flugzeug höherstieg, fiel ich in einen Tagtraum. Ich dachte an dieses Mädchen aus der vorletzten Klasse in der High School, in das ich verschossen war. Ihre Haare rochen nach Erdbeeren. Ein umgestürzter Baum hinter dem Haus meiner Eltern. Weiße Wolken umfingen mich. Ich vögelte für die Unschuld.

Nichts ist komischer als das Unglück.

SAMUEL BECKETT

Endspiel

7

★ ★ Tausend flammende Sterne ★ ★

Nie haben so viele Menschen so wenig über so viel gewußt. Ich war endlich in der Hochburg der Bürokraten und Dummköpfe gelandet – in der Mediengemeinde am Persischen Golf. Als ich in Dhahran aus dem Flugzeug stieg, schlug mir ein Schwall Hitze und gleißende Helligkeit entgegen; die Wüstensonne brannte gnadenlos. Ich hatte gelesen, die Temperatur sinke hier während der Wintermonate auf ein verkraftbares Level, aber heute war das garantiert nicht der Fall. Es würde hart werden, mich bei dieser sengenden Wüstenhitze in einem Land zurechtzufinden, über das ich fast nichts wußte – und das auch noch mitten im Krieg.

Nachdem Sojourner und ich im Hotel International in Dhahran abgestiegen waren, merkte ich, daß ich mit meiner Verwirrung und Desorientiertheit nicht allein war. In dem Fünf-Sterne-Hotel wimmelte es von Reportern aus allen Teilen Amerikas, Mitarbeitern kleiner und großer Zeitungen, Fernsehteams, Radioreportern. Sie alle waren ebenfalls ziemlich unbeleckt. Keiner sprach die Landessprache, keiner kannte die Landesgebräuche, alle jammerten über die erbarmungslose Hitze.

Als Reporter wußte ich aus erster Hand, daß Journalisten keine Götter waren, daß sie keine Überhelden waren, daß die Geschichten, die sie ablieferten, Flickwerk waren, hastig zusammengeschustert und in der Regel voller Fehler. Aber da Krieg war, flüsterte mir anscheinend der letzte Rest Optimismus und Idealismus, den ich mir bewahrt hatte, ein, hier dürfe ich etwas anderes erwarten. Ich rechnete mit einem Pressestab aus grauhaarigen Supernasen, die keine Mühe scheuen und vor nichts zurückschrecken würden, um dem Ölfaß dieses Krieges auf den Grund zu gehen und seinen Bodensatz freizulegen. Aber da saßen sie alle. Die einen waren Yuppies zwischen Zwanzig und Dreißig wie ich. Die anderen waren fette, träge Vierzigjährige, die sich endlich mal von ihrem Schreibtisch losgeeist hatten und jetzt auf den Geschmack von Freiheit und Abenteuer hofften.

Was mich am meisten störte, war, daß diese Reporter den Krieg wollten. Sie warteten ungeduldig darauf, daß die Action losging. Sie hatten genug von den Treffen dieses Außenministers mit jenem Außenminister, von den UNO-Resolutionen, von den Umfragen der Meinungsforscher, die unisono ergaben, daß eine Mehrheit Militäraktionen befürwortete. Die Sache war zu weit fortgeschritten, sie warteten schon zu lange. Sie hatten keine Lust mehr auf Sonne und Sand, sie hatten keine Lust mehr, ständig auf der Hut zu sein, um nicht über einen dieser Fünfzehn-Zentimeter-Skorpione zu stolpern, die hier angeblich überall herumkrabbelten. Sie hatten das Alkohol- und Drogenverbot satt. Sie hatten den Krieg in Filmen gesehen, sie hatten Bücher über den Krieg gelesen, sie hatten sich die Tiraden ihrer Väter und Onkel aus der Vietnam-Zeit angehört, denen der Krieg gestohlen bleiben konnte, und jetzt wollten sie endlich ihren eigenen Krieg. Kriegsberichterstatter zu sein war der Höhepunkt einer jeden Reporterkarriere, und jetzt sollte der Höhepunkt bitte schön anfangen. Das Geschäker, das Vorspiel, die sentimentalen Zungenküsse, das Herumgefummle an den Nippeln ging jetzt schon Monate. Sie waren geil, schweißgebadet, genervt, sie waren kurz davor, zu kommen und »Halleluja« zu schreien, sie wollten endlich losrammeln und im Takt die

Münzen für das Vibratorbett nachwerfen. Sie wollten ihren Schlachtfeldorgasmus, und zwar sofort.

Das Hotel war überfüllt. Sojourner und ich mußten uns ein Zimmer teilen.
Als wir in das Zimmer kamen, stellten wir fest, daß wir uns auch das Bett teilen müßten. Ein sehr kleines Bett. Genaugenommen ein Feldbett.
Ich dachte, das ist ein Fünf-Sterne-Hotel, sagte ich.
»Da draußen herrscht Krieg«, sagte Sojourner und wuchtete ihren Koffer aufs Bett. »Soll ich den Zimmerkellner anrufen und fragen, ob er uns vielleicht einen bequemeren Krieg heraufschicken kann?«

Es war die erste Januarwoche, als wir im Hotel Quartier bezogen. Die allgemeine Spannung steigerte sich zusehends, weil das UNO-Ultimatum, das die USA und ihre Verbündeten autorisierte, den Irak mit Waffengewalt aus Kuwait zu vertreiben, auf den 15. Januar festgesetzt war. Zufällig fiel das Datum mit Martin Luther Kings Geburtstag zusammen. Dieser »Zufall« ist auf dem Mist von Bush und Konsorten gewachsen, glaub mir das. Kriege sind nie allein dazu da, Menschen zu töten, sie sind außerdem dazu da, Symbole zu zerstören. Wenn Bush endlich den Startschuß zu seinem Krieg gab, würde ein Tag, der ehedem für einen Mann des Friedens stand, für immer als ein Tag des Blutvergießens in Erinnerung bleiben.
»Genau, ich schreibe eine Kolumne zu diesem Martin-Luther-King-Thema und faxe sie nach Hause«, sagte Sojourner.
Sie sagte, der Clou an der Sache sei, daß die Weißen Martin Luther King bei jeder passenden Gelegenheit den Schwarzen als Vorbild der Gewaltlosigkeit unter die Nase rieben. Die

bigotten Südstaatler wollen dir das Wahlrecht vorenthalten? Nur keine Gewalt. Brutale Übergriffe von weißen Polizisten? Immer schön gewaltfrei bleiben. Ein Apartheid-Regime metzelt dein Volk nieder? Du bist doch Pazifist, oder nicht?

»Aber in dem Moment, wo weiße Interessen auf dem Spiel stehen, fahren sie großes Geschütz auf und ziehen in die Schlacht, und du hörst kein Wörtchen mehr von Gewaltfreiheit«, sagte Sojourner. »Bush hat ungefähr zehn Sekunden abgewartet, wie die Sanktionen wirken, bevor er die Panzertruppen in Marsch gesetzt hat. Für die Weißen ist Gewaltfreiheit ein Fremdwort. Zivilisierter, friedliebender – von wegen!«

In einem Lagerhaus vis-à-vis des Hotels standen Kisten mit allem, was zur unabdingbaren Grundausstattung für den Kriegsfall gehörte.

Ich nahm mir eine schußsichere Weste, einen Schlafsack, eine Gasmaske, ein paar Schokoladenriegel, die eigens für Wüstentemperaturen hergestellt waren, und einen speziellen Erste-Hilfe-Kasten für den Fall des Einsatzes chemischer Waffen, der eine Spritze enthielt, von der es hieß, sie blokkiere die Wirkung von Nervengas.

Sojourner verzichtete auf die Spritze. »Das Zeug ist ein Witz. Wenn die Iraker Gasbomben werfen, hilft uns das kein bißchen. Das dient nur der psychologischen Beruhigung.« Sie nahm auch keine Gasmaske.

Aber die schußsichere Weste nimmst du doch wenigstens?

»Das ist mir zuviel Gewicht. Wir werden mit Truppen marschieren, die in Topform sind. Da will ich mithalten können, nicht hinterherlaufen wie eine alte Oma.«

Und so einen ›Wüstenschild‹-Schokoriegel – auch nicht?

»Gib mir ein paar von den Dingern.«

Ich packte zusätzlich eine zweite schußsichere Weste und eine Gasmaske ein, nur für den Fall, daß der Marsch ungemütlich werden und sie ihre Meinung ändern sollte.

Macht dich das nicht verrückt, daß sich viele unserer Kollegen anscheinend richtig auf den Kriegsausbruch freuen? fragte ich Sojourner.
Ich saß auf einem Stuhl, sie saß auf dem Bett und machte sich am Telefon und ihrem Faxgerät zu schaffen.
»Es überrascht mich nicht«, sagte Sojourner. »Das ist einer der Gründe, warum die Wehrpflicht letzten Endes keine schlechte Sache war. Ich meine, zumindest hat sie den Leuten einen persönlichen Bezug zum Krieg verschafft.«
Wieso das?
»Na ja, es bedeutete, daß sogar reiche, weiße, blonde Jünglinge wie Dan Quayle Angst haben mußten, nach Vietnam geschickt zu werden. Das hier ist doch ein risikoloses Unternehmen. Die einzigen, die hier den Arsch hinhalten müssen, sind Leute, denen das Geld fürs College gefehlt hat und die deshalb zu den Reservisten gegangen sind.«
Einen von denen kenne ich, einen Republikaner. Er muß hier irgendwo rumschwirren. Der ist bei den Reservisten.
»Mann, kannst du das nicht zusammenschrauben?« sagte Sojourner und hielt mir resigniert das Faxgerät hin. »Du bist doch angeblich mein Assistent.«

Die Vor-Ort-Berichterstattung über den Golfkrieg war in einem Pool-System organisiert. Das US-Militär behauptete, es sei ihm unmöglich, die Heerscharen von Presseleuten zu bewältigen. Deshalb mußten sich Presseangehörige einer Kooperative anschließen, deren Mitglieder nach dem Rotationsprinzip in kleinen Gruppen mit ins Feld gehen durften. Zur Begleitung und Führung dieser Gruppen wurde jeweils ein Soldat abgestellt. Die Reporter belieferten dann den Pool mit Material, dessen Verwertung sämtlichen Mitgliedern des Pools offenstand.

Das Pool-System war perfekt zugeschnitten auf eine Generation von Reportern, die sich unter Journalismus gar nichts anderes vorstellen konnten, als für Zeitungen zu arbeiten, die Großkonzernen gehörten, aus Agenturmeldungen Artikel zusammenzuschnipseln oder an Geschäftsessen bei großen Berühmtheiten teilzunehmen, bei denen zehn Reporter und ein Hollywood-Star um einen Tisch saßen, und das Ganze nannte sich Interview. Das Pool-System war ein Element in Bushs Verkaufsstrategie für diesen Krieg; praktisch kastrierte es die Presse. Die Reporter würden es sich zweimal überlegen, ob sie ihr Leben oder ihren Ruf für eine gute Story aufs Spiel setzen sollten, wenn die Story ohnehin in einem Pool landete, aus dem sich jeder bedienen konnte. Die Reportagen für den Pool waren notorisch schlampig. Ohne Preis kein Fleiß, lautete bei der Mehrzahl der beteiligten Journalisten die Devise.

In Vietnam streiften die Reporter frei durchs Gelände, und auf der Jagd nach Geschichten deckten sie Greueltaten auf. Bei dieser Art von Berichterstattung war es möglich gewesen, die Schrecken des Krieges aufzuzeigen, und das trug zur öffentlichen Meinungsbildung und damit mittelbar zum Ende des Vietnamkriegs bei. Im Golfkrieg würde dem vietnamerfahrenen Militär der gleiche Fehler nicht noch mal passieren. Die Reporter durften keinen Schritt ohne die von der Armee bestallten Pressebetreuer tun. Und diese Anstandswauwaus für den Debütantenball in der Hölle, angeblich zum Schutz und zur geländekundigen Führung der Journalisten bereitgestellt, waren natürlich in Wirklichkeit passiv-aggressive Zensoren. Auch wenn sie nur in den seltensten Fällen offen Einfluß auf die Berichterstattung nahmen – eine Story, die dem Krieg skeptisch gegenüberstand, schrieb sich nun mal sehr viel schwerer, wenn der Mann, der einen herumführte, ein Krieger war.

Es gab vier zentrale Pools – den TV-Pool, den Radio-Pool, den Foto-Pool und den Printmedien-Pool.
Der Koordinator des Printmedien-Pools war ein gewisser Nick Adams. Daheim in den Staaten hatte er einen subalternen Redakteursposten bei der *Chicago Tribune*. Die Koordination des Printmedien-Pools war mit einem gewaltigen Ausstoß an Papieren verbunden, außerdem mußte der Koordinator eine Menge erigierter Egos streicheln, bis sie Zufriedenheit abspritzten. Es war ein undankbarer, zeitraubender Job, bei dem es keinen Blumentopf zu gewinnen gab. Adams hatte sich für den Posten freiwillig gemeldet und führte sein Amt mit dem Eifer eines Fernsehpredigers auf einem Hurenkongreß. Man sah ihm einfach an der Nasenspitze an, daß er früher in der High School einer dieser Schleimscheißer in der Ordnerriege war – diese Loser mit der orangenen Schärpe, die ihren Mitschülern sagten, das Rennen auf den Fluren sei verboten, und ihnen einen Verweis erteilten, wenn sie nicht spurten. In den Staaten war Adams ein kleiner Journalistenfisch; hier war er eine große Nummer, hier saß er am Drükker und trug wieder eine – wenn auch nur metaphorische – orangefarbene Schärpe.
Jeden Tag hing eine Liste mit den Namen der Reporter aus, die die Erlaubnis hatten, mit ins Feld zu kommen, sowie mit den Nummern der Einheiten, denen sie zugeteilt waren. Es war eine lange Liste, eine rotierende Liste, und es dauerte ein Weilchen, bis man an die Spitze aufgestiegen war. Es sei denn, man schloß mit Nick Adams Bekanntschaft. Wenn er dich kannte, wenn er dich mochte, konnte Adams dir ein Tête-à-tête mit dem Schlachtfeld verschaffen, und das hieß,

endlich raus aus dem Hotel und ein bißchen echte Berichterstattung. Wenn er dich nicht mochte, konntest du unbesorgt ein »Bitte nicht stören«-Schild an deine Zimmertür hängen, denn dann stand schon fest, daß es ein langer Umsonst-und-drinnen-Krieg für dich werden würde.
Sojourner und ich gingen zum Zaren des Printmedien-Pools, um mit ihm zu sprechen. Adams war ein kleiner, pickliger Kerl, von Kopf bis Fuß in ein Pseudo-Safari-Outfit gesteckt, das wie die Paradeuniform einer Bananenrepublik aussah. Auf dem Kopf trug er einen Cowboyhut, und als er ihn abnahm, sah man, daß er an unaufhaltsamem Haarausfall litt; nur ein paar an Charlie Brown oder Homer Simpson gemahnende Strähnen besaß er noch, die er sich kunstvoll über die Glatze spannte und frisierte und drapierte.
Sojourners Versuch, einen Listenplatz zu ergattern, ging in die Binsen. Adams mochte sie nicht. Er kannte ihre Kolumnen aus der *Post* und brachte ihrer Haltung wenig Wertschätzung entgegen; ihre Perspektive war seiner Meinung nach nicht geeignet, das, was draußen im Feld passierte, auf hilfreiche Weise zu flankieren. Ihr Bereich waren Schwarzenthemen, Frauenthemen, also im Grunde menschliche Schicksalsgeschichten. Er sagte es zwar nicht geradeheraus, aber Adams betrachtete diesen Krieg als Männersache und fand, daß Männer über ihn berichten sollten. Es war schlimm genug, daß die Armee Frauen in potentielle Kriegszonen schickte, aber diesen Fehler würde er in seinem Printmedien-Pool nicht machen. Er erwartete, daß die Artikel, die für den Pool geschrieben wurden, eine klare Y-Chromosom-Linie hatten, einen rauhen, borstigen Dreitagebart und dicke, pralle, haarige Eier. Er kannte seine Pappenheimer. Er wußte, mit welcher Art von Geschichten sie zurückkommen würden. Geschichten, die für ihn berechenbar waren.
»Hören Sie, ich glaube, ich habe verstanden, worauf Sie hin-

auswollen«, sagte Sojourner. »Anscheinend sind Sie der Meinung, ich müßte erst mal unter Beweis stellen, daß ich da draußen im Feld klarkomme. Ich bin eine Reporterin der *Washington Post*. Für Ihre *Front*berichte haben Sie doch einen männlichen Reporter vom *Gentleman's Quarterly*, in Gottes Namen.«

»Hö-hö-hören Sie«, sagte Adams, der an einem Sprachfehler litt. »I-i-ich habe bereits zwei Reporter von der *Post* draußen. W-w-was soll ich machen? Sobald ein Platz frei wird, rufe ich Sie an. Mehr kann ich für Sie nicht t-t-tun.«

»Die gottverdammten Militärs brauchen den Maulkorb gar nicht rauszuholen«, schimpfte Sojourner, als wir im Aufzug nach unten fuhren, um einen Happen essen zu gehen. »Wir haben ja eine hoch effektive vorauseilende Selbstzensur.«

Wie meinst du das?

»Der Kerl weiß genau, daß ich eine Topreporterin bin«, sagte sie und zündete sich eine Zigarette an. »Er will keine echten Reporter ins Feld lassen. Nur seine Kumpels, nur Männer. Und nur solche, die sich an die Spielregeln halten und Geschichten schreiben, die das Boot nicht ins Wanken bringen oder die es zumindest so schaukeln, wie es sowieso jeder erwartet. Die Öffentlichkeit soll mit harmlosen Stories abgespeist werden, und General Pinpoint soll seinen IQ von 170 nicht bemühen müssen, um mit erhobenem Zeigefinger mehr Vaterlandstreue anzumahnen.«

Clark Gorrelesmen, auch bekannt unter dem Namen »Girly-Man«, war ein Reporter der *Los Angeles Times*. Er war weder schwul noch irgendwie weibisch, aber alle nannten ihn Girly-Man, einfach weil er irgend etwas an sich hatte, das danach schrie. Ungeachtet seiner roten Haare galt er allseits als der Goldjunge der *Los Angeles Times*. Hurra, hier war er, ganze sechsundzwanzig Jahre alt, frischgebackener Stanford-Absolvent, und berichtete über einen Krieg mit scharfer Munition und allem Drum und Dran. Ein Blick, und ich war von dem Mann restlos bedient. Hurra, hier war er, hier in der Wüste, in einem blauen Blazer, einem weißen Oberhemd, einer gestreiften Krawatte, olivgrünen Designerhosen und Dock-Sider-Schuhen.

»Haltet euch einfach an die Pool-Regeln, dann kommt ihr klar«, sagte mir der Girly-Man.

Sind Sie einer der Pool-Koordinatoren?

»Nein, ich kläre nur gern die Neuen darüber auf, daß es einen Pool gibt und daß alle mit diesem System arbeiten müssen. Wenn einer aus der Reihe tanzt und sich über den Pool hinwegsetzt, nur um einen Knüller zu landen, bricht das ganze System zusammen.«

»Aha, ich verstehe«, sagte Sojourner und stieß mir den Ellbogen in die Seite, als wollte sie sagen, »Was für ein Riesenarschloch!«

»Wenn ich darauf verzichte, eine Topstory zu landen, damit das System funktioniert, müssen das alle anderen auch tun, finde ich«, erklärte der Girly-Man.

Sojourner war auf hundert wegen unserer Pleite bei Adams. Wir saßen in der Snack-Bar des Hotels und tranken Wasser.

»Siehst du, genau das kommt raus, wenn du an der Spitze einer Nachrichten-Organisation eine feige Nuß von einem Bürokraten sitzen hast, anstatt Leute, die irgendeine Art von moralischem Zentrum in sich haben, einen aggressiven, transgressiven Blick auf die Welt.«

Sojourner sagte, die Zeitungen würden vom großen Geld regiert und dienten nur noch den Interessen der großen Konzerne. Es gebe heute in Amerika weniger Zeitungen als

jemals zuvor in der modernen amerikanischen Geschichte. Ganze zehn Firmen kontrollierten mehr als die Hälfte des gesamten Printmedien-Marktes der USA und mit jedem Jahr nehme die Oligarchie in der Medienlandschaft weiter zu. Die *New York Times* sei Eigentümerin der *Sarasota Herald-Tribune*. *Newsweek* gehöre der *Washington Post*. Time-Warner sei Besitzer der Warner Bros. sowie der Magazine *Time* und *Life*. Knight-Ridder sei Verleger des *Miami Herald*, des *Philadelphia Inquirer* und der *San José Mercury News*. Die großen Medienkonzerne, die hinter den einzelnen Zeitungen stünden, seien nicht an Wahrheit oder Gerechtigkeit oder Nachrichten interessiert, sie interessierten sich für die Zahlen unterm Strich, für die Gewinnspanne, für den Aufkauf weiterer Titel.
Und deshalb suchen sie sich willfährige Herausgeber, die dafür sorgen, daß die Reporter auf Linie bleiben, sagte ich.
»Genau. Nur ein feiges Arschloch kann sich mit einem Pool-System einverstanden erklären. Das spricht jeglichem journalistischen Selbstverständnis hohn! Kannst du dir ein Pool-System vorstellen, das Watergate aufdeckt? Oder das My-Lai-Massaker? Scheiße, wir sollten da draußen sein und für eine Story recherchieren, und statt dessen sitzen wir hier und müssen uns mit diesem bekloppten System, mit bekloppten Leuten, mit Federfuchsern, mit aknekranken Arschlöchern wie Nick Adams herumärgern. Dieser Wichser! Er stiehlt mir meine wertvolle Zeit. Ich sollte da draußen sein und Bericht erstatten.«
Wir müssen uns über Adams' Kopf hinwegsetzen, sagte ich. Direkt über seinen kahlen, kleinen Cowboy-Kopf hinweg.

Colonel George Willard war der Leiter der Armee-Pressestelle. Er war derjenige, der die Reporter tatsächlich, sozusagen physisch, mit den Einheiten im Feld zusammenbrachte. Adams machte im Grunde nur den Bürokram.

Der Colonel war ein Pressereferent mit PR-Qualitäten. Er beantwortete jede Frage erschöpfend und umfassend, und sagte trotzdem nichts. Er konnte dir lächelnd versprechen, den Mond vom Himmel zu holen, dich dann ein ums andere Mal vertrösten und dir am Ende noch das Gefühl vermitteln, er setze Himmel und Hölle in Bewegung, um dir jeden Wunsch zu erfüllen, während er in Wirklichkeit keinen Finger krumm machte. Der Kerl hatte die Gabe, die Leute so übers Ohr zu hauen, daß sie davon begeistert waren. Der Typ konnte dir Rauch in den Hintern blasen und dir weismachen, er hätte dich in einen feuerspeienden Drachen verwandelt. Und du, ganz perplex über den ganzen Vorgang, ahnungslos, daß dich der Pressereferent soeben zum Idioten gemacht hatte, sagtest, »Danke, Sir, danke, daß sie mich in diese märchenhafte, sagenhafte, flammenwerfende Flugechse verwandelt haben. Ich danke Ihnen.«

Colonel Willards Büro befand sich in der obersten Etage des Hotels. Die Jalousien waren heruntergelassen, so daß man nicht ins Innere sehen konnte – man hatte mir gesagt, er habe die Tür meistens geschlossen, sitze drinnen am Schreibtisch und gehe die Dinge bedächtig an. Das Büro war geschmackvoll eingerichtet, wie ein Zimmer im Club einer Elite-Universität. In einer Ecke gab es eine kleine Bar mit Alkoholika in Miniaturfläschchen, wie man sie im Flugzeug serviert bekommt. An der Wand hinter seinem Schreibtisch hing ein Druck mit der Inschrift »Salus Populi Supremalex«. Mein High School-Latein war etwas eingerostet, aber entweder hieß der Spruch »Das Wohl des Volkes ist das höchste Gesetz« oder »Höchste Zeit, die Donuts zu backen«.

Und der Colonel hatte seinen Anteil Donuts im Leben genossen. Er war ein großer, beleibter Mann, was vielleicht erklärte, warum er am liebsten hinter seinem Schreibtisch saß. Im Gegensatz zu etlichen anderen Pappnasen in Uniform machte Willard aber, zu meinem Erstaunen, den Eindruck eines sehr kultivierten Mannes und erwies sich als mindestens so belesen wie einige meiner Freunde auf dem College.

»Bismarck hat einmal gesagt, der Dumme lernt aus seinen Erfahrungen, aber der Kluge lernt aus den Erfahrungen anderer«, sagte Colonel Willard. Seine Stimme war eine raffinierte Mischung aus Thurston Howell III, dem reichen Snob aus *Gilligans Insel*, und dem manierierten Tonfall von William F. Buckley, dem greisen Enfant terrible unter Amerikas Verlegerfürsten. »Eine Einsicht, die man beherzigen sollte.«

»Wie dem auch sei, ich möchte hinaus ins Feld«, sagte Sojourner. »Können Sie das ermöglichen?«

»Aber selbstverständlich können wir Sie ins Feld schicken, Ms. Zapader«, sagte der Colonel. »Und ich bin sicher, es wird sich auch ein Plätzchen für Ihren Assistenten finden. Sagen sie mir nur, wann und wohin Sie gerne möchten.«

»Heute. Egal wohin«, sagte Sojourner prompt.

»Oooh, heute könnte etwas schwierig werden«, sagte er.

»Na gut. Dann eben wann und wohin Sie möchten.«

»Ich komme auf Sie zurück. Aber ich sehe da überhaupt keine Probleme«, sagte der Colonel.

Ein Tag verging. Wir waren immer noch nicht auf der Liste. Wir waren nach wie vor mit keiner Militäreinheit ausgerückt. Sojourner und ich hingen im Hotelzimmer herum.

»Wir brauchen einen neuen Plan«, sagte Sojourner. »Das UNO-Ultimatum läuft ab, und keiner weiß, wie es dann weitergeht. Ich habe keine Lust, außen vor zu bleiben. Irgendwelche Ideen?«

Laß mich noch mal zum Colonel gehen und unter vier Augen mit ihm sprechen. Vielleicht läßt er sich auf irgendwas mit mir ein.

»Trick siebzehn, ja? O. k., zeig mir, was du drauf hast, Honey.«

Man sollte nie den Draht zu den guten, alten Naverton-Freunden unterschätzen. Colonel Willard erwies sich als ehemaliger Naverton-Student, Abschlußjahrgang 1973. Ich selbst war Absolventenjahrgang 1983. Mir war bereits bei unserem ersten Besuch in seinem Büro sein College-Ring aufgefallen, und ich hatte gleich die Chance gewittert, bei Sojourner Eindruck zu schinden.

Also besuchte ich Colonel Willard noch einmal in seinem Büro, und wir kamen ins Gespräch. Es war ein Versuch – die Naverton-Verbindung ist für einen Schwarzen beileibe nicht immer ein zuverlässiger Türöffner. Es war gut möglich, daß dieser weiße Knabe mich überhaupt nicht als Naverton-Kommilitonen durchgehen ließ. Aber es stellte sich heraus, daß wir einige Kurse bei den gleichen Professoren belegt hatten und daß er sogar im gleichen Studentenwohnheim gewohnt hatte wie ich, im Constance House.

»Im Swimming-Pool gab es immer Nacktbaden um Mitternacht«, sagte Willard in seinem gedehnten, alten Geldadel insinuierenden Tonfall. Er zündete sich eine Zigarre an und eine zweite für mich. »Machen sie das immer noch?«

So könnte man es nennen, sagte ich und blies ein paar Ringe in die Luft. Ich meine, als ich noch da wohnte, gab es einen, der sich jeden Abend punkt halb elf nackt auszog und ins Wasser sprang. Allerdings war er der einzige im ganzen Pool. Und für mich, na ja, für mich gehören zum Nacktbaden im eigentlichen Sinn Frauen.

»Die Luder!« sagte er.

Ha ha ha ha. Wir lachten zusammen. Ich hatte mein Bein in der Tür.

»Die Beziehungen zwischen den Streitkräften und der Presse blicken auf eine lange Geschichte zurück«, sagte Willard. Wir plauderten immer noch, über Gott und die Welt. »General Sherman hat euch Jungs gehaßt.«

General Sherman?

»Damals im Bürgerkrieg. General William Tecumseh Sherman. Der vom Shermans-Marsch. Ich besitze einen Brief von ihm, den hänge ich immer in der Nähe meines Schreibtisches auf.«

Willard stand auf und nahm einen eingerahmten, vergilbten Feldpostbrief von der seinem Schreibtisch am nächsten gelegenen Wand.

»Diesen Brief hat er 1863 nach einer Niederlage der Unionstruppen geschrieben«, sagte Willard. »Ich zitiere: ›Ich weiß jetzt, und jeder Offizier weiß es ebenso, daß man keine Armee und keinen Truppenverband bewegen kann, ohne daß ihm ein Rattenschwanz von Hunderten von Zeitungskorrespondenten nachstellt. Sie behindern unsere Transporte, sie nehmen Quartier in Beschlag, dergestalt daß der diensthabende Offizier leer ausgeht, sie zehren von unserem Proviant, sie vermehren die Zahl des schaulustigen Gefolges und sie beschweren das Marschgepäck.‹

Interessant, sagte ich.

»Es geht noch weiter. ›Sie verbreiten ohne Zögern Kenntnis gehabter oder zukünftig geplanter Truppenbewegungen, Organisationen und Namen von Kommandeuren, all das in akkurater Ausführung, so daß der Feind ebenso regelmäßig Aufklärung erhält wie die Unsrigen. Ihnen zuvörderst, mehr als jeder anderen Ursache, laste ich die zahlreichen Fehlschläge an, die unser Heer bekümmern. Sie haben mehr Blutvergießen verursacht, als ein Fünfzigfaches ihrer Zahl an feindlichen Soldaten es zuwege gebracht hätte. In ergebenster Hochachtung, William Tecumseh Sherman.‹«

Als mir dieser Brief später noch einmal in den Sinn kam, fragte ich mich, ob unter uns heutigen Journalisten einer den Mumm hätte, es mit einem General Sherman aufzunehmen.

»Mit anderen Worten, wir gehen morgen zur Truppe«, sagte Sojourner. »Ich bin beeindruckt. Ich bin wirklich beeindruckt.«

»Bist du beeindruckt genug, um mich da oben im Bett schlafen zu lassen, anstatt hier auf dem Boden?«

»Honey, da mußt du noch ganz andere Kaliber auffahren, um mit Sojourner Truth Zapader das Bett teilen zu dürfen. Gute Nacht.«

Sojourner rollte sich auf die Seite und kehrte mir den Rücken zu, dann schaltete sie das Licht in unserem Hotelzimmer aus.

Ein freundlicher, gesprächiger Gefreiter mit Namen Thelonius Webster holte Sojourner und mich im Hotel ab und fuhr mit uns hinaus. Wir sollten der 2. Infanterie-Division des XI. Armee-Korps einen Besuch abstatten. Auf der Ablage unter der Windschutzscheibe lag eine Trompete mit einem Schalldämpfer, der beim Fahren die ganze Zeit klapperte. »Eigentlich heiße ich Walter mit Vornamen«, bekannte er treuherzig. »Aber ich liebe Jazz, na ja, und deshalb.« Der PR-Offizier, der uns bei der Division in Empfang nahm, war weniger freundlich. Er hieß Captain Bardman und war ein verbitterter Mann. Aus seiner Nase sprossen so viele Haare, daß man sich wunderte, wie er noch Luft bekam, und aus seinen Ohren solche Büschel, daß ich staunte, wie er überhaupt hören konnte. Kurioserweise hatte er keine Augenbrauen, was seinen Augen etwas Furchterregendes gab. Es hieß, er sei in seiner Laufbahn in eine Sackgasse geraten, könne sich damit nicht abfinden und lasse seinen Zorn darüber an der ganzen Welt aus. Er knirschte und klackerte vor Ärger ständig mit den Zähnen. Hinter seinem Rücken nannten die Leute ihn Käptn Malmbacke. Er war alles andere als begeistert darüber, mit einem Zivilistenhaufen auf Sightseeing-Tour gehen zu müssen.

»Ich will nicht, daß ihr hier überall herumlauft«, sagte Käptn Malmbacke, kaum, daß wir aus dem Jeep gestiegen waren. »Ich zeige euch, wo es langgeht. Wenn ich sage ›hüpfen‹, sagt ihr ›wie hoch?‹ Kapiert?« Damit wandte er sich um und schritt zackig auf das Feldlager zu.

»Können Sie uns ein bißchen was über die zweite Infanterie-Division erzählen?« sagte Sojourner, indem sie ihren Notizblock herauszog und an seine Seite joggte.

»Hey, ich bin nicht dazu da, Ihnen das Händchen zu halten. Wir führen hier Krieg, ja? Ich führe Sie da hin, wo Sie hinmüssen, zeige Ihnen, was Sie sehen müssen, und dann bringt der Gefreite Webster Sie wieder zurück. Haben wir uns verstanden?«

Er legte noch einen Zahn zu und knirschte auf dem ganzen Weg mit den Zähnen.

Käptn Malmbacke, Offizier für Öffentlichkeitsarbeit, hielt Wort. Er war nicht ein klitzekleines bißchen hilfreich. Er stellte sich daneben, wenn Sojourner und ich uns mit Soldaten unterhielten. Er ging dazwischen, wenn ihm an einer Frage auch nur irgend etwas provokant erschien. Er schnitt anderen Soldaten mitten im Interview das Wort ab und antwortete an ihrer Stelle. Er ließ uns nicht mit einem einzigen Offizier sprechen.

»Die sind zu beschäftigt«, sagte Käptn Malmbacke. »Wir bereiten hier einen Krieg vor, wenn's recht ist.«

Sojourner entdeckte einen Soldaten, der aussah, als ob er einen Finger verloren hatte. Sein Ärmel war mit Blut durchtränkt. Er schien auf einen Sanitäter zu warten. Käptn Malm-

backe wollte uns nicht mit ihm sprechen lassen. Ich beschloß, daß es jetzt reichte.
Wo sind hier die Toiletten? sagte ich.
»Ich muß Sie begleiten«, sagte Käptn Malmbacke.
Wie bitte? Wollen Sie meinen verdammten Schwanz halten, während ich pisse? sagte ich, in der Hoffnung, den ordinären Ton getroffen zu haben, den ein Berufssoldat auf Anhieb verstand.

Das gab mir die Chance, mich abzusetzen. Ich ging relativ direkt zu den Latrinen, ließ es mir aber nicht nehmen, auf dem Weg ein paar vom bösen Käptn unbehelligte Statements einzufangen. Die Soldaten, mit denen ich sprach, waren ganz versessen darauf, in die Schlacht zu ziehen. Die meisten von ihnen waren reichlich genervt von den miserablen Versorgungsbedingungen; es war sehr viel schlimmer als das, was die Zeitungen darüber druckten. Sie hofften, daß der Kampf bald anfinge, damit sie bald wieder heimfahren könnten. Arme Idioten. Ein Blutbad erwartete sie. Es würde alles andere als kurz und schmerzlos werden.

Ich stolperte über Guy, der mit einer Zahnbürste Kloschüsseln putzte. Er hatte eine einzige Zahnbürste. Um ihn herum waren an die hundert Klos.
Mensch, Guy! Das ist ja ein Ding, hier einen alten Wohngenossen zu treffen!
Wir sprachen nicht lange miteinander. Ich hatte nach wie vor nicht sonderlich viel für ihn übrig, aber bei seinen momentanen Pflichten tat er mir ein bißchen leid. Er war bei den Reservisten, und die Reservisten durften die Scheißarbeit machen – ganz wörtlich. Viele der Offiziere hatten Kloschüsseln aus verziertem Porzellan, und Guy war dafür zuständig, sie jeden Nachmittag mit einer Zahnbürste auf Hochglanz zu

schrubben. Keiner von den regulären Soldaten ließ sich so eine Arbeit andrehen.

Du hast ja schon ein Dutzend geschrubbt, sagte ich zu Guy. Ihr Jungs bringt bis morgens um zehn schon mehr zustande als die meisten Zivilisten bis Feierabend.

»Ja, ja, aber meine private Rache besteht darin«, sagte Guy, »daß ich jeden Tag die Zahnbürste von einem anderen Offizier nehme.«

Wir lachten beide schallend. Dann sprachen wir über das Leben hier draußen. Die Verpflegung war ein Graus, Trockenfutter ohne Geschmack und Mikrowellenpampe. Er hatte etwas Bammel vor einem Angriff mit chemischen Waffen, außerdem schlief er schlecht.

»Aber ich kann es kaum erwarten, daß die Action losgeht«, sagte Guy und zauberte eine Fassade von Tapferkeit auf sein Gesicht. »Mein Freund, du befindest dich hier mitten unter den bestausgebildeten, bestgerüsteten, bestgeführten Kämpfern, mit denen je ein Land zu einer Schlacht angetreten ist, in der gesamten Weltgeschichte. Das kannst du gerne so drukken.«

Ich zog eine meiner Visitenkarten heraus, strich *National Now!* durch, schrieb *Washington Post* darüber und kritzelte die Telefonnummer meines Hotels dazu. Auf die Rückseite schrieb ich: »Ruf an, wenn's dich erwischt hat.«

Hier ist meine Karte, sagte ich. Wenn du eine Kugel abkriegst oder wenn sie dir ein Verwundetenabzeichen geben oder so was, ruf mich an, ich mach einen Helden aus dir.

»Hey, ich hab eine neue Tätowierung, willst du mal sehen?« Bevor ich ablehnen konnte, hatte er sich schon das Hemd hochgezogen. Quer über der Brust trug Guy eine Schwarzweiß-Replik der amerikanischen Flagge. Unter der Flagge, auf seinem Bauch, standen die Worte: »Wage es, daran Feuer zu legen.«

Käptn Malmbacke ließ uns nicht aus den Augen. Von Zeit zu Zeit warf er den Kopf in den Nacken und kippte sich aus einer kleinen Flasche, die er bei sich trug, einen Schluck von einer rosafarbenen Flüssigkeit hinter die Binde; dann richtete er den Blick sofort wieder auf uns. Hier und da, wenn wir gerade einen Soldaten interviewten, zog er ein Diktiergerät aus der Tasche und schaltete es auf Aufnahme.
»Wozu soll das gut sein?« sagte ein verschreckter, neunzehnjähriger Gefreiter aus Tennessee.
»Das ist für den verdammten Verteidigungsminister«, sagte Käptn Malmbacke.
Von da ab gab der Gefreite nur noch einsilbige Antworten. Der ganze Ausflug war in Sachen O-Ton-Ausbeute ein Flop. Sojourner und ich beschlossen, ins Hotel zurückzufahren und unseren nächsten Schritt zu planen.

»O. k., das reicht für eine Kolumne, aber keine besonders gute«, sagte Sojourner, eine Zigarette im Mund, während sie ihren Notizblock durchblätterte. »Ich hab versucht, mit diesem Gefreiten ins Gespräch zu kommen, aber da zieht Malmbacke ein Stück Papier aus der Tasche und liest dem Kerl eine lange Warnung vor, die unterm Strich darauf hinausläuft, daß er mir am besten keinen Ton sagt.«
Das ist übliche Praxis. Im Amtsjargon nennen sie es Grundrechte-Katalog. Diese Armee-Pressefritzen lesen den Soldaten ihre Rechte vor, und dann kriegst du als Reporter kein vernünftiges Wort mehr aus ihnen raus.
»Dieser Krieg ist kein Spaziergang.« Sie blies eine Rauchsäule in die Luft. »Wir müssen uns mehr ins Zeug legen.«
Woran denkst du?
»Das Ultimatum läuft ab. Übermorgen. Fünfzehnter Januar. Ich will einen Kriegsbericht machen, keine Agenturmeldung.«

Soweit sind wir uns einig.
»Dann hör mir jetzt gut zu, Honey. Morgen brechen wir aus dem Pool aus. Wir fahren allein da raus. Du und ich, wir beide müssen den Krieg finden. Hier in diesem verdammten Hotelzimmer finden wir ihn bestimmt nicht. Und wir finden ihn auch nicht, wenn uns Käptn Malmbacke dauernd hinterherstiefelt.

Im Hotelzimmer. Ich lag wach. Morgen würde für mich der echte Krieg beginnen. Das Ultimatum der UNO war fast abgelaufen. Ich fragte mich, ob Bush es tatsächlich tun würde. War er wirklich verrückt genug, den Irak zu bombardieren? Es würde das reine Desaster werden. Saddam hatte alle Ölfelder vermint; alle sagten, es würde zu einer gigantischen ökologischen Katastrophe kommen, die Rauchwolken, die von den brennenden Ölfeldern in Kuwait aufstiegen, könnten einen weltweiten Klimaschub auslösen, möglicherweise eine neue Eiszeit. Das alles hatte biblische Dimensionen, Weltuntergangsdimensionen. Heutige Staatsführer hatten zu viel Macht. Früher, zu Zeiten von Napoleon beispielsweise, konnte ein machttrunkener Despot für maximal ein Jahrzehnt alles in Schutt und Asche legen, aber dann wuchs Gras über all die Leichen, die Schlachtfelder wurden zu Kornfeldern, und jeder hatte vergessen, worum es bei der ganzen Klopperei ursprünglich mal gegangen war. Heute hatten Leute wie Bush oder Saddam Hussein die Macht, die Dinge für immer in Schutt und Asche zu legen, die Welt zu zerstören, ganze Ozeane zu vergiften und ganze Gattungen von Lebewesen auszulöschen.
Der Gedanke an diese Gefahr begann für mich empfindlich real zu werden. Ich war, wie die meisten Nichtsoldaten, mit dem Gefühl durchs Leben gegangen, daß große, schlimme physische Verletzungen immer den anderen passierten. Der

blutende Soldat mit dem verlorenen Finger hatte dieses Gefühl in mir gründlich gewandelt. Hier konnte jeder bluten. Hier konnte jeder sterben. Wir konnten von einer dieser Scud-Raketen getroffen werden, bei einem Giftgas-Angriff ums Leben kommen, von Querschlägern unserer eigenen Artillerie getroffen werden. Das hier war kein Spiel mehr, das war auch kein bloßer Job, das war keine lächerliche *National Now!*-Story über Riesengemüse. Wenn ich morgen mit Sojourner aus dem Pool ausbrach, dann wurde es ernst. So ernst, daß mir dabei der Hintern weggeblasen werden konnte. Ein Gedicht von Nikki Giovanni ging mir nicht aus dem Kopf: »Wir töten für UNO & NATO & USA, wir töten überall und für das ganze Alphabet, nur für SCHWARZ töten wir nicht. Können wir lernen, WEISS für SCHWARZ zu töten? Lernt zu töten, Nigger.«
In dieser Nacht hatte ich einen Traum. Nein, es war eigentlich kein Traum. Es war ein Bild, das mir vor dem geistigen Auge schwebte, bevor ich endgültig einschlief. Für einen Traum hatte das Bild zu viel mit meiner Situation zu tun. Es war eine Lithographie von M. C. Escher, *Treppauf, Treppab.* Auf dem Bild sah man das Innere eines Klosters, in dem Mönche auf einem endlosen Marsch immer im Kreis gingen. Sechsundzwanzig Mönche schleppen sich über fünfundvierzig Stufen treppauf und treppab, nur um immer wieder da anzukommen, wo sie aufgebrochen sind, Gefangene und Mitspieler in einer von Eschers optischen Täuschungen. Stiegen sie aufwärts oder stiegen sie abwärts? Nach unten oder nach oben? Ich glaube, die Quintessenz war die, daß diese Sinnsucher einen Weg gefunden, aber das Ziel verloren hatten.

Beim Frühstück schlangen Sojourner und ich das Essen hinunter wie die Tiere. Wir wußten nicht, wann wir zum näch-

sten Mal etwas Anständiges zu essen bekommen würden, wenn wir heute dem Pool adieu sagten.
Der Girly-Man kam an unseren Tisch. Er hatte ein sauber gefaltetes, gelbes Tüchlein in der Brusttasche seines roten Zweireihers. Er war der bestangezogene Mann in diesem ganzen Wüstenkönigreich.
»Was ist los?« sagte der Girly-Man. »Ich hab gehört, ihr zwei wollt den Pool sprengen.«
»Kein Kommentar«, sagte Sojourner.
»Hört zu, ich habe meine Quellen, und ich habe Ohren«, zischte der Girly-Man. »Wenn ihr zwei da rausgeht, müssen wir anderen auch raus. Das macht die Sache für alle gefährlicher.«
»Hören Sie, ich muß Ihnen überhaupt nichts erzählen. Vielleicht gehen wir raus, vielleicht auch nicht. Würden Sie mich jetzt entschuldigen? Ich versuche hier ein paar Eier zu essen, mir verläuft gleich der Dotter, alles klar?«
Der Girly-Man war wütend. Speichel sprühte aus seinem Mund. »Hier kann jeden Moment ein Krieg ausbrechen, ist das noch nicht zu euch durchgedrungen? Wollt ihr, daß wir alle da raus müssen, in die vorderste Schußlinie? Sämtliche großen Zeitungen, eure eingeschlossen, haben den Regeln zugestimmt, Himmelherrgottnochmal, alle. Die Militäreskorten können uns nur innerhalb des Pools beschützen. Ihr habt euch an die Regeln zu halten.«
Hör zu, Girly-Man, wir sind Reporter. Wir sind keine Pressesprecher fürs Pentagon.
»NENN MICH NICHT GIRLY-MAN!« schrie er und stach mit dem Finger in die Luft, erst in meine Richtung, dann zu Sojourner.
»Girly-Man, Girly-Man, Girly-Man«, sagte Sojourner. »Das männliche Girl. Der Mann mit Girly-Qualitäten. La femme masculine.«

Der Girly-Mann bebte vor Zorn. »Euch beide verpfeife ich«, sagte er. Dann marschierte er davon, mit zusammengekniffenen Arschbacken, ein Inbild verhaltener Analfixiertheit. Sojourner sah mich an. Ihr Lächeln war verschwunden. »Höchste Zeit, von diesem Eisstand abzuhauen.«

Ich hätte es von Anfang an wissen müssen, daß Sojourners Plan vollkommen verrückt war. Ich glaube, die Frau ist halb verliebt in den Tod. Bei unserem einzigen Ausflug zur Truppe hatte sie mit einem Kerl gesprochen, der einen Kerl kannte, der von jemandem gehört hatte, dem eine halbe Stadt in Kuwait gehörte, eine kleine Grenzstadt, eine Art kuwaitisches Las Vegas. Die Soldaten fuhren dorthin, um sich zu betrinken, Drogen zu nehmen und sich Huren zu kaufen. Es hieß, daß auch ein paar irakische Soldaten dort verkehrten. Es war gesetzwidrig und gefährlich, aber sie wollte sich die Stadt ansehen.

»Mann, das ist doch schon eine Story für sich – amerikanische und irakische Soldaten begegnen sich auf dem gemeinsamen Boden der Ausschweifung«, sagte Sojourner. »Das ist sowieso das einzige, worum es im Krieg wirklich geht – Soldaten ficken Huren. Und wenn wir schon mal da sind, können wir gleich ein bißchen kontakten. Mit ein paar US-Soldaten reden, ohne daß Käptn Malmbacke dauernd sein Ohr dazwischenschiebt. Vielleicht kommen wir sogar mit ein paar Irakern ins Gespräch.«

Wir trafen Sa'ad, unseren saudiarabischen Führer, außerhalb der Stadt. Er wartete schon auf uns. Er saß auf dem Fahrersitz in seinem Jeep, in die Lektüre von Banana Yoshimotos *Kitchen* in arabischer Übersetzung vertieft (ich erkannte das Motiv auf dem Umschlag), und lachte stillvergnügt in sich hinein. Als er das Buch weglegte, um uns zu begrüßen, sah ich, was für ein unglaublich schöner Mann Sa'ad war. Groß, dunkelhäutig, breitschultrig, mit einem glänzenden, schwarzen Haarschopf. Ich sah ihm auf den ersten Blick an, daß er ein selbstbewußter, hochintelligenter Mann war. Er begrüßte mich mit einem kräftigen Händedruck, einem Schlag auf den Rücken und einem Redeschwall über dies oder jenes in Französisch. Er bemerkte meinen irritierten Blick und wechselte zu Spanisch, dann zu einer Sprache, die ich nicht erkannte, und schließlich schwieg er. Sein Gesichtsausdruck schien zu sagen: Was zum Teufel bringen sie euch eigentlich in Amerika in der Schule bei?»

»Er scheint alle Sprachen außer Englisch zu sprechen«, sagte Sojourner.

Weiß er, wo er uns hinbringen soll?

»Ich bin nicht sicher«, sagte Sojourner. »Es muß doch eine Möglichkeit geben, mit dem Mann zu kommunizieren. Kannst du Russisch oder Deutsch oder irgendwas?«

Die einzige Fremdsprache, die ich beherrsche, ist Latein.

Bei dem Wort »Latein« merkte Sa'ad auf.

Verstehen Sie Latein? fragte ich, auf lateinisch.

»Die *Aeneis* ist zehn meiner liebsten Elefanten«, sagte er strahlend, auf lateinisch.

O.k., arbeiten Sie mit mir zusammen, Sa'ad, sagte ich, auf lateinisch.

Wir hatten die Orientierung verloren.

Ich finde, wir sollten umkehren, sagte ich zu Sojourner. Ich sage Sa'ad, er soll wieder zurückfahren.

»Kommt überhaupt nicht in Frage«, sagte Sojourner. »Der Girly-Man und die Armee-Spezis, die den Pool regieren, reißen uns den Kopf ab, wenn wir jetzt zurückfahren. Wir haben nur eine Richtung, und die heißt: vorwärts.«

Diese Wüste ist ein einziges, großes Vorwärts, sagte ich.

Und ein einziges, großes Rückwärts. Hier sieht doch alles gleich aus. Wenn ich ehrlich sein soll, bin ich nicht mal sicher, ob Sa'ad den Rückweg überhaupt noch finden würde.
Können Sie uns einfach wieder zurückbringen, fragte ich Sa'ad, auf lateinisch.
»Die *Aeneis* ist zehn meiner liebsten Elefanten«, sagte Sa'ad strahlend, auf lateinisch.
O mein Gott, sagte ich. Sie verstehen überhaupt kein Latein, hab ich recht?
»Zehn meiner liebsten Elefanten die *Aeneis* ist?« sagte er.
»Was denn, was ist los?« sagte Sojourner. »Was hat er gesagt?«
In diesem Moment hörte ich etwas an mir vorbeizischen. Jemand schoß auf uns. Ich machte mir fast in meine Boxer-Shorts.
Sa'ad war tapferer. Er zog eine Pistole heraus, entsicherte sie, gab Sojourner einen todesmutigen Helden-Kuß auf den Mund und rannte davon, um unserem unsichtbaren Feind die Stirn zu bieten. Erstaunlich schnell war er auf einen Punkt am Horizont geschrumpft, und dann war auch dieser Punkt weg.
Es war das letzte, was wir von Sa'ad je gesehen haben. Ein wagemutiger Kerl. Nicht gerade ein Weltmeister im Auffinden von Dingen, wie Feindeslinien oder Orten auf der Landkarte, aber ein Champion in Sachen Wagemut. Nicht zu vergessen sein erlesener Geschmack in japanischer Literatur. Jahre später hörte ich, Sa'ad habe nach dem Krieg einen umstrittenen, satirischen Roman mit dem Titel *Ein dreifaches Hoch auf Rushdie* sowie einen Folgeband, *Rushdie? Ein Superkumpel!* verfaßt, zwei Bücher, die ihm Todesdrohungen von seiten verschiedener arabischer Staaten, jeweils regierungsamtlich sanktioniert, und wunderlicherweise auch von Belgien eintrugen. Er war gezwungen, im Untergrund zu leben,

aber dem Vernehmen nach fanden die Übersetzungen seiner Bücher in Japan guten Absatz.
Zoiiing! Wieder eine Kugel.
Die Schüsse kamen von rechts. Sojourner sprang auf der linken Seite aus dem Wagen und ging in die Hocke. Ich gesellte mich zu ihr.
Wer zum Teufel schießt auf uns? sagte ich.
»Wohin ist Sa'ad gelaufen?«
Vergiß Sa'ad, ich kapiere überhaupt nicht, wer auf uns schießen kann. Wir sind mitten in der Wüste. Ich sehe meilenweit gar nichts.
Mein Atem ging plötzlich stoßweise.
»Mach jetzt bloß nicht schlapp, Assistent«, sagte Sojourner. »Nicht jetzt. Du mußt zurück in diesen Jeep und uns beide von hier wegfahren.«
Warum ich?
Sie sagte eine Sekunde lang nichts. »Weil ich nicht fahren kann. Ich habe keinen Führerschein.«
Du hast keinen Führerschein?
Wieder eine Kugel. Einer der Scheinwerfer zersplitterte.
Wir mußten hier weg. Ich versuchte meinen Atem unter Kontrolle zu bekommen.
O.k., auf drei springen wir ins Auto, ich auf den Fahrersitz.
»Wie meinst du, eins, zwei, drei, los? Oder eins, zwei, los?«
Vergiß den Countdown. Rein jetzt.
Wir sprangen beide in den Jeep.
Wir sitzen in der Tinte, sagte ich ganz ruhig.
»Fahr los! Fahr los!« schrie Sojourner.
Das ist kein Automatik, sagte ich. Ich kann nicht mit Gangschaltung fahren.
»Laß den Motor an! Laß ihn an!«

Da ist noch ein größeres Problem. Sa'ad hat den Schlüssel mitgenommen.

Ich zog mein Hemd aus und dann das weiße T-Shirt, das ich darunter anhatte, und hob das T-Shirt über meinen Kopf, zum Zeichen unserer bedingungslosen Kapitulation. Ich wartete, daß die unsichtbaren Schützen, wer immer sie waren, sich zeigten.

Mach dir keine Sorgen, sagte ich. Sobald sie wissen, daß wir Journalisten sind, werden sie uns kein Leid mehr tun wollen.

»Ich mache dir ja ungern eine Illusion kaputt«, antwortete Sojourner, »aber ich wüßte niemanden, der, wenn er die Gelegenheit dazu hätte, einem Journalisten *kein* Leid antun wollte.«

In den am höchsten entwickelten Bereichen der gegenwärtigen Gesellschaft ist die Umsetzung gesellschaftlicher in individuelle Bedürfnisse derart wirksam, daß der Unterschied zwischen ihnen rein theoretisch erscheint. Kann man wirklich zwischen den Massemmedien als Instrumenten der Information und Unterhaltung und als Agenturen der Manipulation und Schulung unterscheiden? Zwischen der Arbeit für nationale Verteidigung und der Arbeit für den Gewinn des Konzerns?

HERBERT MARCUSE
Der eindimensionale Mensch

And the voices called out from
their wounds
and the fire circumcised the city

SONIA SANCHEZ
elegy (for MOVE and Philadelphia)

8

★ ★ Die Missionarsstellung ★ ★

Iraker, drei an der Zahl, mit Gewehren. Ich weiß nicht, wie sie uns auf die große Entfernung überhaupt erspähen und auf uns schießen konnten – während wir von ihnen keine Spur gesehen hatten. Sojourner und ich versuchten mit vereinten Kräften, ihnen klarzumachen, wir wären Journalisten, aber es hatte keinen Zweck. Sie verstanden alle kein Englisch. Auch kein Latein. Einer von ihnen sprach Französisch, aber er gab den Versuch, sich mit mir zu verständigen, ziemlich schnell frustriert auf. Also fesselten sie Sojourner und mich und warfen uns auf die Rückbank ihres Jeeps. Zwei der Iraker setzten sich vorne in den Wagen, der dritte brauchte etwa sieben Sekunden, um meinen Jeep kurzzuschließen, und fuhr dann lachend davon.

»Das ist wie virtuelle Realität hier«, sagte Sojourner.

Der irakische Soldat auf dem Fahrersitz drohte ihr mit seinem Gewehrkolben und sagte etwas, das sich vermutlich mit »Schnauze halten« übersetzen ließ.

Wir fuhren los.

Der irakische Soldat auf dem Beifahrersitz, derjenige mit den Französischkenntnissen, konnte zwar nicht englisch sprechen. Aber wie sich herausstellte, kannte Parlewuh ein paar englische Songtexte. Als er unser Gepäck durchwühlte und Sojourners Walkman entdeckte, bekam er leuchtende Augen. Er öffnete das Handschuhfach, holte eine ramponierte

Kassette heraus und legte sie in den Walkman ein. Dann zog er den Kopfhörer heraus und drehte die Lautstärke voll auf. Er summte ein Weilchen mit, dann drehte er sich um und begann Sojourner in die Wangen zu pieksen.
Ich glaube, er will, daß du mitsingst, sagte ich.
»Ich kenne den Song nicht. Und er gefällt mir nicht.«
Es ist ein großartiger Song. Tu einfach so, als ob. Glaubst du, *er* kennt den Text? Kein Mensch kennt den Text von diesem Song.
»Du zuerst. Ich setze dann ein.«
Schießt mit Kanonen eure Freunde tot, sang ich. Schießt mit Millionen lala grün und rot...
»Schießt auf die Weißen, ach ist das schön«, stimmte Parlewuh in den Refrain ein. »Gleich muß ich scheißen, auf Wiedersehn...«
Sojourner sang nicht mit. Sie sah nur aus dem Fenster in die Wüste.

Wenn es zum Krieg käme, wenn Bush tatsächlich den Befehl zum Einsatz gab, dann wäre die Gegend, durch die wir fuhren, mit Leichen übersät.
Die Medien veranstalteten einen Mordswirbel um Saddams unüberwindliche Verteidigungslinien, die riesigen Minenfelder, die Meilen von Stacheldraht, die Gräben voll brennenden Öls, die uneinnehmbaren Bunker, die Hunderttausende kampferprobter Soldaten, unerschrockener, hartgesottener Krieger, die durch die zehnjährigen Hölle des Irak-Iran-Krieges gestählt waren. Es wurde gesagt, der Irak habe die viertgrößte Armee der Welt. Aber, wie irgend jemand mal anmerkte, nach den USA, der Sowjetunion und China kam erst mal eine Weile gar nichts. Während des Krieges verbreiteten die US-Regierung und ihre Marionette, die amerikanische Medienmafia, der Irak habe mehr als 500000 Mann in

Kuwait stehen. Als der Krieg vorüber war und die Regierung aus den Propaganda-Statistiken den gewünschten Nutzen gezogen hatte, revidierte der Verteidungsausschuß die Zahl auf relativ klägliche 183000.
Und das waren Truppen nur im allerweitesten Sinn des Wortes. Es waren verängstigte Kinder, die mit Waffen spielten – viele der irakischen Soldaten konnten nicht älter als dreizehn sein. Und es waren alte, bucklige Männer mit Schmerbäuchen und weißen Haaren. Ich sah, wie Kinder und alte Männer Löcher in den Boden gruben, um sich darin zu verstecken. Sie bauten keine Hightech-Bunker mit drei Meter dicken Betonwänden – was sie da aushoben, das waren nicht mal Schützengräben. Einfach nur Löcher.
Ein paarmal, wenn der Jeep auf Schrittempo verlangsamte, umringten uns irakische Soldaten. Nicht etwa, um die amerikanischen Gefangenen zu verhöhnen, nein, sie streckten uns die Hände entgegen, sie bettelten um etwas zu essen. Als könnten Sojourner und ich, gefesselt wie wir waren, unserer Habseligkeiten längst durch unsere Aufseher beraubt, irgend etwas tun, um ihr Elend zu lindern. Sie waren in Lumpen gehüllt, viele trugen nicht einmal Schuhe. Parlewuh hatte, nachdem wir mehrere Stunden gefahren waren, von seinen gaffenden Mitkämpfern genug und schien überdies unserem abwechselnden Gesinge zu seiner Rockkassette nichts mehr abzugewinnen. Er öffnete den Kofferraum des Jeeps, steckte erst Sojourner hinein und warf mich dann auf sie drauf. Peng. Die Klappe war zu. Nichts mehr zu sehen.
»Das wird eine Wahnsinns-Story«, hörte ich Sojourner im Dunkeln sagen. »Das heißt, wenn sie uns nicht erschießen oder so was.«

Ich hatte keine Ahnung, wieviel Zeit vergangen war. Ich hatte im Halbschlaf gedöst, es konnten Stunden oder Minuten gewesen sein.
Der Jeep hatte angehalten. Ich konnte Stimmen hören. Irakische Stimmen. Es hörte sich wie ein Streit an.
Zwei Schüsse knallten. Dann noch einer. Und noch einer. Ich spürte, wie Sojourner ihr Gesicht in meiner Schulter vergrub.
Plötzlich ging der Kofferraum auf. Grobe Hände packten mich und bugsierten mich in einen anderen Kofferraum.
Sojourner! schrie ich.
Ich wollte auf keinen Fall, daß sie uns trennten. Da lag ich gefesselt im Kofferraum eines irakischen Jeeps und wollte den Kavalier spielen!
Sekunden später warfen sie Sojourner auf mich drauf.
»Hallo, du«, sagte sie. »Du hast doch nicht geglaubt, daß ich dich verlasse, Honey?«
Die Kofferraumklappe sauste herunter. Finsternis. Und der zweite Jeep fuhr mit uns los.

Ich war völlig erledigt, als ich wieder aufwachte. Der Kofferraum öffnete sich. Ich wurde herausgezogen. Soldaten packten mich und schubsten mich hastig durch das Foyer eines seltsamen Hotels in einen Aufzug.
Ich sah mich um, versuchte mich zu orientieren. Sojourner war auch da, von zwei Soldaten flankiert.
Zehnter Stock. Die Aufzugtüren öffneten sich. Wir wurden hinausgeführt und zu einem Zimmer gebracht. Ein Soldat öffnete die Tür, und wir wurden beide in das Zimmer hineingeworfen, auf den Boden. Die Tür fiel krachend zu. Ich hörte mehrere Riegel ins Schloß klacken.
Jeder Muskel schmerzte. Ich fühlte mich, als hätte ich eine Tracht Prügel bekommen.

Alles o. k.? sagte ich.
»Ich lebe noch. Vorläufig jedenfalls«, sagte Sojourner und rappelte sich auf die Beine. Sie fing an, im Zimmer herumzusuchen.
Was suchst du?
Ich versuchte mir im Liegen einen Überblick zu verschaffen. Es war ein Hotelzimmer mittlerer Größe. Es gab zwei einzelne Betten. Ich kletterte auf eines der Betten und blieb liegen. Kein Fenster in der Bruchbude. Ein Fernseher.
»Ob du's glaubst oder nicht, da ist Briefpapier in der Schublade«, sagte Sojourner.
Briefpapier?
»Ja. Wir sind im Holiday Inn von Bagdad.«
Wir sind im Irak? Und Holiday Inn hat ein Haus in Bagdad?
»Ja, sieht aus, als ob wir im Irak sind. Ob das ein echtes Holiday Inn ist, na, ich weiß nicht recht. Sieht mir eher nach einer billigen Kopie aus.«
Sie warf sich bäuchlings auf das andere Bett.
Wir waren beide zu erschöpft, um Verzweiflung aufkommen zu lassen. Nach Sojourners Berechnung lief das UNO-Ultimatum für den Start der Militäraktionen heute ab. Wenn wir in den Händen der Iraker waren, falls und sobald die ersten Bomben fielen, konnten wir einpacken. Wir wußten noch immer nicht, wer uns gefangengenommen hatte. Waren es reguläre Soldaten der irakischen Armee? Oder irgendeine Sondereinheit innerhalb der Truppe?
Ich stand auf, ich war zu aufgedreht, um auszuruhen. Mein Kopf war benebelt von den Auspuffgasen des Jeeps, die durch irgendwelche Ritzen in den Kofferraum gedrungen waren.
Ich stellte den Fernseher an.
MTV lief. Sie zeigten das »Künstler-für-Soldaten«-Video

dieser Gruppe moralisch verwirrter Rockstars (»Stimmen, die bei euch sind«), die sich weigerte, den Krieg gutzuheißen, aber sich irgendwie trotzdem solidarisch mit den Soldaten erklären wollte. Was hätte Immanuel Kant davon gehalten?

Ich drückte einen anderen Sender. CNN! Sieh dir das an, sagte ich. Wir haben Kabelanschluß! Wir können CNN gukken!

»Super. Dann können wir den Krieg ja von hier aus verfolgen. Das hätten wir in Dhahran auch haben können. Scheiße, das hätten wir in Washington haben können.«

Das CNN-Bild löste sich andauernd auf. Es war schwierig, die Sendung zu verfolgen. Mir war schleierhaft, wie sie hier überhaupt die CNN-Frequenz empfangen konnten. Aber sie konnten. Vielleicht mit einer Satellitenschüssel oder so. Aus dem Fernsehen erfuhren wir, daß heute in der Tat der 15. Januar war und daß die Kampfhandlungen noch nicht begonnen hatten. Vielleicht kamen Saddam und Bush und die Welt ja doch noch zur Besinnung.

»Hoffen wir's«, sagte Sojourner. »Sonst geht uns nämlich hier der Arsch auf Grundeis.«

Am nächsten Tag sprachen wir nicht viel. Wir versuchten wieder zu Kräften zu kommen, die Lage zu peilen. Aus dem Wasserhahn im Bad rieselte ein dünner Strahl, man konnte hier also überleben. Was sage ich, wahrscheinlich war es hier eine Spur sauberer als in meiner alten WG. Um die Mittagszeit brachte uns ein Soldat Cracker, Käse und etwas, das aussah, als könnte es in einem früheren Leben ein Stück Fleisch gewesen sein. Wir brachten ohne großen Nachdruck unsere Freilassungsforderungen vor, baten um die Erlaubnis, Kontakt zu Repräsentanten der amerikanischen Regierung aufzu-

nehmen, fanden aber, nicht verwunderlich, kein Gehör. Dann machten wir uns über das Essen her.
Wie denkst du eigentlich über diesen Krieg? Ich meine, ich kann's mir schon denken, aber ich glaube, ich habe dich noch nie richtig gefragt. Ist es ein gerechter Krieg?
»Es ist kein gerechter Krieg«, sagte Sojourner und klatschte sich ein großes Stück Käse auf einen Cracker. »Es ist einfach ein Krieg. Kriege sind nie gerecht.«

Explosionen erschütterten das Hotel. Wie Donner und Erdbeben. Das Bombardement hatte begonnen. Sojourner und ich saßen auf einem der Betten und hielten uns an den Händen.
Die Zimmertür flog auf. Irakische Soldaten. Das war's. Sie würden uns hinrichten.
Sie jagten uns mehrere Etagen treppauf, während es draußen fortwährend weiterdonnerte.
Ich bin froh, daß ich dich kennengelernt habe, Sojourner, sagte ich. Ich weiß nicht, was ich sonst sagen soll.
»Oh, halt den Mund«, sagte sie. »Wir werden nicht sterben.«
Die Soldaten führten uns aufs Dach und ließen uns allein.
Bagdad bei Nacht. Eine Stadt unter Feuer.
Sojourner und ich standen auf dem Dach. Zu unseren Füßen lag die ganze Stadt vor uns ausgebreitet, und über unseren Köpfen dehnte sich der Himmel. Der Himmel war voller Licht und ohrenbetäubendem Lärm. Wir hätten uns flach hinlegen und um unser Leben beten sollen. Aber wir standen einfach da, auf dem Dach, und sahen zu, wie der Himmel und die Stadt explodierten. Ich hörte das Dröhnen unsichtbarer Flugzeuge, Jagdbomber, die hoch über uns vorbeiflogen, dann den Knall, mit dem sie die Schallmauer durchbrachen. Aus den Straßen drangen Schreie herauf, manche von weiter

weg, manche ganz nah. Irgend etwas, eine Bombe oder herabstürzende Trümmer, was, war schwer zu sagen in dem pyrotechnischen Chaos der Nacht, etwas schlug direkt vor dem Hotel ein, und der Schock des Krachs und die Druckwelle des Aufpralls warfen uns zu Boden. Als ich aufschaute, sah ich weiße und gelbe und orange und rote Flammen und Rauchschwaden in den Himmel tanzen. Immer neue Explosionen gab es dort oben, gefolgt von krachenden, knallenden Gewehrschüssen aus der Tiefe. Die verzweifelten, hoffnungslos unterlegenen Iraker jagten Leuchtspurgeschosse hinauf, die den Himmel mit Lichterlitzen verzierten. Wie konnte etwas so Schreckliches so schön sein? Eine Art geisterhafter Reiz ging von der Szenerie aus, denn selbst auf diesem Dach, mitten in dieser Stadt, auf die ein Bombenhagel niederging, waren wir irgendwie außerhalb; wir waren Zuschauer. Ich verfolgte die mörderischen, weißen Explosionen am Horizont, bei denen Wohnhäuser oder Militäreinrichtungen zerstört wurden. Ich verfolgte alles mit einem Gefühl ehrfüchtigen Entsetzens, und meine Angst war wie weggeblasen. Es war, als ob das alles einem anderen passierte, dem Land eines anderen, der Stadt eines anderen. Als ob es der Krieg eines anderen wäre.

Als der Luftangriff abflaute, kamen die irakischen Soldaten zurück und brachten Sojourner und mich wieder in unser Zimmer. Keiner sagte ein Wort, nicht auf englisch, nicht auf arabisch. Es herrschte eine Art stille Einigkeit zwischen Aufsehern und Gefangenen, daß etwas Neues, eine Veränderung eingetreten war, die uns gleichzeitig näher zusammenbrachte und weiter auseinanderrückte. Sojourner und ich waren Zeugen der unbeugsamen Streitmacht geworden, der der Irak jetzt ausgeliefert war; wir saßen auf einmal im selben Boot. Aber zugleich waren wir Repräsentanten des Landes, das in dieser Nacht einen Bombenteppich auf Bagdad geworfen hatte.

Zurück in unserem Hotelzimmer, stellte Sojourner CNN an. Der Ton war kaum zu hören, das Bild flackerte. Wir versuchten angestrengt, durch einen Sturm von Interferenzen etwas zu verstehen.
Präsident Bush sprach. »Vor fünf Monaten hat Saddam Hussein einen kaltblütigen Krieg gegen Kuwait begonnen. Heute nacht wurde der Kampf gegen ihn aufgenommen. Wir werden den Kampf gewinnen.«
Das Bild wackelte und löste sich auf, und als es wieder klar wurde, war Saddam auf dem Bildschirm. Ein Dolmetscher übersetzte, was er sagte.
»Die Mutter aller Schlachten hat begonnen, das letzte Gefecht zwischen Gut und Böse«, sagte Saddam. »Der Irak wird sich niemals ergeben.«

Der Belagerungszustand hielt an. Nacht für Nacht kamen die Jagdbomber. Explosionen, manche nah, manche fern, manche auf der anderen Straßenseite, manche in den Randbezirken der Stadt. Die irakischen Soldaten, die uns gefangenhielten, bekamen wir immer seltener zu Gesicht. Wir wußten nicht, ob sie gefallen oder abkommandiert worden waren oder sich in irgendeinem Luftschutzbunker in den Kellergewölben des Baghdad Holiday Inn versteckt hielten. Das unausgesetzte Bombardement, die Isolation, das unregelmäßige Essen, das zu Ende gehende Toilettenpapier, die Entbehrung von Rasierschaum, Rasierklingen und Tampons für Sojourner, das alles zehrte an unseren Nerven. Wir waren ausgezogen, über den Krieg zu berichten, und nun saßen wir im Auge des Sturms in der Falle. Wir waren Reporter und konnten nicht berichten.

Im Fernsehen sahen wir Bilder von einem Raketenangriff auf Israel. Tel-Aviv unter Scud-Beschuß. Zivilopfer. Reporter mit Gasmasken. Ein NBC-Korrespondent schien heranfliegenden Raketen geradezu physisch auszuweichen; jedesmal, wenn ein Scud-ähnliches Dröhnen seine Life-Reportage unterbrach, duckte er sich und zog den Kopf ein. Ich mußte an Peter und seine jüdische Verlobte denken. Ich fragte mich, wo er wohl war, in vorderster Schußlinie oder daheim in den Staaten in Sicherheit.

»Ich sage mir die ganze Zeit, wir sitzen hier auch nicht schlimmer in der Falle, als wenn wir in Dhahran geblieben wären. Sieh dir nur die Fernsehbilder an. Wo sind die Leichen? Da läuft ein Krieg, und wir haben noch keine einzige Leiche im Fernsehen gesehen. Diese verdammten Militärpressefritzen und ihre Pool-Bürokraten haben die Presse im Würgegriff.«

Sie hatte recht. Selbst in einem Fernseher mit gestörtem Empfang, dessen Mattscheibe permanent rauschte und flakkerte, sah dieser Krieg sauber und aufgeräumt aus; die harten Ränder waren fein säuberlich abgeschnitten. Soviel wir hören konnten, sprachen die Kommentatoren von einem Nintendo-Krieg, von intelligenten Bomben mit höchster Zielgenauigkeit, von chirurgischen Präzisionsschlägen gegen militärische Ziele. Das, was wir vom Dach aus gesehen hatten und was wir in unserem kleinen Zimmer mitbekamen, wenn die Wände wackelten und die ganze Stadt bebte, war alles andere als ein Präzisionskrieg; das war kein sauber gesäumter, gebügelter, ordentlich zusammengefalteter, kleiner Krieg. So einen Krieg gab es wahrscheinlich überhaupt nicht.

Jahre später, im kalifornischen Bohemian Grove – einem versteckten, nur Männern vorbehaltenen Urlaubsort, an dem reiche, mächtige, politisch rechtslastige alte Säcke, lauter erklärte Schwulenfeinde, sich treffen, um homoerotische Männerbund-Rituale zu veranstalten – würde sich ein ehemaliger Marinesekretär brüsten, im Golfkrieg wären 200000 Iraker getötet worden. Einem frühen Greenpeace-Bericht zufolge waren unter den Kriegsopfern 90000 irakische Zivilisten. Je mehr Zeit verstrich, desto höher wurde die Zahl der Opfer. Die USA warfen über dem Irak Bomben von insgesamt über 88000 Tonnen Sprengkraft ab, das entspricht sieben Hiroshima-Bomben und zehn Pfund Sprengstoff auf jeden Einwohner des Irak. Weniger als 7% davon waren sogenannte intelligente Bomben; die übrigen 93% waren altmodische, dumme Bomben, beschränkte, debile Bomben, die nach ein paar Ehrenrunden die Schule geschmissen hatten und eine Zielgenauigkeit von ganzen 25% besaßen.

»In diesem Krieg geht es um Arbeitsplätze«, tönte es aus dem Fernseher. General Pinpoint im Gespräch mit Journalisten.

»Wessen Arbeitsplatz?« sagte Sojourner. »Seinen?«

Wir fingen an, uns mit uns selber zu beschäftigen. Wir unterhielten uns, tauschten unsere Lebensgeschichten aus. Es gab keinen Strom mehr, kein Licht, es war vollkommen dunkel im Zimmer. Die einzigen Geräusche waren unsere Stimmen und das Kriegsgetöse draußen vor der verschlossenen, mehrfach verriegelten Tür.

Sojourner erzählte mir von ihrer Kindheit in Chicago. Sie besuchte eine multiethnische Schule; die Schwarzen steckten mit den Schwarzen zusammen, die Weißen mit den Weißen, und die paar Latinos, die es an der Schule gab, blieben auch unter sich. Sojourner waren die Schulaufgaben immer wichtiger als alles andere, weshalb viele der anderen schwarzen Mädchen sie für arrogant hielten. Das, was ihre Kindheit am meisten prägte, passierte aber außerhalb der Schule; es passierte zu Hause. Ihre Mom hatte einen Magister in Philosophie am Wellesley College gemacht, war aber nur Hausfrau; ihr Dad hatte an der University of Chicago Law School studiert und war Rechtsanwalt. Sojourner konnte sich genau an den Tag erinnern, als ihre Mom und ihr Dad ihr sagten, sie würden sich scheiden lassen; damals war sie zwölf Jahre alt. Eine Woche später ging ihr Dad mit ihr in den Zoo, zusammen mit einer Frau, von der er sagte, sie sei »seine neue Freundin« – eine fette, weiße Blondine namens Brenda, die ihren Kaugummi schnalzen ließ. Später, in der Scheidungsverhandlung, sagte Sojourner dem Richter, sie wolle bei ihrer Mom leben. Ihre Mom bekam das Sorgerecht. Aber es war schwer; ihre Mutter mußte sie großziehen, sich in einem Sekretärinnenjob behaupten und abends Uni-Seminare besuchen. Und das Geld war knapp.

Die Arbeit bei der *Post* war hart für Sojourner. Als sie dort anfing, hatte sie einen kurzen Zeitvertrag bei *National Now!* hinter sich, weshalb die »Posties«, die altgedienten Reporter und Redakteure, ihren Fähigkeiten skeptisch gegenüberstanden. »Aber wenn du eine schwarze Frau bist, finden die Leute immer irgendwas an dir, dem sie skeptisch gegenüberstehen«, sagte sie. »Also hören sie von mir nicht einmal, wie spät es ist.« Sie kam gleich am Anfang in die Lokal-Redaktion, wohin gewohnheitsmäßig sämtliche schwarzen Reporter verfrachtet wurden, sozusagen ins redaktionsinterne Soweto der *Post*. Aber da sie eine hauptstadtpolitische Schlüsselstory nach der anderen ablieferte, landeten ihre Artikel immer auf der Titelseite.

»Weißt du, ich glaube, mit der Kolumne, die sie mir gegeben haben, haben sie mich im Grunde in eine Falle gelockt«, sagte sie. »Sie wußten, daß ich das Angebot nicht ausschlagen konnte. Aber letztendlich ist es eine Einschränkung für mich. Versteh mich nicht falsch. Ich schreibe gern über Schwarze.

Ich könnte den lieben, langen Tag über sie schreiben. Aber vorher hab ich über Washington geschrieben. Jetzt schreibe ich über Chocolate City. Jetzt kennt man mich als ›irgendsoeine schwarze Kolumnistin‹. Und einen weißen Topreporter stempelt keiner als ›irgendsoeinen weißen Kolumnisten‹ ab.«
Ich hatte jedesmal so ein erhebendes Gefühl, wenn ich deine Sachen gelesen habe. Ich finde sie großartig, ich liebe deine Kolumne, aber irgendwie kam es mir immer vor, als ob du im Grunde mehr willst. Verrückt, daß du das jetzt bestätigst.
»Na ja, und wohin hat es mich gebracht?«, sagte sie. »Stimmt, ich wollte mehr. Und jetzt sitzen wir hier, und der Krieg ist da draußen.«

Wie bitte, du warst in deiner High School-Zeit fett?
»Ich war bis zum vorletzten Semester im College fett. Im Sommer vor meinem letzten Semester fing ich endlich mit Sport, gesunder Ernährung und all dem Quatsch an. Wahrscheinlich war das Rauchen ausschlaggebend. Jedesmal, wenn ich Heißhunger auf was Süßes habe, zünde ich mir eine an.«
Großartige Diät. Darf ich fragen, wie fett du mal warst?
»Fett. Kugelrund. Ich war ein echtes Schwergewicht. Ich rede von Banana-Splits, kandierten Äpfeln, haufenweise Snickers, Broten mit Erdnußbutter, Marmelade und einem kräftigen Schuß Sirup drüber – und das alles nach einem Glas Slimfast und einer normalen, warmen Mahlzeit. Honey, glaub mir, ich war ein Fettkloß. Ich ging eine Treppe hoch und war aus der Puste. Wenn ich daran zurückdenke, weiß ich überhaupt nicht mehr, wie ich das ausgehalten hab.«
Aber vorher hast du doch von all den Jungs erzählt, die immer mit dir ausgehen wollten?
»Im letzten Semester, ja. Vorher nicht.«

Doch, ich stelle mir vor, irgendwann mal reich zu sein, erzählte ich ihr. Nicht, daß mir Geld an sich so wichtig wäre. Aber Geld macht das Leben einfach bequemer, du hast mehr Freizeit, kannst dich auf die Dinge konzentrieren, die dir wirklich wichtig sind. Vielleicht geht es mir auch bloß gegen den Strich, wenn ich mir manche dieser Reichen ansehe. Nimm zum Beispiel Donald Trump. Er besitzt ein paar Milliarden Dollar. Tut mir leid, aber Donald Trump ist bestimmt nicht für mehrere Milliarden intelligenter als ich. Ein paar meiner Kommilitonen und Kommilitoninnen aus dem Naverton sind bereits Millionäre. Diese Leute sind nicht besonders kreativ oder intelligent. Aber sie sind reich wie Midas.

»Ich hatte das gleiche Gefühl, als ich bei *National Now!* war«, sagte Sojourner. »Dauernd hab ich diese unglaublich berühmten Prominenten interviewt, und nach einer Weile dachte ich: So aufregend sind die auch wieder nicht. Sie hatten nicht irgendeinen besonderen Zugang zur Wahrheit oder zum Wesen des Menschen, den ich nicht auch gehabt hätte. Und trotzdem waren sie hundertmal erfolgreicher als ich. Es kam mir vor, als ob es ein Geheimnis gäbe, wie man es zu etwas bringt, aber dieses Geheimnis hat mir keiner verraten, wollte mir auch keiner verraten. Deshalb hab ich sofort zugegriffen, als sich die Chance auftat, zur *Post* zu wechseln. Es sah nach einem Aufstieg aus, und den hatte ich nötig.«

»Ich hab während des Studiums ein Praktikum bei der *Chicago Tribune* gemacht«, sagte Sojourner. »Es war im ersten Studienjahr. Gott, ich weiß gar nicht, ob ich das erzählen will. Na gut, da gab es einen Redakteur, der weiblichen Angestellten immer den Hintern versohlt hat. Er war ein fetter, freßsüchtiger, alter weißer Sack. Ein schmieriges, glatzköpfiges Ekel. Er hat sich immer die wehrlosen Mädchen rausgepickt. Junge Praktikantinnen. Reporterinnen, die den Job gerade erst angefangen hatten und es im Journalismus zu etwas bringen wollten, junge Frauen, die keine Lust hatten, gleich am Anfang in Konflikte reinzuschlittern. Ich hab das alles erst später erfahren. Wie auch immer, er wartete, bis sein Opfer einen richtig miesen Tag hatte oder wegen einer mörderischen Deadline in Tränen ausbrach, und dann lud er sie in sein Büro ein, machte die Tür zu, legte sie übers Knie und versohlte ihnen den Hintern. Manchmal zog er ihnen die Strumpfhosen runter und gab es ihnen auf den nackten Arsch. Dabei ging ihm einer ab, oder was weiß ich.«

Hat den Clown denn niemand angezeigt?

»Irgendwann ist er unter dubiosen Umständen in den vorzeitigen Ruhestand gegangen. Aber da war er bereits sechzig, als das passierte. Es ist schwer, sich gegen so einen Typen zur Wehr zu setzen. Es ist schon schwer genug, sich als Frau in einer männerdominierten Redaktion zu behaupten, aber noch viel schwerer, öffentlich zuzugeben, daß ein Redakteur dir den nackten Hintern versohlt hat. Es ist erniedrigend. Ich weiß noch den Tag, an dem meine Mutter angerufen hat, um mir zu sagen, daß mein Vater gestorben war. Da hat dieser Redakteur mich in sein Büro zitiert. Damals kannte ich die ganzen Geschichten über ihn noch nicht. Also ging ich rein, und er fing an, mir die Tränen abzulecken. Ich war wie gelähmt. Drei Sekunden später lag ich mit dem Gesicht nach unten auf seinem Schreibtisch, die Strumpfhose in den Kniekehlen, und er schlug mir mit der flachen Hand auf den Hintern. Plötzlich merke ich, daß der Kerl seinen Schwanz ausgepackt hat und mich von hinten besteigen will. In dem Moment ist irgendwas in mir aufgewacht. Der Rest waren nur noch Reflexe. Irgendwie bin ich herumgewirbelt, hab ihm einen Kung-Fu-Tritt in die Eier verpaßt und bin rausgerannt. Aber ich habe nie irgendeiner Seele in der Redaktion von dem Vorfall erzählt. Das ärgert mich heute noch. Ich habe mir geschworen, über so etwas nie wieder den Mund zu halten.«

Wir waren beide still. Einige Meilen weit entfernt fielen Schüsse.

»Etwas Gutes ist bei der Sache doch rausgesprungen. Bei der *Post* stand einmal auf einer Rolltreppe ein Redakteur hinter mir und griff mir zwischen die Beine. Ich habe alle Hebel in Bewegung gesetzt, damit der Kerl entlassen wird. Aber das Management, ein Haufen weißer Arschlöcher namens George, wollte ihn einfach nicht feuern. Eines Tages ist der Typ dann doch gegangen. Keine Ahnung, wo er jetzt ist. In der Hölle, hoffe ich. Ich bin heilfroh, daß ich wenigstens *den* vergrault hab.«

»Das schwerste ist das Alleinsein. Allein zu sein, wenn ein Wichser dir den Hintern versohlt. Allein zu sein, wenn du dir einfach bloß jemanden wünschst, um eine tolle Idee durchzukauen. Versteh mich nicht falsch – ich bin mit dieser ganzen Schwarze-Frauen-schaffen's-solo-Nummer einverstanden, mit dieser Angela-Davis-Arie. Aber wenn ich manche weißen Paare sehe, diese berufstätigen Yuppie-Gespanne, einig, verschworen, erfolgreich, gut im Geschäft – dann denke ich, ich will das auch, diese Einheit, dieses Duo. Das hat so eine tröstliche Stärke und Süße. Aber ich weiß auch, daß wir, um das zu erreichen, einen anderen Weg gehen müssen.«

Dazu hat Marcuse in einem seiner Bücher was gesagt, ich hab vergessen, in welchem. Erfolg ist definiert als das Erreichen einer gesellschaftlichen Position, eines integrierten, anerkannten Status. Aber solange die Gesellschaft generell den Schwarzen gegenüber feindlich gesonnen ist, erfordert der

Erfolg im Mainstream-Sinn von uns ein großes Maß an Selbstverleugnung. Mit dem Boß Golf spielen. Eine weiße Frau heiraten. Man könnte es das Spike-Lee-Syndrom nennen. Um wirklich erfolgreich zu sein, mußte er ein ganz neues Paradigma kreieren. Wenn er seine Sachen einfach Hollywood-like gemacht hätte, würde er heute *Rambo in Afrika* oder irgend so einen Schwachsinn drehen.

So redeten und redeten wir, und als einige Zeit ins Land gegangen war, kamen wir wieder auf unsere Situation zurück. Der Fernseher war hinüber. Eine einzige Glühbirne im ganzen Zimmer brannte noch. Seit zwei Tagen hatte uns niemand mehr etwas zu essen gebracht. Bevor der Fernseher den Geist aufgab, hatte jemand von einer Bodenoffensive gesprochen. Wir konnten nicht in diesem Zimmer herumsitzen und warten, bis die Bodenoffensive zu uns kam; außerdem konnte es gut sein, daß sie uns als Austauschgeiseln oder menschliche Schutzschilde oder so was mißbrauchen würden. Wir mußten ausbrechen.

Ich war mir ziemlich sicher, daß der Einbauschrank in unserem Badezimmer an den Einbauschrank im Badezimmer der benachbarten Suite grenzte. Als ich an die Rückwand des Schrankes klopfte, klang es hohl, als ob hinter dem Holz keine gemauerte Wand läge. Immerhin waren wir in einem Hotel und nicht in einem Gefängnis, also war es durchaus möglich, daß im Nebenzimmer die Tür zum Flur nicht abgeschlossen wäre.

Sojourner vermutete, daß es unter dem Hotel einen Luftschutzkeller gab. Während der Luftangriffe waren im Flur nie Stimmen oder Schritte zu hören, also wäre der nächste größere Luftangriff der ideale Zeitpunkt für einen Ausbruch. Es war kein großartiger Plan, aber es war ein Plan.

Als es Abend wurde, brachten die Iraker uns Essen. Es war fast wie ein Abschiedsschmaus – Brot und Traubensaft. So gut hatten sie uns seit zwei Tagen nicht verköstigt.
Nach dem Essen, wie es eben so kommt, passierte es.
Wir saßen beide auf dem Boden, das Essen war vertilgt, und ich faßte Sojourners Haare an, ihre Rastalocken. Seit einer Ewigkeit wollte ich das tun. Sie küßte mich auf den Unterarm. Ihre Lippen waren weich und warm und voll. Sie küßte und küßte mich, den Arm hinauf und dann auf den Mund. Wir standen auf, ohne uns aus dem Kuß zu lösen, und umarmten uns, wiegten uns sekundenlang wie auf einer leeren Tanzfläche. Sie zog mich nach hinten, zum Bett, legte sich hin und zog mich auf sich. Im Nu hatten wir unsere Kleider ausgezogen und irgendwo hingeworfen. Ich küßte ihren Körper, küßte sie an einer Linie, die abwärts führte. Ich fühlte mich wie auf Wolken, schwebend, ganz fern, als ob ich die Szene von oben betrachtete. Dann drehte ich mich um und kniete mich über sie, das Gesicht in ihrem Schoß vergraben, und sie nahm mich in den Mund. Ich spürte ihre feuchte, geschmeidige Zunge, die heißen Säfte in ihrem Mund, ihr Lecken und Saugen. Und gleichzeitig hörte ich das Dröhnen und den zerreißenden Knall eines Überschallflugzeugs und Explosionen in der Ferne, die näher kamen. Im Zimmer waren alle Lichter aus, und plötzlich waren auch alle Geräusche aus. Ich fühlte mich, als ob ich schwebte. Ich ließ meine Hand abwärts gleiten, zu ihren Brüsten, umkreiste ihre Brustwarzen mit den Fingern, und hörte, wie neben dem Hotel etwas explodierte. Und plötzlich fühlte ich überhaupt nichts mehr, nicht den Krieg, nicht Sojourner, nicht einmal mich selbst. Ich war weit weg, an einem Ort, an dem ich nichts empfand, nichts hörte. Träumte ich? War ich eingeschlafen? Wie vage Monde umkreisten mich diese Fragen und drifteten dann fort ins Nichts. Und plötzlich spürte ich, ich komme, und ich war

wieder im Bett, mein Gesicht zwischen Sojourners Beinen, ihre Lippen um mich, und ich glaubte sie zu hören, schwach, weit weg, ein genußvolles Stöhnen, das vielleicht nur eine verlorene Seele war, da draußen, im Nichts, und plötzlich löste das Zimmer sich auf, und ich war auch eine verlorene Seele.

»Die haben uns was ins Essen getan.«
Ich glaubte Sojourners Stimme zu hören. Ich mußte an die Mönche denken. Eschers Mönche. *Treppauf, Treppab.* Ich schlug die Augen auf. Es war Tag. Wir waren in der Wüste. Ich lag im Sand.
Was?
»Sie haben uns irgendein Betäubungsmittel ins Essen getan und uns in die Wüste rauskutschiert«, sagte Sojourner. Sie stand neben mir. »Ich habe keine Ahnung, warum. Aber wir sind irgendwie mitten in der Wüste. Vielleicht haben die Iraker uns durch die Wand belauscht. Vielleicht verstanden sie doch mehr Englisch, als wir dachten, und haben uns hier raus gekarrt, bevor wir fliehen konnten.«
Ich hatte hämmernde Kopfschmerzen. Ich sagte: Ich bin vollkommen alle. Ich muß mich ausruhen.
»Wir müssen hier weg. Von da drüben kommen Flugzeuge, da müssen wir hin.«

Wir liefen und liefen, immer an der Straße entlang, eine breite Schotterstraße. In der Ferne sahen wir Rauchwolken von der Straße aufsteigen. Als wir näherkamen, sahen wir, daß der Rauch von endlosen Kolonnen brennender und schwelender Panzer, LKWs, Autos, Busse kam. Wir wußten es damals nicht, aber später erfuhren wir, daß wir uns auf dem Highway des Todes befanden.
Über mehr als sechzig Meilen war die Straße mit Wrackteilen

übersät. Sechzig Meilen geschmolzener Stahl, ausgebrannte Autos, Leichen, Zehntausende von Leichen, irakische Soldaten, palästinensische Flüchtlinge, Männer, Frauen, Kinder. Am 25. Februar 1991, um zwei Uhr morgens Ortszeit, meldete Radio Bagdad, der irakische Außenminister habe einem von der Sowjetunion ausgehandelten Waffenstillstandsabkommen zugestimmt, demzufolge die irakischen Truppen sich aus dem Emirat Kuwait zu entfernen und auf die Stellungen zurückzuziehen hätten, die sie vor der Invasion eingenommen hatten. Damit hätte der Golfkrieg beendet sein müssen. Aber das war er nicht. Präsident Bush gab folgendes Statement ab: »Irakische Einheiten setzen die Kämpfe fort. Wir führen weitere Einsätze durch.«

Dabei war der irakische Rückzug, kuwaitischen Augenzeugen zufolge, bereits in vollem Gange. Ganze Kolonnen irakischer Fahrzeuge und palästinensischer Flüchtlinge strömten aus dem Emirat Kuwait in Richtung Irak, alle auf der einen Straße, dem Highway des Todes.

Etwa um Mitternacht begann die amerikanische Luftwaffe mit der Bombardierung des Rückzugs-Konvois. Die Jagdbomber attackierten den irakischen Konvoi an beiden Enden und schufen damit eine Falle. Fahrer und Passagiere verließen fluchtartig ihre Fahrzeuge, hatten aber keinen Ausweg. Der Himmel war schwarz von angreifenden Fliegern, sie waren so zahlreich, daß sie sich in der Luft gegenseitig bedrängten. Ein amerikanischer Bomberpilot sagte später, es »war wie auf Fische in einem Faß schießen«.

Und jetzt marschierten Sojourner und ich den Highway des Todes entlang. Die Luft war durchtränkt von den Gerüchen brennenden Benzins und in Fäulnis übergehenden, verbrannten Menschenfleisches. Ganze Busse waren platt in den Boden gestampft, wie von riesenhaften Hämmern. Aus einem umgestürzten Panzer schlugen Flammen. Ein Auto war wie eine Sardinenbüchse aufgeschlitzt, in seiner Nähe lagen ein halbes Dutzend Leichen verstreut. Das Inferno war so groß, so unglaublich, man konnte sein Ausmaß gar nicht erfassen. Ein einziger Holocaust an Mensch und Maschine, der sich von unserem Standort bis zum Horizont und darüber hinaus erstreckte, weiter als unsere Augen reichten. Wir sahen Meilen und Meilen verkohlter Leichen, abgerissener Glieder, geschmolzener Windschutzscheiben, stinkender, brennender Reifen, zertrümmerter Schädel, zerfetzten Fleisches; ein Kind, das von einem scharfen Metallteil buchstäblich halbiert worden war; eine Frau, der das Feuer die Haut vom Kopf geschält hatte, ihr Mund geöffnet, erstarrt in einer entsetzlichen Grimasse, halb Schrei, halb Lachen.

Sojourner war außer sich. Nie habe ich sie mit solchem Zorn ihre Theorien deklamieren gehört wie an dem Tag auf dieser Straße. Der junge, schwarze Mann wird von der amerikanischen Gesellschaft als der Prototyp des Verbrechers betrachtet, sagte sie. Über ein Viertel der zwanzig- bis dreißigjährigen männlichen Schwarzen verbüßen Gefängnisstrafen, sitzen in Untersuchungshaft oder stehen auf den Fahndungslisten der Polizei. Das heißt nicht etwa, daß sie etwas angestellt haben, das heißt lediglich, daß die Justiz sie eingesperrt hat oder vorhat, sie einzusperren. In Amerika werden Schwarze eingesperrt. Ein einziger Gefangener in einem Großstadtknast kostet uns jedes Jahr eine sechsstellige Summe. Wenn du dem durchschnittlichen Schwarzen ein Collegestudium in dieser Größenordnung finanzierst, kannst du dich darauf verlassen, daß er künftig keinen Blödsinn mehr anstellt. Und wenn du dem durchschnittlichen Brother anschließend einen Job mit einem Gehalt in dieser Größenordnung verschaffst, dann gibt er mit seiner Arbeit der Gesellschaft alles zurück, was sie in ihn investiert hat und noch eine Menge dazu. Aber Amerika zieht es immer noch vor, sein Geld für Gefängnisse auszugeben anstatt für Bildung.

Schwarze Männer sind also die Bösewichte, fuhr Sojourner fort. Erst werden sie eingesperrt, und dann nennt man sie eine »bedrohte Gattung«, als wären sie Tiere und gehörten in den Zoo. Aber wenn es um echte kriminelle Machenschaften geht, um wirkliche Verbrechen, sind die Weißen nicht zu schlagen. Von keinem. Wer hat den Holocaust verbrochen? Weiße Männer. Wer hat die Sklaverei eingeführt? Weiße Männer. Wer hat den Genozid an den Ureinwohnern Nordamerikas auf dem Gewissen? Weiße Männer. Wer ist schuld an der Zerstörung des Regenwaldes, am Ozonloch? Die Erfordernisse des weißen Kapitalismus. Wer ist verantwortlich für das Debakel der Savings & Loan Bank, deren Rettung die USA mehrere hundert Milliarden Dollar kosten wird? Weiße Männer. Nicht ein einziger Schwarzer sitzt im Aufsichtsrat von S&L, Himmel, wir kriegen bei denen doch nicht mal den Kredit, um eine verdammte Frittenbude aufzumachen. In der ganzen Geschichte der USA hat keine Bande von schwarzen Kriminellen jemals etwas angestellt, das den Staat gezwungen hätte, mehrere hundert Milliarden Dollar auszugeben, um es wieder geradezubiegen. Nie. Aber wenn die Leute sich einen Kriminellen vorstellen, haben sie automatisch einen Schwarzen vor Augen.

Sie hat recht, aber sie liegt falsch, dachte ich. Das Problem war komplexer, es ging um mehr als nur die Hautfarbe. General Pinpoint, ein Schwarzer, steckte schließlich mit unter der Decke. Auch wenn Bush die Entscheidungen traf – Pinpoint saß garantiert in jeder Sitzung mit drin. Es war die gleiche Tour, mit der sie uns zu Zeiten der Sklaverei klein hielten; einen von uns hatte der Massa immer auf seiner Seite, einen Nickneger, der alles gut fand, was der Massa sagte, der dem Massa erzählte, was in den Sklavenhütten geflüstert wurde. Aber vielleicht war Pinpoint klüger als wir alle. Vielleicht war es möglich, als schwarzer Mann innerhalb des Systems so viel Macht zu erlangen, daß man es transzendieren konnte. Oder so ein einflußreiches Mitglied des Establishments zu werden, daß sich dessen Interessen irgendwann mit den eigenen deckten. Diese Fragen trieben mich wirklich um. Vielleicht hatte Pinpoint gute Gründe. Es gab ja auch Kriege, die gerechtfertigt waren. Der Bürgerkrieg. Der Zweite Weltkrieg. Aber Sojourner ergriff wieder das Wort.

»Dieser Krieg ist im nationalen Maßstab das gleiche wie das, was die Ghetto-Kids tun, wenn sie aus fahrenden Autos auf Passanten schießen«, sagte Sojourner. Es war das Zitat eines Rappers. Wie konnte man sechzig Meilen Gemetzel rechtfertigen? Wußte Amerika überhaupt, was hier vor sich ging? Sorgte die Presse dafür, daß die Leute sich ein Bild machen konnten? Vierundzwanzig der fünfundzwanzig größten überregionalen Tageszeitungen tragen Bushs Politik am Persischen Golf mit, sagte sie. Nur die zunehmende Kapitalisierung und Konzentration in der Medienindustrie macht einen solchen Konsens überhaupt möglich. Später erfuhr ich, daß das Zentrum für Medien und Öffentlichkeitsarbeit – eine Gruppierung rechtsgerichteter Medienvertreter, sonst nichts – in einer Studie herausfand, daß 61 % der Beiträge, die ABC über den Golfkrieg gesendet hatte, das US-Militär in positivem Licht zeigten. Bei NBC und CBS waren es sogar 100 %. Sie haben uns gelinkt, sie haben uns über den Tisch gezogen, sie haben uns so lange weichgeklopft, bis sie das O. k. für diesen Krieg hatten, sagte Sojourner. Krieg ist ein Grundpfeiler des Kapitalismus; er ist auf lange Sicht für das Prosperieren der Wirtschaftsriesen, die die amerikanische Medienwelt regieren, unabdingbar. Der Krieg zerstört die Einheit der Familie – zwei Drittel der Obdachlosen in unserem Land rekrutieren sich aus Kriegsveteranen. Der Krieg lehrt die Gesellschaft, ihre Bürger nicht als Individuen mit unantastbaren Grundrechten zu betrachten, sondern als Teile eines Ganzen, als Soldaten, als Bürger auf Zeit. Um mit dem massenhaften Sterben fertig zu werden, das Kriege mit sich bringen, müssen wir uns gegenüber dem Leben abstumpfen, sagte Sojourner. Die Zahl der Gewaltverbrechen nimmt nach Kriegen jedesmal dramatisch zu. An all dem hat die Industrie ein Interesse. Kapitalismus läuft wie geschmiert, Kapitalismus macht erst richtig Spaß, wenn die Menschen nur noch verschiebbare Einheiten sind, Zahnräder in einer Maschine, gewalttätig, obdachlos, bereit, jeden beliebigen Job anzunehmen, zu jedem beliebigen Lohn, der ihnen geboten wird. Und die Auswirkungen der amerikanischen Aggression werden noch sehr lange zu spüren sein. Monate später hallten Sojourners Worte noch in mir nach. Nach dem Krieg erlebten die amerikanischen Obdachlosenasyle einen Ansturm von Golfkriegsveteranen. Einige Jahre nach dem Golfkrieg gab UNICEF eine Schätzung bekannt, derzufolge 500000 irakische Kinder unter fünf Jahren im Krieg oder an den Folgen des Krieges gestorben waren. Das letzte Bild, das ich auf der Straße gesehen hatte, war die verwesende Leiche eines Kindes, aus dessen Stirn eine gelbe Blume sproß.

Morgen. Der Highway des Todes lag hinter uns. Wir sahen einen Jeep mit einigem Tempo aus einer Nebenstraße auf uns zufahren. Einer der Insassen schrie etwas in unsere Richtung.

»Ist das Englisch?«

Keine Ahnung.

Der Jeep hielt weiter auf uns zu.

Vielleicht sollten wir zu der Straße rübergehen, sagte ich.

»Das kann aber auch ein irakischer Jeep sein«, sagte Sojourner.
Der Jeep kam immer näher. Ich verstand immer noch nicht, was sie riefen, aber inzwischen war klar, daß es Englisch war, also rannten Sojourner und ich ihm entgegen.
Jetzt war der Jeep stehengeblieben. Der Fahrer wedelte mit den Armen und rief etwas, aber er war immer noch zu weit weg, um ihn zu verstehen.
»Hier lauert die Bienenwelt«, schien der Mann zu schreien.
Wo sah der Mann hier Bienen? Egal, dies war nicht der Moment, sich um Insektenstiche Gedanken zu machen. Wir rannten weiter auf den Jeep zu. Ich war müde, müde bis auf die Knochen, aber ich spürte plötzlich einen Energieschub. Rettung. Endlich. Sojourner strahlte über das ganze Gesicht, sie lief und hopste wie ein übermütiges Schulmädchen. Ich mußte lachen vor Freude. Dann mußte ich husten, weil meine Kehle so rauh war.
»Ihr lauft in ein Minenfeld!« brüllte der Mann.
Was?
»Ein Minen-«
Alles wurde weiß.

A wonderful time – the War
when money rolled in
and blood rolled out
but blood
was far away
from here –
Money was near.

LANGSTON HUGHES
Green Memory

9

★ ★ In die Wüste geschickt ★ ★

Als ich wieder zu mir kam, lag ich in einem saudiarabischen Krankenhaus, ans Bett gefesselt von brettharten, blütenweißen Bettlaken. Das Zimmer war klein und fensterlos, die einzige Lichtquelle war eine helle, surrende Neonröhre an der Decke. Erst machte ich mir große Sorgen, weil niemand mir sagen konnte, wo Sojourner war. Dann erfuhr ich, daß sie bereits entlassen worden war und das Land verlassen hatte. Ich wollte es nicht glauben. Nach allem, was wir durchgemacht hatten, packte sie einfach ihre Sachen und düste ab nach Washington, D.C., ohne mir auf Wiedersehen zu sagen oder mir wenigstens eine Nachricht zu hinterlassen, daß sie bei der Explosion keine ernsten Verletzungen abbekommen hatte. Sie war weg.

Als mein Name auf der Patientenliste des Krankenhauses auftauchte, machte mich die Armeespitze ausfindig, in Gestalt des Großmeisters der Pressedompteure, Colonel Willard, der mich von Guys Tod benachrichtigen wollte. Man hatte meine Visitenkarte bei Guy gefunden. Sobald ich wieder aufstehen konnte, ging ich hinüber ins Leichenschauhaus der Armee, um seinen sterblichen Resten die letzte Ehre zu erweisen. Es war ein beige getünchter Flachbau. Ich war überrascht, daß man mich überhaupt einließ. Schließlich war ich kein Angehöriger.

Man führte mich in einen kühlen Raum mit einer großen, stählernen Schrankwand von etwa zwei Metern Höhe und fünfzehn Metern Breite. Es gab drei Reihen mit jeweils zehn Schubfächern, in jedem lag eine Leiche. Merkwürdige Vorstellung, zu sterben und dann wegsortiert zu werden wie eine Geschäftsakte oder ein Paar Socken. Ein Bediensteter im weißen Kittel, auf dem Kopf eine verkehrt herum aufgesetzte Baseballmütze, zog eine der Schubladen für mich heraus. Die falsche. Es war ein Mann mit Clownsmaske, weißes Gesicht, rote Nase, vom Hals abwärts nackt, mit einer Schußwunde im Bauch. Der Bedienstete schob die Schublade wieder zu, murmelte etwas von einer Geburtstagsparty beim Corporal, sah noch mal auf seiner Liste nach und öffnete eine andere Schublade.

Da lag Guy, in voller Länge. O Mann, er sah übel aus. Der Leichenwäscher hatte nicht mehr viel aus ihm machen können. Die rechte Hälfte seines Schädels war weg. Zumindest sah es aus, als ob er auf der Stelle tot gewesen war. Bevor ich seine Leiche gesehen hatte, war ich deprimiert. Jetzt, bei seinem Anblick, spürte ich, wie ich noch ein Stück tiefer in meinen seelischen Schützengraben von Zynismus und Selbsthaß rutschte. Es war grauenhaft, so auf jemanden hinabzusehen, den man kannte, als er lebendig war, als er sich bewegte und redete – und am liebsten von seiner Kriegsbegeisterung redete. Nachdem ich die Leichenhalle wieder verlassen hatte, fragte ich Willard, wie Guy ums Leben gekommen sei. Erst wollte er nicht mit der Sprache heraus. Aber ich bearbeitete ihn so lange, bis sein Pressereferenten-Teflonherz weich wurde. Er sagte mir, die Untersuchungen seien noch nicht abgeschlossen, er müsse mich in jedem Fall zu absolutem Stillschweigen verpflichten und die Wahrheit werde vermutlich nie an den Tag kommen, bla bla bla bla, aber wahrscheinlich sei Guy durch »freundliches Feuer« zu Tode gekommen – Feuer aus unseren eigenen Reihen.

Freundliches Feuer. Schöne Freunde, dachte ich. Die Kriegshetze wurde sogar in die Sprache eingebaut. Raketen hießen »Patriot«, das Kriegsministerium hieß Verteidigungsministerium, und Kanonenfeuer war freundlich. Die grausamen Fakten verschwanden unter einem Zuckerguß. Ein Viertel der amerikanischen Soldaten, die im Golfkrieg fielen, wurden von anderen amerikanischen Soldaten getötet. O Mann, wozu braucht die Welt Krieg, murmelte ich halblaut.

»Das hat Cicero sich etliche Jahre vor Ihnen und mir auch schon gefragt, mein Freund«, sagte Willard. »Aber wie wollen Sie auf Gewalt reagieren, ohne selbst Gewalt anzuwenden?«

Zum Frühstück aß ich das vermutlich einzige Zimt-Rosinen-Bagel in der gesamten arabischen Welt. So, wie es schmeckte, konnte es gut vom Letzten Abendmahl übriggeblieben sein. Ich spuckte gerade eine Ecke wieder aus, als die norwegische Schwester mit den sanften Händen – irgendwann dieser Tage wird sie spitz kriegen, daß ich mich inzwischen wieder alleine baden kann – hereinkam und mir die Tagespost brachte. Ich sollte besser sagen, die Wochenpost, denn es war der erste Brief, den ich bekam, seit ich hier eingeliefert wurde. Meine Mom und mein Dad schickten mir eine Karte mit Genesungswünschen. Nur ein paar Zeilen, in denen sie mir versicherten, daß sie für meine gesunde Heimkehr beteten und mein altes Zimmer in Fairtowne Forks schon hergerichtet hätten. Am unteren Rand der Karte stand eine gebührenfreie Telefonnummer des Immatrikulationsbüros der Juristischen Fakultät in Stanford.

Kurz vor Washington, im Flugzeug. Nacht. Die Stadt lag unter mir, ein Meer aus Lichtern und Dunkelheit. Ich hatte Zeitung gelesen. Saddam hatte ganze hundert Stunden standgehalten. Herrgott noch mal, mich hatten schon Grippeviren attackiert, die einen längeren Atem hatten. Irak hatte die »Mutter aller Schlachten« ausgerufen. Und Amerika hatte die mütterliche Herausforderung pariert, indem es nicht lange mit Wischi-waschi-Aspirin-Diplomatie herumfakkelte, sondern gleich die Ärmel hochkrempelte, um zur Totaloperation zu schreiten. Nun war der Krieg also vorüber und die Parade der Sieger bereits in vollem Gange. Ich war zu erschöpft, emotional gesehen, um meine Seele gegen die hurrapatriotische Triumphlaune abzuschirmen, die das ganze Land in Stechschritt verfallen ließ. Amerika hatte den Geist von Vietnam exorziert. Die Yuppies hatten ihren eigenen Krieg geführt und ihn gewonnen. Hey, ihr Babyboomer wollt immer noch damit angeben, daß ihr einen Krieg beendet habt? Wir haben unseren Krieg gewonnen, ihr Amis-raus-aus-Vietnam-Hosenscheißer. Verpißt euch, ihr Pazifisten-Waschlappen. Wir haben unseren Krieg gewonnen.

Veni, vidi, vici. Die *Aeneis* ist zehn meiner liebsten Elefanten. Die Soldaten waren Helden, die Fernseh-Korrespondenten waren siegreiche Scud-Toreros, und Bush hatte die Zustimmung von 99,999998 Prozent der Bevölkerung – die fehlenden 0,000002 Prozent waren ich und eventuell Ted Kennedy. Während das Flugzeug noch eine Schleife zog und auf Landeerlaubnis wartete, sah ich aus dem Fenster und erblickte das Washington Monument, das strahlend hell aus der Dunkelheit ragte, ein weißer Phallus, der in die schwarze Nacht stieß. Ein Denkmal für den eurozentrischen Penis, der in den Himmel ejakulierte und das Universum vergewaltigte. Die Neue Weltordnung. Sie sah dem Kolonialismus der Alten Welt zum Verwechseln ähnlich. Der einzige Unterschied war, daß man zu ihr tanzen konnte. Verdammte Scheiße, wir hatten Saddam Hussein doch überhaupt erst bewaffnet. Es kam alles raus, Stück für Stück, man brauchte nur in den

Zeitungen und Magazinen etwas weiter nach hinten zu blättern. Die Babies, die die Iraker angeblich aus den Brutkästen geworfen hatten – Lüge, nie geschehen. Die unfehlbaren Patriot-Abwehrraketen – nicht eine einzige heranfliegende Scud-Rakete haben sie unschädlich gemacht; im Gegenteil, die Patriot-Raketen haben den Schaden vergrößert, weil sie ja ebenfalls wieder zu Boden gefallen sind. Und dann, für wen das alles? Für das Emirat Kuwait – amerikanische Soldaten hatten ihr Leben gelassen für eine Nation von Sklavenhaltern, für ein Volk von Wüstenmilliardären, die in Saus und Braus lebten wie die reichen Berühmtheiten, deren schampusgefüllte Marmorbadewannen uns Robin Leach immer in seinen Pseudo-Dokumentationen vorführt. Die kuwaitische Monarchie war tausendmal autoritärer als die Kolonialherrschaft Georges III., bei der die Amerikaner doch seinerzeit auch gemerkt hatten, daß sie reif zum Sturz war. Und Saddam Hussein war, unserem ganzen martialischen Aufgebot zum Trotz, nach wie vor quicklebendig; seine politische Macht war größer als je zuvor, er ließ sich von der ganzen Welt am Arsch lecken. Wieder einmal hatten wir den Planeten ein bißchen sicherer und behaglicher für die Heuchler gemacht. Und ich dachte, ich könnte an den Golf fahren, um etwas zu bewirken – statt dessen hatte ich nur den Medienmob um ein weiteres Mitglied bereichert, war ein Teil des Problems geworden. Ich hatte nicht eine einzige Story recherchiert oder geschrieben, die geholfen hätte, die Fakten aufzudecken. Das Flugzeug setzte zur Landung an, und ich führte bereits Selbstgespräche wie irgendein verrückter Obdachloser, der sich auf dem Gitter über einem Lüftungsschacht den Hintern wärmt.

Als erstes besuchte ich Bethune. Sie grollte mir immer noch wegen der Sache mit Eboni, aber glücklicherweise schüchterte mein Stirnverband sie augenblicklich ein. Es gehörte sich einfach nicht, jemandem, der an Verbrennungen zweiten Grades litt, noch einen dritten Grad draufzubrennen.

Während sie auf ihrem Hometrainer schwitzte (sie war während meiner Abwesenheit auf den Gesundheitstrip geraten), erzählte ich ihr meine Kriegserlebnisse, berichtete ihr von meinen Verwundungen (Granatsplitterkratzer, mittelschwere Verbrennungen, nichts, was die Zeit nicht heilen würde) und von den Vorfällen zwischen Sojourner und mir (erotisch aufgeladener Sex, wortlose Abreise, alles Dinge, die sich mit der Zeit entzünden würden). Bethune erzählte mir, sie und Ice seien nach wie vor getrennt und aus Ice' dickem Vertrag sei doch nichts geworden.

»Sein Rap ist so gewalttätig«, sagte Bethune. »Ich schätze, jetzt nach dem Krieg sind die Leute mit Gewalt erst mal bedient. Sie haben einfach keinen Bock auf noch mehr Blut und Chaos.«

Und was treibt Ice jetzt so den lieben, langen Tag?

»Ein Weilchen hat er Rennpferde gewichst.«

Was bitte?

»Im Ernst. Für das Sperma eines preisgekrönten Rennpferds legen Züchter manchmal Millionen hin. Und einer von diesen Züchtern hat Ice angestellt, damit er die Pferde wichst und ihren Samen in Eimern auffängt.«

In Eimern?

»Wenn so ein Zuchthengst kommt, dann kommt er kräftig.«

Macht er das immer noch?

»Ach was. Er hat drei Wochen an einen Hengst hingewichst, der dreimal die Dreierwette gewonnen hatte, ohne daß was rauskam, und dann ging das Gerücht, daß er's runterschluckt. Ich schätze, er hat sich zu sehr reingehängt in den Job.«

Heilige Fellatio, Batman! Und was macht er jetzt?
»Er ist mit seiner Pferdewichser-Kohle nach Seattle gegangen und hat eine neue Band gegründet. Eine Independent-Rock-Gruppe, ich glaube, sie nennen sich Mookie oder so. Ach, nein. Das war der alte Name. Ice hat seinen Pferdewichsjob geliebt, ich glaube, der neue Name ist irgendeine versteckte Anspielung darauf, Pearly Jelly oder so was.«
Klingt nach Flop, sagte ich. Die Band landet garantiert nirgendwo.

Bethunes Karriere nahm nach einer vorübergehenden Bremsstrecke durch eine verkehrsberuhigte Zone wieder Tempo auf. Sie hatte einen neuen Job in einer Bank, wo sie zwar auch nur eine bessere Sekretärin war, aber immerhin stand das eine Stufe höher als die Chanel-No. 5-Spritzerei bei Macy's. Außerdem besuchte sie Englisch-Kurse und spielte mit dem Gedanken, ein Anglistik-Studium anzufangen und womöglich Lehrerin zu werden. Es war natürlich alles noch vage, aber eine vage Bewegung ist besser als gar keine. Ich sicherte ihr meine treue Gefolgschaft und brüderliche Hilfe zu.
Am Spätnachmittag, als ich mich von einer reichlichen Menge Wodka etwas benebelt fühlte und Bethune anscheinend von dem Glas Karottensaft, das sie nippte, einen leichten Gesundheitsschwips im Kopf hatte, kam sie auf Eboni zu sprechen.
»Wann willst du die Frau endlich anrufen?« sagte Bethune.
»Du kannst sie nicht einfach allein lassen. Dieses Kind von dir wird sich nicht durch irgendeinen Zauber in Luft auflösen.«
Ich habe eine Menge um die Ohren. Du weißt, was ich alles um die Ohren habe.
»Ich habe viel darüber nachgedacht. Man kann bei so was

keine halben Sachen machen. Du kannst das nicht ungeklärt lassen. Wenn du Eboni sagst, ja, ich will diesem Kind ein Vater sein, dann kann sie sich emotional darauf einstellen. Wenn du ihr sagst, nein, ich will im Leben dieses Kindes keine Rolle spielen, und ich will auch in deinem Leben keine Rolle spielen, dann kann sie damit umgehen. Aber alles in der Luft hängen lassen, das ist Scheiße, Thurgood, und das weißt du auch.«

Mensch, ich hab überhaupt nicht das Gefühl, das alles verdient zu haben, was da über mich hereinbricht. Ich komme mir vor wie vom Zorn Gottes verfolgt. Ich hab Eboni doch nur einmal angefaßt, nur ein einziges Mal.

»Das ist nicht der Punkt. Tatsache ist, es ist passiert. Du hast mir geholfen zu kapieren, daß ich mit Professor Ice und seinen Hirngespinsten in einer Traumwelt gelebt habe. Und jetzt lebst *du* in einer Phantasiewelt. Du mußt ein paar Entscheidungen treffen, wohin dein Leben gehen soll.«

Ich weiß. Du hast recht.

»Du bist ein guter Mensch. Du bist ehrlich, auf dich kann man sich verlassen. Aber du mußt dich langsam mal so verhalten, wie du wirklich bist.«

Ich saß in Gigi Bunmuffins Büro bei der *Washington Post*. Es war ein dezent eingerichtetes Zimmer mit einem großen Glasfenster, durch das man in den Redaktionsraum der *Post* sehen konnte. Auf dem obersten Bord ihres Bücherregals fielen mir *Die Bekenntnisse des Nat Turner* von William Styron auf. Und an der Wand hing eine gerahmte Fotografie mit Autogramm – General Luther Pinpoint, wie er Bunmuffin ein Küßchen auf die Wange drückt. Mein taxierender Blick durch ihr Zimmer wurde jäh unterbrochen. Sie feuerte mich.

»Das Arrangement galt für die Dauer des Krieges«, sagte

Bunmuffin. »Jetzt kehren wir zu unserer bewährten Vorkriegs-Besetzung zurück.«

Moment mal, ich hab meinen Job bei *National Now!* sausen lassen, um für Sie zu arbeiten. Als Sie mir den Job angeboten haben, war keine Rede davon, daß er nur auf die Kriegszeit beschränkt ist.

»Ich habe zu tun. Ich habe Ihnen unseren Standpunkt dargelegt. Ich könnte noch hinzufügen, daß Sie im Verlauf mehrerer Monate nicht einen einzigen Artikel abgeliefert haben.«

Oh, bitte vielmals um Entschuldigung. Wir waren leider verhindert. In Geiselhaft, um genau zu sein.

»Mein Rat ist, nehmen Sie Ihren alten Job wieder auf«, sagte Bunmuffin in ihrem Ich-bin-Redakteurin-und-du-nicht-Tonfall. »Ich glaube, das entspricht auch mehr Ihren Fähigkeiten.«

Ich konnte nicht zurück zu *National Now!* Das wußte sie so gut wie ich. Ich saß in einer Karriere-Falle. Ich konnte nicht vor und nicht zurück. Genau wie die Iraker auf dem Highway des Todes. Eine Falle. Ich müßte mir ein Bein ausreißen, besser noch zwei, um da wieder rauszukommen. Mir wurde plötzlich klar, daß Bunmuffin zu der Sorte weißer Liberaler gehörte, die Schwarze engagieren, nur um sagen zu können, nur um beweisen zu können, daß Schwarze für den Job nicht gut genug sind. Im Innersten ihres Herzens war Bunmuffin der Überzeugung, daß ein Neger nie gut genug sein konnte. Und ich hätte ein hübsches Sümmchen darauf verwettet, daß gleich neben dieser Überzeugung im Innersten ihres Herzens der unterdrückte Wunsch schlummerte, wenigstens ein einziges Mal im Leben einen schwarzen Schwanz zu lutschen. Verdrängung ist nicht bloß eine physikalische Größe.

Ich stand auf, ich wollte nichts wie raus hier. Wo ist Sojourner?

»Sie hat wieder ihren Posten in der Hauptstadt-Redaktion«,

sagte Bunmuffin. »Aber Sie werden sie dort nicht antreffen. Sie ist vorübergehend freigestellt.«

»Hey, du.«
Ist das alles, was ich höre? sagte ich, als Sojourner mir die Tür ihres roten Klinkerhauses in Georgetown öffnete. Ein »Hey, du«? Was ist passiert? Einfach so abzuhauen und mich hängenzulassen!
Sie winkte mich ins Haus und schloß die Tür.
»Setz dich«, sagte sie. Sie hatte einen strengen Blick auf.
Ich ließ mich auf ihrem großen, schwarzen Sofa nieder. An der Wand hing ein großer Jean-Michel Basquiat. Acryl auf Holzgrund. Eine schwarze Fläche, von einem weißen, horizontalen Pinselstrich durchbrochen, unter dem in weißen Großbuchstaben geschrieben stand:
TO REPEL GHOSTS. Sojourner ging nach nebenan.
Was ist los?
Sie kam ins Zimmer zurück.
Hinter ihr kam Eboni.
»Na, wie war's im Krieg?« fragte Eboni.
Sojourner brach in schallendes Gelächter aus. Eboni fing ebenfalls zu lachen an. Kurz darauf saßen die beiden neben mir auf dem Sofa und glucksten und gackerten, völlig außer Kontrolle, hielten sich aneinander fest und stießen die Beine in die Luft.
So witzig ist das alles nicht, sagte ich. Es ist überhaupt nicht witzig.
Das brachte sie nur noch mehr zum Lachen. Sojourner lachte so heftig, daß ihr alles weh tat, sie schnappte nach Luft und bekam Bauchkrämpfe vor Lachen. Eboni hatte sich ein Kissen geschnappt und preßte es sich vors Gesicht, um ihr Gekicher zu ersticken.
Ich stand auf und wechselte zu einem Sessel etwas weiter

weg, wo ich die Hände faltete und ganz ruhig sitzen blieb – eine unverfängliche Aktion, wie ich glaubte, die die beiden Frauen aber allem Anschein nach maßlos amüsierte und in eine erneute Gackerrunde ausbrechen ließ. Mittlerweile war mir klar, daß es sich bei ihrem Gelächter um die Art von Anfall handelte, die im Nu eine Eigendynamik entwickelt, weil einzig und allein auf Kosten eines Dritten gelacht wird – in diesem Fall meiner Wenigkeit.

Wir blieben bis in die Puppen wach und redeten. Eboni hatte Sojourner während des Krieges einen Brief gefaxt. Sojourners Kolumne weckt immer wieder großes Interesse bei Frauen, die in Herzensanlegenheiten Rat suchen. Sie hat versucht, die Leute davon abzubringen, in solchen Fragen Orientierungshilfe von ihr zu erwarten, aber man schickt ihr nach wie vor Briefe, und sie liest sie auch alle. Trotzdem wäre Ebonis Brief wahrscheinlich unter der Rubrik Mein-Mann-hat-mir-ein-Leid-getan in ihrem Papierkorb gelandet, wenn Sojourner nicht über eine Zeile gestolpert wäre, in der es über den fraglichen, hinter einem Pseudonym verborgenen Missetäter hieß, er arbeite, ich zitiere, »bei einer Zeitung, deren Erscheinungsbild jedes Mickymaus-Heft erbleichen läßt«. Nach dem Krieg hatte Sojourner Kontakt zu Eboni aufgenommen und mit ihr über den Brief gesprochen. Die beiden verstanden sich auf Anhieb prächtig, und vor zwei Wochen war Eboni bei Sojourner eingezogen.

Welchen Namen hast du mir denn in deinem Brief gegeben?

»Nichts Besonderes... Jason, glaub ich«, sagte Eboni mit zuckersüßer Stimme. »Reiner Zufall, daß Medeas Schürzenjäger-Gatte genauso hieß.«

Ha ha. Allein dafür will ich alles von Euripides zurückhaben. Aber pronto.

Als die Sonne aufging, zog Sojourner sich in ihr Zimmer zurück, um ein bißchen zu schlafen. Eboni ging ins Gästezimmer. Mir wurde ein Klappbett im Keller zugewiesen. Sojourner mußte verrückt nach Basquiat sein – hier unten hing ebenfalls ein Bild von ihm. Das Zentrum der Komposition bildete ein Mann mit einem Abraham-Lincoln-Zylinder, in dessen Faust ein Strauß aus Pfeilen und Raketen steckte. Auf seiner Brust prangte der Aufdruck: NOT FOR SALE. In die Ecke des Bildes hatte Basquiat geschrieben: ASBESTOS ASBESTOS ASBESTOS SAMSON. Der Titel des Werkes lautete *Obnoxious Liberals*.

Als ich aufwachte, war es Mittag. Alle waren aus dem Haus. Ich fand Sojourners Laptop und schickte meinem Freund Peter in Israel eine Mail. Er und seine Gattin in spe hatten den Krieg heil überstanden. Er wußte jetzt, daß er sie heiraten würde. Der Krieg war daran schuld.

(Ist das nicht verrückt?) schrieb Peter zurück. (Saddam versucht uns kleinzukriegen, aber statt dessen macht er uns stärker. Mich hat es jedenfalls nur in meinem Entschluß bestärkt, jetzt voll und ganz zum Judentum zu konvertieren und eine jüdische Frau zu heiraten.)

Peter und seine Verlobte hatten die Scud-Bombardierung zusammen durchgestanden, die Giftgasdrohungen, die Bombenalarmübungen, das Ausharren im Luftschutzbunker. Es hatte ihm klargemacht, was es hieß, Jude zu sein, zu einem Volk zu gehören. Und es hatte ihm geholfen, zu erkennen, wie wichtig es war, zu zweit zu sein, einen Partner zu haben, mit dem man Gefahren gemeinsam meistern, mit dem man durchs Leben gehen konnte.

(Nach dem, was du erzählt hast, muß es zwischen dir und dieser Journalistin ähnliche Erfahrungen gegeben haben.)

Vielleicht gab es sie, vielleicht gab es sie nicht, schrieb ich.

Hey, wenn du jetzt an dein jüdisches Erbe anknüpfst, ziehst du dann vierundzwanzig Stunden am Tag über Jesus her? Und kannst du mir vielleicht zu einem Kredit verhelfen?
(Immer noch der alte. Dumme Sprüche klopfen, um das wunde Herz zu verbergen. Alles alte Kamellen, Thurgood, haben wir alles schon gehört, und besser.)
Komm schon, erzähl mir mehr von diesem ganzen jüdischen Kram. Wie war das noch mal mit den Israeliten? Gott befreit sie vom Pharao, schickt eine Feuersäule, hinter der sie nur herzulaufen brauchen, teilt das Rote Meer für sie, und dann läßt Moses sie eine Viertelstunde allein, um die Zehn Gebote zu holen, und als er zurückkommt, tanzen die Knallköpfe um ein Goldenes Kalb herum! Was soll der Quatsch? Besten Dank für die Wunder, Jehova, aber ab hier übernimmt der verdammte Kalbsgott die Führung, oder wie?
(Du kapierst es einfach nicht, Thurgood. Du kapierst es einfach nicht.)
Wir schrieben noch eine Weile hin und her. Peter lud mich zu seiner Hochzeit ein. Die Feier sollte schon in Kürze stattfinden, daheim in den Staaten.

Ich telefonierte ein bißchen herum, um mich auf den neuesten Stand zu bringen.
Yukio hatte mit Sarah angebändelt. Ich hatte Sarah seine Nummer gegeben und ihr gesagt, sie solle ihn mal anrufen, wenn sie in Kalifornien wäre.
»Ich finde sie soweit ganz sympathisch«, sagte Yukio.
Soweit?
»Na ja, wir haben es erst bis Seite fünfzehn im *Kamasutra* geschafft, und vor dem Ende des ersten Bandes gebe ich ungern ein Urteil ab.«
Ach, du Idiot. Sie ist eine Freundin von mir. Wehe, du

machst mit ihr das gleiche wie mit all den anderen, baggern, bumsen, Briefmarke drauf und tschüs.

»Es soll schon vorgekommen sein, daß Leute sich ändern, nie gehört?«

Ich war auf dem Weg zu einem Fünfziger-Jahre-Café, um einen Kaffee zu trinken. Direkt vor der Tür lief mir ein Obdachloser über den Weg, der mir bekannt vorkam. Ein Schwarzer, der einen intelligenten, halbwegs gebildeten Eindruck machte. Er war verschwitzt wie jemand, der sich bei körperlicher Arbeit verausgabt hat, und hatte eine gefleckte Armeejacke an. Er war ein Veteran aus dem »Wüstensturm«, wie sich herausstellte. Ich fragte ihn, ob er Lust hätte, mit mir eine Tasse Kaffee zu trinken. Er strich sich über die Braue, drehte seine grüne Mütze nach hinten und sagte, gern, warum nicht.

Der Mann entpuppte sich als Thelonius Webster, der Armeegefreite, der für Sojourner und mich während des Krieges mal den Chauffeur gespielt hatte. Als mir auffiel, daß er eine Trompete mit einem Schalldämpfer bei sich hatte, fiel der Groschen. Ich dachte nicht, daß jemand so schnell obdachlos werden könnte – aber dann fiel mir W. W. wieder ein. Thelonius und ich kamen ins Gespräch. Er stammte ursprünglich aus der Bronx, aber nach dem Krieg gab es bei der Armee jede Menge Kürzungen, und er war auf der Strecke geblieben, in Washington, obdachlos. In Übersee hatte er sich irgend etwas eingefangen, was ihm gesundheitlich zu schaffen machte. Er war Moslem, aber kein besonders guter, wie er sagte, weil er erst am Anfang sei und noch viel lernen müsse. Thelonius erging sich in Verschwörungstheorien, teilweise reichlich krauses Zeug.

»Ich wette, sie haben irgendwelchen Müll an uns ausprobiert«, sagte er. »Seit ich zurück bin, ist mir andauernd schlecht, Mann. Ständige Müdigkeit. Schwindelanfälle. Von ein paar anderen Veteranen habe ich auch gehört, daß sie sich seltsam fühlen. Wahrscheinlich die gleiche Kacke wie damals mit Agent Orange.«

Ich mußte an die merkwürdigen Krankheiten seinerzeit bei *National Now!* denken. Thelonius wurde zunehmend lebhafter, während er sprach. Er kannte ein paar Unteroffiziere, die in der Wüste genötigt worden waren, Medikamente zu schlucken, die noch gar keine Zulassung hatten. Jetzt litten sie an Hautkrankheiten, neurologischen Störungen, herabgesetzter Muskelkontrolle. Er sagte, das Bundesamt für Veteranenangelegenheiten prüfe ein paar dieser mysteriösen Erkrankungsfälle, aber das sei nur ein Versuch, die Sache zu vernebeln. Außerdem gebe es Berichte aus Fort Campell in Kentucky, Fort Stewart in Georgia, Fort Bragg in North Carolina und Fort Riley in Kansas über eine unerklärliche Häufung von Fehlgeburten unter weiblichen Militärangehörigen und den Ehefrauen von Soldaten, die am Golf waren.

Das hat es alles schon gegeben, sagte ich. Im Ersten Weltkrieg hat die Armee schwarze Soldaten mit der Syphilis infiziert, um das Fortschreiten der Krankheit studieren zu können. Die Syphilis-Experimente von Tuskegee. Die Brothers hatten keine Ahnung, was mit ihnen angestellt wurde. Sie gingen brav zu den regelmäßigen Gesundheits-Checkups der Armee, glaubten, sie würden dort behandelt, während sie in Wirklichkeit die ganze Zeit über von der Regierung als Versuchskaninchen mißbraucht wurden. Das Experiment begann 1917 und zog sich bis in die Siebziger.

»Ich muß da weiterbohren, Mann. Ich muß da dranbleiben.«

Ich fragte ihn, ob er Familie hätte, Kinder, eine Frau oder eine Freundin oder so.

»Negativ, keine Familie, keinen, der mir unter die Arme greift. Ich hatte eine Freundin, aber das ging durch den Krieg in die Brüche. Jetzt ist sie mit einem Typen aus dem Pentagon zusammen. So eine Schnalle, was?«

Dann hast du nicht einen einzigen Schuß abgegeben?
»Negativ, Mann, ich hab mein Ding kein einziges Mal abgedrückt. Die Kriegsgefangenen sind uns doch nur so zugelaufen, alle mit erhobenen Händen ins Netz. Ich hab persönlich zwanzig Mann hoch eingesammelt. Manche von denen konnten perfekt Englisch, besser als ich. Mit einem hab ich gesprochen, Christopher hieß er. Der war Austauschstudent in Havard, kam zurück in den Irak, um seiner Familie zu helfen, und wurde ruck, zuck eingezogen und an die Front verfrachtet. Da sind meine grauen Zellen heißgelaufen, Mann. Was such ich hier drüben, dunkelhäutige, howardstudierte Brothers einzulochen, wer bin ich denn? Die meisten, die wir umgebracht haben, haben wir nicht mal erschossen. Wir hatten Panzer mit Räumpflügen dabei, mit denen haben wir die Jungs im Dreck begraben, zugeschüttet, direkt in ihren Schützengräben, lebendig begraben. Kacke. Die wollten nicht gegen uns kämpfen. Und ich wollte gegen die auch nicht kämpfen. Die einzigen zwei, die kämpfen wollten, waren Saddam und George. Hätten in einen Ring steigen sollen und die Fete unter sich ausmachen. Und irgendein Pay-TV-Sender hätte die Klopperei übertragen.«

»Mit Dosensammeln kannst du eine Menge Schotter machen«, sagte Thelonius. »Ist ein schweißtreibender Job, das Blech durch die Gegend zu schleppen, aber du kommst ganz klar auf deinen Schnitt.«
Ach ja? sagte ich skeptisch. Auf wieviel kommst du denn so?

Er sagte es mir.
Mensch, Brother. So eine Heidenkohle? Das ist ja mehr, als ich verdiene.
»Der Haken ist, du brauchst Kapital. Die Tippelbrüder wollen nachts Cash, für eine Pulle oder Drogen oder so. Da haben die Annahmestellen schon geschlossen. Und dann komme ich – ich übernehme die Dosen für das halbe Pfand und geb sie am nächsten Tag gegen volles Pfand bei der Sammelstelle ab. Die Masse macht's, Brother, die Masse macht's.
Darf ich dich was fragen, Mann? Ich meine, wieso lebst du dann auf der Straße?
»Es ist eben hart, Mann«, sagte er mit einem abwesenden Blick. »Stell dir vor, du stürzt ab, und da ist kein Netz.«

Eboni zeigte Sojourner ihre jüngsten Aufsätze. Sie hatte eine Menge geschrieben, seit ich in den Krieg gezogen war. Sojourner war schwer beeindruckt von Ebonis Texten. So beeindruckt, daß sie Eboni eine Teilzeitstelle als Rechercheurin bei der *Washington Post* verschaffte. Eboni kündigte ihren Job bei Nebraska Fried Chicken und stürzte sich in die Arbeit. Mit dem Baby im Bauch hatte sie keine Lust mehr, dauernd zwischen Kesseln mit heißem Fritierfett herumzulaufen, außerdem brachte ihr neuer Job bei der *Post* viel mehr Geld.
»Du machst deinen Weg, Mädchen«, sagte Sojourner. »Ich weiß zwar nicht, wie sich deine Schreibe entwickeln wird, wenn du erst mal ein paar Jahre auf dem Buckel hast, aber jetzt hast du diese phantastische Mischung aus Naivität und Erfahrung. Eins von beiden zuviel, und du bist als Reporterin eine Katastrophe, aber im Augenblick hast du eine gesunde Mixtur aus Skepsis und Neugier. Du hast was drauf!«
Eboni strahlte vor Freude, als sie mit ihrem ersten Presseausweis nach Hause kam. Stimmt, ich hätte mich mit ihr freuen

sollen. Aber es ist nicht so einfach, sich zu freuen, wenn man den ganzen Tag arbeitslos in Boxer-Shorts auf dem Sofa verbracht und sich eine behämmerte Talk-Show nach der anderen reingezogen hat, *Donahue, Geraldo, Oprah, Sally Jesse Raphael.* Die Talk-Shows, die parallel auf einem anderen Sender liefen, zeichnete ich sogar auf Video auf. Mein Kopf war zugestopft mit Themen wie »Transsexuelle und die Transsexuellen, die sie lieben«, »Strippende Doktorandinnen«, »Nonnen, die töten«. Ich schichtete diesen Abfall sorgfältig in mein Gehirn, in der Hoffnung, er würde meine Verzweiflung kompostieren.

»Die Mutter schrubbte ihn mit Stahlwolle!« tönte es aus dem Fernseher. »Von den Eltern mißhandelt! Morgen bei *Geraldo.*«

Das war mein Programm, als Eboni nach Hause kam. Deshalb – klar freute ich mich für sie, aber ich fühlte mich ausgeschlossen. Ich war der einzige im Haus, der keinen Job hatte. Mensch, ich war der einzige Nicht-Reporter im ganzen Haus.

Eboni und Sojourner waren zum Videoverleih gefahren. Keine hatte gefragt, ob ich vielleicht mitkommen wollte. Sie kamen mit Popcorn und einem Film von Spike Lee zurück.

»Die Männer sind alle Schweinehunde«, sagte Sojourner, als wir im abgedunkelten Wohnzimmer den Film ansahen.

»Stimmt genau«, sagte Eboni, die neben ihr auf dem Sofa saß und sich an sie kuschelte. »Oink, oink, wuff, wuff.«

Der Film war zu Ende. Ich saß auf dem Boden und trank eine Weinschorle. Ich rollte mich auf den Rücken, und der ganze Raum stand auf dem Kopf. Sojourner trank Designer-Wasser aus der Flasche; Ebonis Kopf lag auf ihrem Schoß. Eboni sprach über ihr Selbstverständnis als Autorin und ihre Pläne als Reporterin.

»Ich möchte darüber schreiben, wie die Leute in dem Viertel leben, wo ich wohne, oder besser gesagt, wo ich gewohnt habe«, sagte Eboni. »Ich will ja nichts sagen, aber wenn ich mich bei der *Post* so umsehe, finde ich eigentlich keinen, der aussieht wie ich oder der schreibt wie ich. Da sind nur Leute, die mich von Anfang an abgeschrieben haben.«

»Hast du dir schon überlegt, wie es ist, eine berufstätige Frau mit Baby zu sein?« erkundigte sich Sojourner zärtlich. »Das wird hart, ich will dir da nichts vormachen. Und ich will auch nicht, daß du dir was vormachst.«

»Aber genau das ist es doch. Ich bin eine überzeugte Christin. Ich finde, wir sind alle hier auf dieser Welt, um einander zu helfen. Ich will Journalistin werden, weil ich den Menschen helfen will. Und ich könnte nie meine Prinzipien über den Haufen werfen und mein eigenes Baby umbringen, nur weil ich dann leichter Karriere machen kann. Ich meine, findest du das nicht auch?« Sie hob den Blick zu Sojourner.

»Weißt du, da sind wir beide vielleicht unterschiedlicher Ansicht. Aber du hast ein gutes Herz, meine Süße, soviel steht fest. Du bist nicht gerade der Traum vom Mutterglück, den sie bei der nächsten Kampagne für Familienplanung auf die Plakate drucken werden, aber du hast ein gutes Herz, du bist eine Seele von Mensch. Außerdem – wußtest du, daß der Anteil außerehelicher Geburten in Schweden und Dänemark prozentual höher ist als in den USA? Es ist überhaupt nichts Schlimmes dabei, alleinerziehende Mutter zu sein; du brauchst nur an all die Hollywood-Schauspielerinnen zu denken. Das Problem ist der Druck, unter dem arme Frauen im weißen, kapitalistischen Patriarchat stehen. Die kriegen ihr Fett doppelt ab, als Frau und als Mutter.«

Eboni arbeitete wie eine Verrückte in ihrem neuen Job. Wie eine Verrückte. Sie hatte nur eine Teilzeitstelle, weil sie noch zur High School ging, aber sie fuhr morgens vor dem Unterricht für eine Stunde in die Redaktion, kam nach der Schule sofort wieder und blieb, wenn sie ihr Tagwerk schon hinter sich hatte, meistens noch ein Weilchen da, um mit den Reportern zu reden und noch dies und das aufzuschnappen, was es an Handwerklichem zu lernen gab. Gegen zehn kam sie völlig erschlagen nach Hause, etwa um die Zeit, da ich mich auf *Raumschiff Enterprise: Die nächste Generation* einstellte. Und anstatt dann auszuspannen und das Tempo zu drosseln, stürzte sie sich in die Hausaufgaben.

Ihr Engagement zahlte sich aus. Sie bekam ihren ersten eigenen Artikel. Es war keineswegs normal, als Rechercheurin einen eigenen Artikel zu landen, aber sie schaffte es. Es war ein Artikel in einer der Beilagen der *Post*, die nur in den Vororten ausgeliefert werden. Eboni war auf Wolke sieben, als er herauskam. In der Morgendämmerung stürmte sie zu einem 7-Eleven, um die Zeitung zu holen. Nachdem sie die Zeitung auseinandergerupft und Ebonis gedruckten Namen gefunden hatten, hüpften sie und Sojourner händchenhaltend und vor Entzücken kreischend durchs ganze Haus.

»Thurgood hat fast zehn Jahre als Journalist gearbeitet und nie einen Artikel in der *Washington Post* veröffentlicht«, lachte Sojourner. »Du wirst eine große Reporterin, Eboni. Ich sehe es vor mir – Sojourner Truth Zapader, Woodward und Bernstein, und Eboni!«

An diesem Abend bekam Eboni von Sojourner zur Feier ihres ersten Artikels einen Apfelkuchen gebacken. Das Rezept hatte sie von Eboni – bevor Eboni aufgetaucht war, hatte Sojourner vom Kochen keinen Schimmer, aber inzwischen stellte sie sich in der Küche ganz geschickt an.

»Ich freue mich über deinen Einstieg in den Journalismus, Eboni«, sagte Sojourner, während sie einen Apfel würfelte.

»Diese Profession kann weiß Gott ein paar Kämpfer gebrauchen. Habe ich dir eigentlich mal die Geschichte von dem Skandal mit der Druckerschwärze erzählt?«
»Nein«, sagte Eboni, die ebenfalls Äpfel schnippelte.
Aber ich habe das Gefühl, du wirst sie uns gleich erzählen, sagte ich, während ich die Apfelstücke fast so schnell wegnaschte, wie die beiden sie schnitten.
»Na, ihr wißt doch, wie schnell man beim Zeitunglesen immer schwarze Finger bekommt?« sagte Sojourner. »1985 hat das Bundesgesundheitsamt herausgefunden, daß die in der Druckerschwärze enthaltenen Öle krebserregend sind. Sie haben sogar verlangt, daß die Behälter, in denen Druckerschwärze transportiert wird, einen Warnhinweis aufgedruckt bekommen, genauso wie Zigarettenschachteln.«
Wow. Davon hab ich nie was gehört.
»Ganz einfach: du hättest es in der Zeitung lesen müssen«, sagte Sojourner. »Glaubst du, sie drucken einen Artikel, in dem drinsteht, daß du deine Gesundheit gefährdest, indem du diesen Artikel liest?«

Nach dem Essen hingen wir alle in Sojourners Schlafzimmer herum, und Sojourner gab Eboni eine Massage. Eboni hatte die Bluse ausgezogen und war von der Taille aufwärts nackt. Von der Taille abwärts hatte sie nichts außer einem von Sojourners Satin-Höschen an. Ich saß auf einem Hocker, trank ein Bier und schaute zu.
»Oh, das tut gut«, sagte Eboni, während Sojourner ihren Rücken knetete. »Du hast phantastische Hände. Denen entgeht kein Quadratzentimeter.«
Sojourner, die rittlings auf Ebonis Po saß, drehte sich um und begann Ebonis Beine zu bearbeiten. »Und du hast einen phantastischen Körper. Machst du Sport?«
»Vor meiner Schwangerschaft war ich in der Leichtathletik-

Mannschaft«, sagte Eboni. »Aber jetzt hab ich einfach so viel Arbeit, daß ich das Training aufgeben mußte. Ich meine, mit dem Baby im Bauch hätte ich in der Konkurrenz sowieso nicht mehr lange mithalten können. Aber ich mache einmal wöchentlich eine Aerobicstunde zusätzlich in der Schule. Der Turnunterricht reicht hinten und vorne nicht.«

Ich wußte gar nicht, daß du Leichtathletin bist, sagte ich.

»Es gibt noch eine ganze Menge, was du von mir nicht weißt«, sagte Eboni. »Das liegt daran, daß du nie *gefragt* hast. Letztes Jahr war ich unter den zehn Besten in D.C. im 800-m-Lauf.«

Dann sagte sie zu Sojourner, »Ooooooh. Das ist noch besser.«

»Du hast tolle Beine«, sagte Sojourner, indem sie Ebonis Waden massierte. Dann drückte sie ihr je einen Kuß in die Kniekehlen.

»Danke dir. Eins steht fest: Du weißt, wie man einen Frauenkörper anfassen muß. Wieso sind Männer da eigentlich so unbeleckt? Wieso haben Männer vom weiblichen Körper nicht den leisesten Schimmer?«

»Wie Mr. Jack Hammer da drüben«, sagte Sojourner.

»M. C. Hammer«, sagte Eboni.

»O Mann-o-Mann. Wenn ich so ein Training zwischen den Laken bräuchte, würde ich mir eine Beinpresse ins Bett holen.«

Was zum Teufel soll das nun wieder heißen? sagte ich.

Die beiden Frauen kicherten.

Weshalb sind Frauen überhaupt so fitneßsüchtig? sagte ich. Neulich hab ich ein Fitneßbuch gesehen, das hieß *Ein Po wie Marmor*. Gibt es tatsächlich Frauen, die einen steinernen Hintern bekommen wollen? Was macht man überhaupt mit einem Marmorhintern? Marmoreier legen?

Keiner beachtete mich.

»Deine Massage ist fertig«, sagte Sojourner.
»Ich danke dir«, erwiderte Eboni.
Eboni gab Sojourner ein Küßchen auf die Lippen. Mich hatte noch kein Mensch geküßt, seit ich in diese verdammte Weiberhölle eingezogen war.

Später lag ich wach im Bett. Ich hörte Geräusche aus dem Nebenzimmer. Herumwälzende Körper, quietschende Bettfedern. Was zum Teufel ging da vor? Ich konnte nicht einschlafen. Ich hörte heftiges Atmen und verzückte Seufzer. Bildete ich mir das alles ein? Ich schaltete das Licht in meinem Zimmer an und sah auf die Uhr. Was trieben die beiden im Bett, das sie dermaßen lange wach hielt?
Ich stand auf und ging zu Sojourners Schlafzimmer hinüber. Ich öffnete die Tür einen Spalt. Noch einen Spalt weiter. Ich spähte hinein.
Sojourner und Eboni lagen beide im Bett, jede auf ihrer Seite. Sie sahen aus, als schliefen sie tief und fest. Über dem Bett an der Wand hing ein Basquiat, auf den durch das offene Fenster das Mondlicht fiel. Auf dem Bild sah man den Kopf von Bullwinkle und eine Fledermaus. Die Flügel der Fledermaus liefen in spitze Zinken aus, die nach unten zeigten, und das Geweih des Comic-Elchs zeigte nach oben. In der rechten oberen Ecke stand geschrieben: POPEYE VERSUS THE NAZIS. Am unteren Rand stand in Kritzelschrift: TELEVISION AND CRUELTY TO ANIMALS.
Ich schloß die Tür. Das war mir zu hoch.
Als ich über den Flur in mein Zimmer zurückging, hörte ich unterdrücktes Gelächter, als hätte gerade jemand den weltbesten Witz erzählt.

Am nächsten Nachmittag sah ich gerade *Jeopardy!*, als Sojourner nach Hause kam und sich zu mir aufs Sofa setzte.

Du kommst früh heute, sagte ich und schaltete auf CNN, um nicht wie der letzte Quizshow-Trottel dazustehen.
»General Luther Pinpoint wechselt in die Industrie«, sagte die Sprecherin. »Wie der bisherige Generalstabschef heute bekanntgab, will er die Uniform ablegen, um einen Vorstandsposten bei Xanexxco anzutreten, einem der führenden Medienkonzerne der Vereinigten ...«
»Schalt den Fernseher aus«, sagte Sojourner.
Du hast vergessen, es in der Frageform zu formulieren, sagte ich spaßeshalber.
»... wird in gewöhnlich gut unterrichteten Kreisen spekuliert, Pinpoint habe möglicherweise die Absicht, sich als Präsidentschaftskandidat aufstellen zu lassen ...«
»Schalt den Fernseher aus.«
Sie machte ein bierernstes Gesicht. Ich schaltete den Fernseher aus.
»Hör zu, ich kann dieses Spiel nicht länger mitspielen. Deinetwegen nicht, und Ebonis wegen erst recht nicht. Ich gehe weg. Ein linkes Magazin hat mir Geld angeboten – keine große Summe, Gott bewahre, aber es reicht; ich soll nach Südafrika fahren und ein paar Hintergrundberichte über die Veränderungen dort schreiben. Ich werde meine Freistellung bei der *Post* verlängern. Wie lange, weiß ich noch nicht, ein paar Monate. Das ist eine einmalige Chance, so was kriegt man im Leben nicht zweimal angeboten, also mache ich es.«
Schweigen.
Wie wär's mit einem Assistenten?
»O Mann, manchmal kannst du einem echt leid tun. Danke, nein, brauch ich nicht. Hey, Eboni liebt dich immer noch. Sie liebt dich wirklich. Und ich glaube, du liebst sie auch, du weißt es bloß noch nicht. Diese letzten paar Wochen – ich hab's in deinen Augen gesehen. Sie ist ein eindrucksvolles

Mädchen. Du mußt rausfinden, was es ist, was da zwischen euch läuft, und du mußt es lösen.«

Geh nicht, sagte ich.

Ich bin innerlich zerrissen,
doch ich werde mich zurückgewinnen.

ANNE SEXTON
The Awful Rowing Toward God

10

⋆ ⋆ Liebe nach Liebe ⋆ ⋆

Aber sie ging. Noch am gleichen Abend hatte Sojourner ihre Koffer gepackt. Keine Minute verliert diese Frau. Die Zeit bis zur Abreise wollte sie in einem Hotel wohnen.

Wir standen mit ihrem Gepäck vor dem Haus.

»Ich habe mich von Eboni schon verabschiedet, aber sei so gut und sag ihr noch mal tschüs von mir, sobald sie nach Hause kommt«, sagte Sojourner.

Mach ich, sagte ich. Hey, bist du wirklich sicher, daß du weggehen willst?

»Sei nicht traurig. Du und Eboni, ihr werdet schon ohne mich klarkommen. Sie braucht dich«, sagte Sojourner. »Für uns gilt das gleiche wie für unser Land, die lieben, guten, alten USA – wir haben unsere Verpflichtungen, die einen hier zu Hause, die anderen draußen in der Welt. Ich meine, du mußt jetzt dein Leben in den Griff bekommen, dein ganzes Leben. Und wenn du mich fragst, ist Eboni der Schlüssel dazu.«

Sie sah mich an. »Verstehst du, was ich meine?«

Vage. Ich weiß bloß eines, ich will nicht, daß du weggehst.

Sie zog eine Zigarette aus der Tasche und warf sie dann unangezündet weg.

»Die Dinger gebe ich auf. Sie bringen mich um. Das schaffe ich auch alleine.«

Das Taxi kam. Wir warfen ihr Gepäck in den Kofferraum.

»Nimm's nicht so schwer – das Leben ist kein Spaziergang«,

sagte sie. »Ach übrigens, an deiner Stelle würde ich keine Babysachen kaufen, solange der Bauch noch nicht zu sehen ist.«

Sojourner küßte meine Hand, sprang lächelnd in das Taxi und verschwand aus meinem Leben.

An diesem Abend kochte ich für Eboni und mich. Unser erster Abend allein zu Hause, in Sojourners Wohnung. Es gab ein Fertiggericht mit Putenfleisch aus der Mikrowelle und einen gedeckten Apfelkuchen.

»Hmm, und was ist jetzt Pute, und was ist Kuchen?« sagte Eboni und sah ratlos auf ihre Teller.

Es war spät. Alle Lichter waren aus, nur eine einsame Duftkerze brannte. Eboni hatte eine CD aufgelegt und fing an, sich zur Musik zu bewegen.

Ich wußte gar nicht, daß du Billie Holiday magst, sagte ich und lehnte mich an die Wand, um ihr beim Tanzen zuzusehen.

»Shall we dance on the bright cloud of music?« tönte es von der CD. »Shall we fly?«

»Ich liebe Billie Holiday«, sagte Eboni. Sie sah gut aus, wenn sie tanzte. Verführerisch. Die Tatsache, daß sie schwanger war, daß sie das pralle Leben war, machte sie irgendwie noch anziehender. Sie wußte sich zu bewegen. Es kam mir vor, als hätte sie erst in den letzten paar Wochen gelernt, sich wirklich in ihrem Körper zu bewegen; als hätte sie diese Art, sich zur Musik zu wiegen, wie sie es jetzt tat, eben erst entdeckt.

Du bist zu jung, um Billie Holiday zu mögen, sagte ich.

»Und du bist zu jung, um mir zu sagen, ich wäre zu jung, um Billie Holiday zu mögen«, schoß sie zurück, während sie weiter tanzte. »Ich bin eine Frau mit Geschmack. Ich mag Bob Marley, ich mag Cole Porter. Ich bewundere *Den un-*

sichtbaren Mann von Ellison, ich sehe gern *All Things Considered*. Ich finde, daß Spike Lee keine guten Frauenrollen schreibt und daß weiße Frauen mit afrikanischen Zöpfchen bescheuert aussehen. Ich gehe gern in Buchläden und lese die letzten Zeilen von Büchern. Was willst du sonst noch wissen?«

»Or perchance, when the last little star is in the sky«, kam es von der CD. »Shall we still be together, with our arms around each other?«

Ich konnte nicht widerstehen. Ich ging zu ihr hin und schlang meine Arme um sie, während sie tanzte. Sie hatte etwas ungeheuer Aufregendes. Ich spürte die Hitze ihres Körpers, spürte, wie sie sich an mich preßte. Sie war an der Schwelle zum Frausein. Sie blühte gerade auf, sie strahlte eine Fülle von Versprechungen aus.

»With the clear understanding that this kind of thing can happen«, sang die CD. »Shall we dance? Shall we dance? Shall we dance?«

Wir verbrachten die Nacht in Sojourners Bett. Zusammen. Es war wunderbar. Nicht im Sinne von Sex, dazu kam es nicht. Aber als ich sie in meinen Armen hielt, in der Dunkelheit, hatte ich das Gefühl, endlich mit dieser weiblichen Seite von Sexualität in Berührung zu kommen, von der man ständig hört und liest, in diesen parfümierten Frauenzeitschriften. Es ging nicht um wogende Hüften, um schweißgebadete, Flüssigkeiten absondernde, aufeinander prallende Körper. Ich hatte die veraltete, Newtonsche Sexualität überwunden und drang ins Reich der Quanten-Erotik vor, in Zärtlichkeit, Gespräche, Abendrot.

Eboni und ich lagen im Bett, im Dunkeln.
Von hinten habe ich es aber noch nie gemacht.

»Viele Leute machen es von hinten.«
Das heißt, du hast das auch schon mit anderen Männern gemacht?
»Ja, und mit Frauen auch.«
Ich mag es lieber andersherum. Wenn wir's auf deine Art machen, geht mir garantiert die Luft aus.
»Dann können wir es ja immer noch so machen, wie du willst.«
Also gut, meinetwegen. Gib's mir.
»Eliza, wo zum Teufel sind meine Pantoffeln?«
Du schummelst ja schon beim ersten Mal. *Pygmalion.* Bernard Shaw. Das ist ein Stück und kein Roman.
»Hey-hey-hey, die korrekte Antwort ist *My Fair Lady*!«
Das ist das gleiche, du Schummel-Hexe.
»Erzähl das mal Lerner and Loewe.«
O. k., o. k. Nächste Frage.
»Ich werde von Wassern verfolgt.«
Aus der Mitte enpsringt ein Fluß. Norman Maclean. Noch so ein lahmer Wurf und ich schlag den Ball über den Spielfeldrand. Ich bin dran: Dieser Blick, mit dem er mich ansah, hat mich nie wieder losgelassen.
»*Die Nacht.* Wiesel. Besten Dank, heute nacht hab ich bestimmt Alpträume.«

Eboni erwachte schreiend.
Was ist los? Was ist los?
»Ich hatte einen schrecklichen Traum«, sagte sie zitternd.
Du machst dir bloß Sorgen, weil Sojourner nach Südafrika geht, sagte ich. Sie kann auf sich aufpassen, glaub mir – ich weiß es aus erster Hand.
»Vielleicht ist es das. Ja, wahrscheinlich bin ich deswegen so unruhig.«

Ich traf Thelonius, den Obdachlosen, in Georgetown.
»Ich hab was für dich«, sagte er.
Erst wollte ich nicht mitkommen, aber dann sagte ich mir, der Brother hat so viel durchgemacht, er hat ein paar Chancen gut. Wir gingen zu ihm, was hieß, unter die Brücke, die Jeffersonville mit Washington verbindet. Er hauste in einem Verschlag aus Brettern und Alufolie. Innen hing alles voller Negrobilien. Reklameschilder aus der ersten Jahrhunderthälfte mit dicklippigen Mohren. Auf einem blau-grünen Schild stand: »Mach's wie die Wilden in Angola, trink die gute Afri-Cola.« Auf einem anderen Schild sah man ein Krokodil, das im Begriff war, ein Negerkind zu verschlingen. »Die kleinen Lakritz-Bonbons aus Afrika«, stand darunter, »ein feiner Leckerbissen.«
Die Dinger sind ja heiß, sagte ich. Wo hast du die her?
»Vom Sperrmüll. Ich bin immer am Wühlen«, sagte Thelonius, während er in einem Koffer mit Schriftstücken kramte. »Das Zeug ist aus den dreißiger, vierziger Jahren, und die Leute, die sich den Schund ausgedacht haben, sitzen immer noch in den Werbeagenturen. Wenn nicht sie selber, dann ihre Kinder. Hoppla! Gefunden.« Er zog ein schmuddeliges Blatt Papier heraus. »Hier, lies mal.«
Ich warf einen Blick auf das Blatt. Er sagte, er hätte es unter Berufung auf das Grundrecht der Informationsfreiheit bekommen. Die Hälfte der Absätze war mit dickem Filzstift geschwärzt. Aber der lesbare Rest war schockierend genug. Aus dem Dokument ging hervor, daß während des Golfkrieges Dutzende von Soldaten gesundheitsschädigender Strahlung ausgesetzt waren. Die Ursache der Strahlenemission war »freundliches Feuer«. Amerikanische Uran-HL-Granaten waren in Panzer vom Typ Abram und Gefechtsfahrzeuge vom Typ Bradley eingeschlagen, die von amerikanischen Soldaten gesteuert wurden.

»Ich hab auch noch einen Bericht von einer Bundesbehörde, in dem steht, daß die Strahlenemission unterhalb der toxischen Grenzwerte lag«, sagte Thelonius. »Aber mir gehen diese Tuskegee Brothers mit ihrer verdammten Syphilis nicht aus dem Kopf.«

Ich wollte nicht zurück zu *National Now!* Aber ich hatte keine Wahl. Ich brauchte das Geld.

Ich versuchte die Sache ganz cool anzugehen. Warf meinen alten Kollegen ein joviales »Hallo« zu, plauschte kurz mit Candy, und ging dann zu Ursula, um ihr meine Aufwartung zu machen. Ihr Herpes war heute frisch aufgeblüht, wie ein dicker Schmatz saß er auf ihrer Oberlippe. Eine Augenweide.

Dann verfügte ich mich in das Büro von Willamina »Schlachtschiff« zu einem Gespräch mit ihr und Ursula.

Wir machten ein wenig Smalltalk. Mir wurde schmerzhaft deutlich, daß sie mich schwitzen lassen wollten. Schließlich beschloß ich, daß ich das Thema selber anschneiden und sagen mußte, warum ich hergekommen war. Aber brachte ich es wirklich fertig, darum zu betteln, wieder zurückkommen zu dürfen? Zurück ans Fließband, Nachrichten-Pommes schnitzen, Beckmesser-Redakteure ertragen, Riesengemüse-Stories verfassen?

Ich brauchte einen Job.

Ähm... Ich brauche einen Job, sagte ich.

Willamina, das »Schlachtschiff«, sah von dem Schokoriegel mit Cremefüllung auf, den sie gerade verspeiste, und blickte Ursula an. Ursula sah Willamina an und begann dann ein Glas Kool-Aid zu schlürfen. Zwischendrin war Ursula kurz draußen gewesen und hatte ihre Herpesblüte mit Lippenstift verkleistert. Jetzt war die obere Hälfte ihres Strohhalms mit Lippenstift verkleistert. Schätzungsweise ihr zwölftes Kool-

Aid heute. Ihr Mund hatte bereits den unverwechselbaren Pinkton.

»Wir wissen natürlich beide, warum Sie gekommen sind«, sagte Willamina mit einem Klecks Cremefüllung auf dem Kinn. »Wir wollten nur, daß Sie es selber sagen. Wir wollten sichergehen, daß Sie es auch ernst meinen. Sie haben uns vor dem Krieg ziemlich überstürzt verlassen.« Willamina brach einen neuen Schokoriegel entzwei, lutschte die Cremefüllung heraus und warf den Rest weg.

»Es gibt keinen Job für dich, Thurgood«, warf Ursula plötzlich ein. Ich hätte schwören können, daß sie nur darauf gewartet hatte, das zu sagen. Sie unterdrückte ein Lächeln. »Candy ist inzwischen festangestellte Reporterin.«

Candy ist Reporterin?

»Fest angestellt. Vielleicht ist dir aufgefallen, daß sie jetzt an deinem Schreibtisch sitzt«, sagte Ursula. »Sie war ein Geschenk des Himmels, als der Krieg losging. Eine echte Verstärkung der Truppe. Sie hat eine großartige Story über das Medienecho auf das Medienecho auf die Kriegsberichterstattung gemacht.

»Vielleicht haben Sie davon gehört« schmatzte Willamina. »CNN hat einen Report über einen ABC-Beitrag über Candys Artikel gebracht.«

»Und Fox will eventuell einen Fernsehfilm der Woche darüber machen«, ergänzte Ursula. »Aber das tut alles nichts zur Sache. Das neue Management von Xanexxco hat uns strenge Einsparungen und Rationalisierungen auferlegt, sozusagen eine militärische Verschlankung und Straffung des Unternehmens. Deshalb sind bei *National Now!* derzeit keine Stellen zu vergeben.«

»Es gäbe aber vielleicht trotzdem eine Möglichkeit«, sagte Willamina »Schlachtschiff« geheimnisvoll. »Xanexxco besitzt eine große Zahl kleinerer Zeitungen. Im Rahmen unse-

rer neuen Unternehmensstrategie suchen wir hochqualifizierte Kräfte zur Ausstattung dieser Redaktionen – Leute, die bereit sind, für wenig Geld viel zu arbeiten und auf die Krankenversicherungsbeiträge zu verzichten. Da ließe sich vielleicht etwas für Sie finden.«
»Wer weiß«, sagte Ursula. »Vielleicht hast du Glück und sie zahlen dir wenigstens Zuschüsse zu Zahnbehandlungen.«

Ich wurde also verbannt, zum *Falls Church Squatter*, einem winzigen Vorstadtkurier in Virginia. Die Füchse von Xanexxco hatten das Blatt gekauft, die Redaktion gefeuert und sie durch Billigst-Arbeiter, Kurzvorruheständler und sonstige Gestrauchelte ersetzt, die sich glücklich schätzten, überhaupt einen Job zu haben, egal was für einen.
Die Gehälter lagen an der Untergrenze. Ich überlegte kurz, ob ich das Angebot ausschlagen und mich auf Ebonis alten Posten bei Nebraska Fried Chicken bewerben sollte, aber dann sagte ich mir, damit würde ich ein schlechtes Beispiel für sie abgeben, für ihre knospende Journalistenkarriere und alles.
»Hey! Willkommen an Bord!«
George McMacnamara. Der hünenhafte, doofe Springer vom *Edina Informer-Republican*. Der Kerl, mit dem ich den PC-Kampf ausgefochten hatte. Es stellte sich heraus, daß er hier der Chefredakteur war. Heilige Muttergottes.
»Wir machen hier alles ein bißchen anders als bei *National Now!*« sagte George. »Vor allem schreiben Reporter bei uns keine Artikel, abgesehen natürlich von den guten, alten Basic-Stories, Nachrufen und Vermählungsanzeigen und solche Sachen. Was die eigentlichen Artikel angeht, gibst du mir einfach deine Notizen und überläßt den Rest mir.«
An diesem Punkt war ich so betäubt, daß mir alles egal war. George zeigte mir meinen Schreibtisch. Es gab einen einzi-

gen Computer in der ganzen Redaktion – und den hatte George. An meinem neuen Arbeitsplatz stand nur eine Schreibmaschine, eine schlichte mechanische Schreibmaschine.

»Thurgood! Mich laust der Affe, wie kommst du denn hierher?«

Es war Gabby Huntingford.

Gott im Himmel, alle Unzufriedenen der Welt waren hier versammelt. Was für ein Jammer – Gabby hatte zu den wenigen Kollegen bei *National Now!* gehört, die mir wirklich am Herzen lagen. Sie war eine Seele von Mensch. Wir umarmten uns. Sie sagte, sie hätte ihren alten Posten bei *National Now!* freiwillig geräumt, weil sie kürzertreten wollte und es vorziehe, für eine Zeitung zu arbeiten, die näher an den Menschen sei. Ich glaubte das Märchen nicht eine Sekunde.

Nach einer Weile kamen die wahren Gründe ans Licht, warum sie hier war. Sie hatte als Fernsehkritikerin einen ausgesprochen niederträchtigen Artikel über einen etablierten Serienstar geschrieben. Der prominente Schauspieler hatte sich mit der Drohung gerächt, sie zu »outen« und ein paar Revolverblättern zu erzählen, er hätte seit mehreren Jahren eine heimliche Affäre mit Gabby. Er hatte Dutzende von Droh-Faxen an die *National Now!*-Redaktion geschickt. Bis Gabby die Segel strich.

Moment, ich kann nicht ganz folgen, sagte ich. Ich dachte, du wärst längst geoutet und alle Welt wüßte, daß du so lesbisch bist wie die Sappho selig.

»So ist es ja auch«, sagte Gabby.

Wie will er dich dann outen? Und wieso ausgerechnet dadurch, daß er sagt, er hätte mit dir geschlafen?

»Wenn du's genau nimmst, wollte er mich nicht outen, sondern quasi ›in nen‹. Bisexualität ist in bestimmten Lesbenkreisen ein ganz brisantes Thema. Wenn du sagst, du bist lesbisch, und dann schläfst du mit einem Kerl, halten dich einige für eine Betrügerin.«

Mit anderen Worten, wenn du einmal einer Lesbe den Finger reinschiebst, kriegst du ihn nicht mehr raus.

Sie schüttelte den Kopf. »Wenn du den Kopfverband nicht hättest, würde ich dir eine knallen, echt. Aber im Prinzip hast du recht. Wenn der Typ herumposaunt hätte, ich wäre bisexuell – ich weiß nicht, ob meine Freundin Melanie das verkraftet hätte. Sie ist ein gebranntes Kind.«

Ich finde das alles unfaßbar. Ich muß diese Rezension lesen.

Nachdem Gabby sich ausgiebig betteln ließ, zeigte sie mir, äußerst ungern, das Opus, das sich zu ihrem Sündenfall ausgewachsen hatte. Es ging um eine Comedy-Serie namens *Zwanzig Frauen und ein Torwart.* Sie handelte von einem Kerl, der in einer billigen Sozialwohnung mit zwanzig weiblichen Bodybuildern als Nachbarinnen leben mußte.

»Nach der Ausstrahlung dieser Serie kann man beruhigt davon ausgehen, daß Gott tot ist«, schrieb Gabby. »Der Antichrist verkündet den Sieg über die westliche Zivilisation – und der Satan lacht sich ins Fäustchen, so schallend laut, daß es sogar hienieden zu hören ist.«

Der Rest war noch schlimmer.

»Ich bin heilfroh, daß ich von *National Now!* weggegangen bin«, sagte Gabby. »Ich habe sowieso schon RSI. Meine Ellbogen fühlen sich die meiste Zeit an, als ob sie lichterloh brennen. Leute wie mich schicken sie alle in die Pampa.«

»Schwatzt ihr immer noch?« sagte George, der doofe Lulatsch, der nun mein Boß war, und stürmte aus seinem Kabuff heraus. »An die Arbeit!«

Man hörte es an seiner Stimme, daß er machttrunken geworden war, wie ein südamerikanischer Militär-Diktator, wie Marlon Brando in *Apocalypse Now*. Dieser Ton war mir noch von den Pool-Kommandeuren in Dhahran vertraut.

Du hast mir noch keinen konkreten Auftrag gegeben, sagte ich. Er knallte mir ein paar Notizen auf den Tisch, über eine Entenfamilie auf dem Dach eines Pizza-Hut in Falls Church.

»Mach die Recherchen, schreib Notizen und gib sie mir«, sagte George. »Den kreativen Teil übernehme ich.«

Nach dem Mittagessen verließ ich Dantes Inferno für immer und fuhr zurück nach Hause.

Eboni und ich reisten nach New York zur Hochzeit von Peter, meinem Zimmerkollegen aus dem College. Yukio und Sarah flogen zusammen aus Kalifornien ein. Ich war sehr gespannt auf Peters jüdische Braut, diese Frau, deren Augen tausenderlei theologische Fragen in Peters Herz gepflanzt hatten.

Es war eine traditionelle jüdische Hochzeit im engeren Familien- und Freundeskreis. Als ich die Braut sah, war ich verblüfft, aber hellauf begeistert. Sie war eine äthiopische Jüdin, schwarz wie die Nacht.

Und sie war eine Schönheit, Peters Braut. Als sie an der Hochzeitsgesellschaft vorbeidefilierte, strahlte ihr Gesicht die pure Freude aus, diese unverdünnte Glückseligkeit, die nur vorkommt, wenn jemand liebt und zurückgeliebt wird. Es hat etwas Entwaffnendes, jemanden zu sehen, der die Maske fallen läßt und seine Gefühle in aller Nacktheit stolz und unverblümt zur Schau stellt, damit alle Welt es sehen und sich mitfreuen kann.

Später, als das frischvermählte Paar auf Stühlen über die Menge gehoben wurde, mußte ich wieder an diesen Moment denken, an dieses bräutliche Strahlen von Peters äthiopischer Frau. Ich wollte dieses Gefühle auch erleben. Ganz ehrlich, ich wollte baden in diesem Gefühl. Eboni saß neben mir. Ich drückte ihre kleine Hand, und sie lächelte.

Auf der Hochzeitsfeier. Yukio und Sarah, Peter und Rachel (seine Angetraute), Eboni und ich. Es war das erste Mal, daß Peter, Yukio und ich seit Naverton wieder zusammen waren. Wir saßen alle um einen Tisch, redeten und lachten, tranken Champagner und fielen zurück in die alten Rhythmen der spätnächtlichen, tiefschürfenden Männergespräche aus Studententagen. Peter kam ins Philosophieren. Er entwikkelte die Theorie, daß es in Zukunft kein Papiergeld mehr geben werde, nur noch Lotterie-Lose. Dann schweifte er vom Thema ab und erzählte von einem Buch, das er kürzlich gelesen hatte, über zweidimensionale Wesen, Quadrate, Kreise, Dreiecke, die von einer Kugel Besuch bekamen. Für die Flachländer sah die Kugel wie ein Kreis aus, der mal größer, mal kleiner wurde, während er ihre zweidimensionale Ebene durchstreifte. Sie konnten die dritte Dimension, die der scheinbare Kreis besaß, nicht wahrnehmen und folglich auch nicht verstehen. Für die Kugel dagegen, die die dritte Dimension wahrnehmen konnte, war das Quadrat ein Würfel, das Dreieck eine Pyramide und der Kreis eine Kugel wie sie selbst. Vielleicht gab es aber auch noch eine Dimension, die die Kugel nicht wahrnehmen konnte. Vielleicht ist die Wirklichkeit genauso, sagte Peter. All diese Zusammenhänge, die wir nicht erkennen können – vielleicht würden diese Zusammenhänge die Liebe erklären, den Krieg, unser Leben. Und wenn man diese Zusammenhänge nicht erkennt, erscheint die Welt einem sinnlos – weil einem die entscheidende Information fehlt.
In der Welt der natürlichen Phänomene gibt es eine Tendenz zu einer Art organisierten Zufalls, erklärte Peter und nahm noch mal einen neuen Anlauf. Mit fraktaler Geometrie beispielsweise kann man zeigen, daß sich die Formationen von Gebirgen, Canyons, Flußbetten nach erkennbaren Mustern vollziehen. Angefangen mit Einstein, über Ludwig Berta-

lanffy mit seiner allgemeinen Systemtheorie, über Ramanujan, diesen Mathematiker, der versucht hat, auf den Größen Null und Unendlich eine Philosophie der Realität zu errichten, bis zum Boom der Wissenschaft von der Komplexität, den wir gerade erleben, hat die Grundlagenforschung immer wieder über ein großes Paradigma in der Struktur chaotischer Ereignisse spekuliert. Wenn dieses allumfassende Prinzip entdeckt würde, ließen sich die Geheimnisse der Genese von Börsenschwankungen, Viren, Wahlen, Galaxien entschlüsseln.

Langsam wurde es kompliziert. Irgendwie brachte Yukio die Diskussion auf das Thema Physik und Zeichentrickfilme und kam auf Wile E. Coyote zu sprechen, der immer erst dann in die Tiefe stürzt, wenn er realisiert, daß er sich über einem Abgrund befindet. Solche Zeichentrickfilme bargen Yukios Meinung nach eine philosophische Lektion für Kinder, eine phantastische Mischung aus Martin Luther King und Ayn Rand. Die Botschaft, die sie transportierten, laute nämlich, daß ein Willensakt stärker sei als jedes Gesetz, sogar das Gesetz der Schwerkraft. Ich war mit meinen Gedanken immer noch bei der Geometrie. Wir drei in Naverton, Kreis, Quadrat und Dreieck. Ich mußte an unseren letzten Abend im Constance House denken, unserem Studentenwohnheim. Wir saßen alle in der Küche. Meine Sachen waren in Schachteln verpackt. Yukio hatte seine Koffer bereits nach Kalifornien abgeschickt; Peter hatte alles in seinem Cabrio verstaut. Wir saßen herum, redeten und lachten und tranken eine Flasche Champagner, die wir im ersten Semester gekauft und fürs Examen aufgehoben hatten. Ein Radiowecker dudelte. Es war das letzte Mal, daß wir so zusammensitzen würden. Kreis, Quadrat und Dreieck. Und die riesigen Würfel und Kugeln und Pyramiden unseres Lebens standen schon bereit, um uns abzuholen, hinaus in die weite Welt.

An einem der folgenden Tage lief mir auf der Straße Ron Powers über den Weg, dieser überkandidelte, weiße Kulturaffe – auch ein Naverton-Kommilitone – der das Beckett-Musical inszeniert hatte und anschließend Produzent einer TV-Spätabend-Show geworden war. Was soll ich sagen, der Talkmaster seiner Show war zu einem anderen Sender übergelaufen, und er hatte seinen Job verloren. Powers kehrte daraufhin ans Theater zurück, um am Off-Broadway ein groß angekündigtes Revival der *Cats* herauszubringen. Dabei gab es aber zwei große Probleme. Erstens lief *Cats* nach wie vor am Broadway, so daß ein Revival überflüssig war. Zweitens tobte in seiner Version, die er *Dogs!* genannt hatte, statt der niedlichen Schmusekatzen eine Horde ausgehungerter, tollwütiger Hunde über die Bühne, die erbitterte Hetzreden gegen einen totalitären Staat aufsagten. Das Stück dauerte sieben Stunden und zwanzig Minuten und endete mit einer lebensecht dargestellten, rituellen Kastration, bei der die Zuschauer der ersten Reihe mit Hundeblut besudelt wurden, das ein benachbartes Tierheim täglich frisch lieferte. Die Tierschützer gingen auf die Barrikaden, von der Kritik hagelte es Verrisse, und *Dogs!* wurde drei Stunden nach Beginn der zweiten Vorstellung abgesetzt. Der Vorhang fiel, ein paar Leute wurden wegen Tierquälerei verhaftet, das Theater wurde geräumt, und Ende der Vorstellung.
Powers sah nicht allzu gut aus, als er mir das erzählte. Aus dem sorgsam gepflegten Dreitagebart von einst war ein zerzauster, speckiger Vollbart geworden. Er rauchte Kette, seine Augen waren blutunterlaufen.
Weißt du, sagte ich, ich habe was über dein Stück gelesen. Meinst du nicht, die Aufführung in deutscher Sprache war ein bißchen... abweisend?
»Es ging um *deutsche* Schäferhunde«, sagte Powers gereizt. Er zog an seiner Zigarette.

Ach so, und die französischen Pudel haben auf mandarinchinesisch gesungen, weil...?
»Die französischen Pudel waren *Huren*, das waren Sexsklavinnen. Wenn du dazu verdammt wärst, einen Wurf Nazi-Welpen auszutragen, würdest du auch auf mandarinchinesisch bellen.« Er blies eine Rauchsäule in die Luft. »Im übrigen bin ich *Künstler*. Ich brauche meine Entscheidungen nicht zu rechtfertigen. Wo bleibt denn da die künstlerische Freiheit?«
Ist die nicht längst aus der Mode, genauso wie das künstlerische Können?
»Na ja, jetzt ist mein Leben nur noch ein Haufen Scheiße«, sagte Powers. »Alles geht den Bach runter.«

Ich hing in Sojourners Haus herum und sah fern. Es lief *Pete, das Schnabeltier*, die Serie mit der Handpuppe, die Gabby in Grund und Boden rezensiert hatte. Das Schnabeltier Pete mußte für einen Haufen entzückender, obdachloser Kinder kochen, ließ aber ständig alles anbrennen. Schließlich riet sein Cousin, Schnabeltier Pierre (ein Meisterkoch), ihm zu einer Kaltschale. »Laß mal 'ne Kaltschale anbrennen«, sagte Pierre. Die Lachorgel johlte.
Die Haustür ging auf. Eboni kam herein.
Du kommst aber früh heute.
»Schalt den Fernseher aus«, sagte Eboni. Sie machte ein niedergeschlagenes Gesicht.
Ich schaltete aus. Was ist los?
»Ich bin nicht schwanger.«
Was? Hattest du eine Fehlgeburt?
»Nein, aber womöglich hast du gleich eine. Es ist so« – sie holte tief Luft – »ich bin nie schwanger gewesen. Ich hab mir das bloß ausgedacht, genauso wie meine Geschichten.«
Sie hatte sich das bloß ausgedacht? Ich wußte nicht, wie ich

mich fühlen sollte. War ich jetzt froh? Erleichtert? Wütend? Ich blieb bei verblüfft. Das kann ich nicht glauben, sagte ich. Das *glaube* ich nicht.

»Wieso nicht? Du hast die Lüge geglaubt, es müßte dir sehr viel leichter fallen, die Wahrheit zu akzeptieren.«

Wie konntest du mir so eine verdammte Arschloch-Lüge erzählen? Wie konntest du dich hinsetzen und mir so eine dicke, fette, miese, kaltblütige, niederträchtige, Nixon-mäßige Lüge auftischen, die um ein Haar dazu geführt hätte, daß sie mir am Golf den Arsch weggeblasen hätten?

»Wir haben hier beide Mist gebaut. Ich habe gelogen. Aber du bist abgehauen.«

Ich bin abgehauen, *weil* du gelogen hast, sagte ich. Warum hast du das getan?

Also sagte sie es mir. Sie sagte, sie hätte noch nie einen Mann wie mich getroffen. Gebildet, liebenswürdig, immer ein offenes Ohr für ihre Probleme, bereit, ihr mit dem Schreiben weiterzuhelfen. Vielleicht schüttete sie mir nur Honig in den Bart, um ihre Lüge wiedergutzumachen, aber so drückte sie sich aus. Sie sagte, sie hätte gelogen, weil sie mich an sich binden wollte und weil eine getürkte Schwangerschaft ihr als probates Mittel dazu erschien. Ich hatte ihr beigebracht, wie man Geschichten erfand, ich hatte ihr großartige Geschichten zu lesen gegeben, und sie hatte ihre neu erworbenen Tricks einfach zur Anwendung gebracht. Sie versuchte sich freizustrampeln – auf meine Kosten. Unterm Strich, im Innersten meines Herzens, war mir klar, daß die ganze Sache meine Schuld war. Mit meinem Zynismus, meiner ständigen Rezessions-Laune, meiner Verbitterung über den Journalismus und das Leben im allgemeinen hatte ich Eboni infiziert.

»Ich finde nach wie vor, daß du ein toller Typ bist und alles«,

sagte sie. »Aber ein Mann, der mich verlassen würde, ist nicht der Mann, mit dem ich leben möchte. Wir können natürlich trotzdem Freunde bleiben.«
Ach ja. Erst tischst du mir die Lüge des Jahrhunderts auf, und dann jagst du mich zum Teufel.
»Thurgood, mach die Sache nicht schlimmer, als sie es schon ist. Ich habe deswegen seit Wochen Alpträume.«
Und was hast du jetzt vor?
»Weiter bei der *Post* arbeiten. Im nächsten Semester aufs College gehen. Hab ich dir das schon erzählt? Ich habe eine Zulassung für Naverton bekommen.«
Wow! Du hast eine Zulassung für Naverton?
»Ja.« Sie lächelte hinterlistig. »Der Empfehlungsbrief von dir war eine echte Hilfe.«

Ich rief Sojourner an. Ihr Flug nach Südafrika war für heute gebucht. Ich wollte mit ihr sprechen, ihr erzählen, was passiert war, vielleicht doch noch mal eine Chance mit ihr bekommen, mit ihr nach Johannesburg gehen, als freier Journalist arbeiten, vielleicht ein Exposé für ein Sachbuch schreiben oder ein On-line-Magazin auf die Beine stellen, ich wollte aus meiner Rezession auftauchen und endlich die Autonomie und Kreativität und Spontanität leben, die ich mir immer gewünscht hatte. Zu spät. Sie hatte das Hotel bereits verlassen. Der Portier sagte, sie sei zum Flughafen gefahren. Ich rief am Flughafen an. Ich ließ sie ausrufen.
»Wir sollten mit dieser Art von konspirativen Telefonkontakten aufhören«, sagte Sojourner am Telefon.
Du hast alles gewußt, stimmt's?
»Na hör mal, ich bin schließlich Reporterin. Aber ich mußte euch zwei das Ding unter euch ausmachen lassen.«
Ich hielt eine Sekunde lang die Luft an und versuchte meine Gedanken zu sammeln.

Weißt du, was ich neulich erfahren habe? sagte ich, indem ich den erstbesten Gedanken schnappte, der mir in den Kopf kam. Ich hab gelesen, daß das Internet ursprünglich vom Verteidigungsministerium erfunden worden ist.

»Das hab ich auch gehört«, sagte Sojourner. Sie klang etwas perplex, aber bereit, dem Fluß zu folgen. »Die hohen Militärs wollten ein System, mit dem ihre Jungs und ihre Forscher auch nach einem Nuklearkrieg die Möglichkeit hätten, ihre Arbeit für die Regierung fortzusetzen. Ich schätze, es ging ihnen darum, auch dann noch Waffen testen zu können, wenn Atombomben alles zerstört hätten.«

Ist das nicht verrückt? Dann ist das Internet, das wir alle für eine neue Dimension der menschlichen Freiheit halten, von den gleichen Leuten erfunden worden, die uns schon die 10000-Dollar-Kneifzange, die letzten paar Kriege und Agent Orange beschert haben.

»Sag mal, willst du auf etwas Bestimmtes hinaus? Ich muß nämlich gleich...«

Es ist so – ich fange gerade erst an, die Zusammenhänge zu erkennen. Sie versuchen uns auseinanderzudividieren. Sie machen unsere gewachsenen Gemeinschaften kaputt und packen uns in diese künstlichen Waben, ins Internet, in Presse-Pools, in Arbeiterheere, in richtige Heere. Du willst deine Individualität bewahren, aber allein schaffst du es nicht.

»Es ist hart. Ich weiß, was du meinst.«

So kamen wir auf den Krieg zu sprechen, auf das, was wir zusammen durchgemacht hatten. Es war die Art von Zusammengehörigkeitsgefühl, nach der wir uns an der Heimatfront immer gesehnt hatten, im Büro, wenn einem der Boß im Nacken saß, nachts im Schlafzimmer, wenn der einzige warme Körper in Reichweite ein müder Laptop war. Ich meine, Scheiße, sieh dich um, nichts als Vergewaltigung,

Obdachlosigkeit, Weiße-Kragen-Kriminalität, Schwulen-Ghettos, Gewalt in der Ehe, Kindesmißbrauch, Drogenmißbrauch – und all das unter stinkreichen Weißen, die sowieso alles haben. Wir sind auf dem falschen Dampfer, wenn wir versuchen, die moralischen Werte und die Nettoeinkommen der fünfhundert Reichsten in diesem neokolonialistischen Patriarchat zu kopieren. Wir müssen eine eigene Art des Umgangs miteinander erfinden. Ich meine, uns Schwarze, uns schwarze Männer und Frauen macht Amerika doch vollkommen schwindlig, wir haben alle keine Orientierung, wir irren durch eine weiße Wüste, und der einzige Weg, zu uns selbst zu finden, ist der Weg zueinander. Verstehst du, was ich meine? Kannst du einen Brother nicht ein bißchen ermutigen?
Schweigen am anderen Ende der Leitung. Der Tag, an dem ich Sojourner zum allerersten Mal begegnet war, blitzte mir in den Kopf. Ihre Augen, dieses Selbstbewußtsein.
Also, was wird nun aus uns? fragte ich.
»Was aus uns wird?« sagte Sojourner sanft. »Das kommt darauf an.«
Worauf?
Sie lachte. »Ob du es schaffst, hierherzukommen, bevor unser Flugzeug startet.«

Mein Taxi stand im Stau. Zum Haareausreißen. Im Stau steckengeblieben. Vor uns stand ein Pickup mit Nummernschildern aus Arkansas und einem Aufkleber auf der Stoßstange: »Du da hinten, wähl Bill Clinton!« Ich mußte zum Flughafen. Der Fahrer drehte das Radio auf einen Nachrichtensender. Ein atemloser Reporter sagte, die Polizei habe eine multikulturelle Zusammenrottung gesprengt. (O.k., ihr Musen, kündet mir jetzt, was da wirklich los war. Später erfuhr ich, daß ein Häuflein Studenten rote Nelken und Kondome verteilt hatte; ohne jede Provokation schießen die Bullenschweine plötzlich in die Studentenmenge; es gab einen Toten und mehrere Verletzte. Wir Sterblichen horchen allein dem Gerüchte.) Wannen und Krankenwagen, so weit das Auge reichte. Ein paar brennende Autos. In einiger Entfernung sah ich Rauchwolken von der Straße aufsteigen. Es war wie im Krieg. Ganze Kolonnen von Autos, LKWs und Bussen blieben im Stau stecken. Das würde ein Weilchen dauern hier.

Ich stieg aus dem Taxi und fing an zu laufen, die kleine, hektisch gepackte Reisetasche unter dem Arm. Der Stau beschränkte sich auf eine Straße. Ich wollte mich zu Fuß bis zur nächsten Kreuzung durchschlagen und dort in ein neues Taxi steigen. Etwa ein halbes Dutzend Geschäftsmänner hatten die gleiche Idee, sprangen aus ihren Taxis und Limousinen und joggten davon.

Jetzt war ich wieder auf einer freien Straße. Ich winkte nach einem Taxi. Das erste fuhr vorbei, das zweite ebenso, beide luden weiße Männer in dreiteiligen Anzügen ein, die weiter unten an der Straße standen. Schließlich blieb doch einer stehen. Ich stieg ein... im selben Moment, in dem von der anderen Seite ein anderer Schwarzer einstieg.

Der Mann neben mir auf der Rückbank war ein älterer Herr, er trug einen Geschäftsanzug – und eine Militäruniform auf einem Kleiderbügel. Wir starrten einander eine Sekunde lang an. Ich stieg nicht aus – ich mußte dieses Flugzeug erwischen. Und ich wette, der schwarze General oder was er war, kapierte, daß es Jahre dauern konnte, bis das nächste Taxi käme, das einen Schwarzen einsteigen ließe, auch wenn er eine Uniform in der Linken, ein Bündel Zwanzig-Dollar-Scheine in der Rechten und die Ehrenmedaille des Kongresses zwischen den Zähnen hatte. Der Taxifahrer sah uns beide

Obdachlosigkeit, Weiße-Kragen-Kriminalität, Schwulen-Ghettos, Gewalt in der Ehe, Kindesmißbrauch, Drogenmißbrauch – und all das unter stinkreichen Weißen, die sowieso alles haben. Wir sind auf dem falschen Dampfer, wenn wir versuchen, die moralischen Werte und die Nettoeinkommen der fünfhundert Reichsten in diesem neokolonialistischen Patriarchat zu kopieren. Wir müssen eine eigene Art des Umgangs miteinander erfinden. Ich meine, uns Schwarze, uns schwarze Männer und Frauen macht Amerika doch vollkommen schwindlig, wir haben alle keine Orientierung, wir irren durch eine weiße Wüste, und der einzige Weg, zu uns selbst zu finden, ist der Weg zueinander. Verstehst du, was ich meine? Kannst du einen Brother nicht ein bißchen ermutigen?

Schweigen am anderen Ende der Leitung. Der Tag, an dem ich Sojourner zum allerersten Mal begegnet war, blitzte mir in den Kopf. Ihre Augen, dieses Selbstbewußtsein.

Also, was wird nun aus uns? fragte ich.

»Was aus uns wird?« sagte Sojourner sanft. »Das kommt darauf an.«

Worauf?

Sie lachte. »Ob du es schaffst, hierherzukommen, bevor unser Flugzeug startet.«

Mein Taxi stand im Stau. Zum Haareausreißen. Im Stau steckengeblieben. Vor uns stand ein Pickup mit Nummernschildern aus Arkansas und einem Aufkleber auf der Stoßstange: »Du da hinten, wähl Bill Clinton!« Ich mußte zum Flughafen. Der Fahrer drehte das Radio auf einen Nachrichtensender. Ein atemloser Reporter sagte, die Polizei habe eine multikulturelle Zusammenrottung gesprengt. (O.k., ihr Musen, kündet mir jetzt, was da wirklich los war. Später erfuhr ich, daß ein Häuflein Studenten rote Nelken und Kondome verteilt hatte; ohne jede Provokation schießen die Bullenschweine plötzlich in die Studentenmenge; es gab einen Toten und mehrere Verletzte. Wir Sterblichen horchen allein dem Gerüchte.) Wannen und Krankenwagen, so weit das Auge reichte. Ein paar brennende Autos. In einiger Entfernung sah ich Rauchwolken von der Straße aufsteigen. Es war wie im Krieg. Ganze Kolonnen von Autos, LKWs und Bussen blieben im Stau stecken. Das würde ein Weilchen dauern hier.

Ich stieg aus dem Taxi und fing an zu laufen, die kleine, hektisch gepackte Reisetasche unter dem Arm. Der Stau beschränkte sich auf eine Straße. Ich wollte mich zu Fuß bis zur nächsten Kreuzung durchschlagen und dort in ein neues Taxi steigen. Etwa ein halbes Dutzend Geschäftsmänner hatten die gleiche Idee, sprangen aus ihren Taxis und Limousinen und joggten davon.

Jetzt war ich wieder auf einer freien Straße. Ich winkte nach einem Taxi. Das erste fuhr vorbei, das zweite ebenso, beide luden weiße Männer in dreiteiligen Anzügen ein, die weiter unten an der Straße standen. Schließlich blieb doch einer stehen. Ich stieg ein... im selben Moment, in dem von der anderen Seite ein anderer Schwarzer einstieg.

Der Mann neben mir auf der Rückbank war ein älterer Herr, er trug einen Geschäftsanzug – und eine Militäruniform auf einem Kleiderbügel. Wir starrten einander eine Sekunde lang an. Ich stieg nicht aus – ich mußte dieses Flugzeug erwischen. Und ich wette, der schwarze General oder was er war, kapierte, daß es Jahre dauern konnte, bis das nächste Taxi käme, das einen Schwarzen einsteigen ließe, auch wenn er eine Uniform in der Linken, ein Bündel Zwanzig-Dollar-Scheine in der Rechten und die Ehrenmedaille des Kongresses zwischen den Zähnen hatte. Der Taxifahrer sah uns beide über den Rückspiegel an. Ich sah sein Gesicht ebenfalls im Spiegel. Dem Aussehen nach aus dem Nahen Osten. Ein Iraker?

»Wie sieht's aus, Freunde«, fragte der Fahrer in einem Singsang-Akzent. »Gehören wir zusammen?«

Carol Anshaw

Aquamarin

Roman

Aus dem Amerikanischen von Ebba Drolshagen

Band 13594

Jesse Austin, die Favoritin im Finale über 100 m-Freistil, wird bei den Olympischen Spielen 1968 nur zweite, weil sie einen Augenblick lang mit den Gedanken bei der zarten erotischen Begegnung war, die sie am Vorabend mit ihrer Konkurrentin erlebte. Jesses Leben nach diesem entscheidenden Moment wird in drei verschiedenen Entwürfen erzählt – humorvoll und präzise in der Beobachtung der Frauenalltage zu Beginn der neunziger Jahre. Und wo man im wirklichen Leben einen einzigen Weg wählen muß, überlagern und ergänzen sich im Kopf des Lesers die möglichen Biographien dieser Frau und ergeben erst das vollständig »utopische« Bild ihrer Persönlichkeit. Als ob das wahre Leben in der Literatur stattfände.

»Es ist ein Vergnügen, *Aquamarin* zu lesen.«

Village Voice

Fischer Taschenbuch Verlag

fi 1139 / 3

Frederic Tuten

Tim und Struppi in der neuen Welt

Roman

Aus dem Amerikanischen von
Manfred Allié und Gabriele Kempf-Allié

Band 13003

Tim und Struppi, Clawdia Chauchat, Settembrini, Mynheer Peeperkorn, Naphta, alle zusammen in einem Hotel in den peruanischen Anden – geht das überhaupt? Frederic Tuten beweist, daß es geht. In diesem verrückten Abenteuerroman spannt Tuten zwei der berühmtesten Comicfiguren mit einigen der prominentesten Personen der modernen Weltliteratur zusammen. Besonders hübsch die Liebesgeschichte zwischen Madame Chauchat und dem immer noch nicht recht erwachsenen Tim. Sie verführt ihn nach allen Regeln der Kunst einer erfahrenen Frau – und Tim wird endlich ein Mann.

»Eine Provokation für alle
Thomas-Mann-Fundamentalisten und Pflichtlektüre
für alle Tim-und-Struppi-Fans.«
Schwäbische Zeitung

Fischer Taschenbuch Verlag

fi 1142 / 4

B. S. Johnson

Albert Angelo

Roman

Aus dem Englischen von Regina Rawlinson

Band 11369

»Das Leben erzählt keine Geschichten. Das Leben ist chaotisch, im Fluß, willkürlich.« Ein Autor, der das Leben widerspiegeln will, muß dieser Einsicht B. S. Johnsons zufolge auf das Chaos setzen und für die »zusehends fortschreitende Bruchstückhaftigkeit des Lebens« Darstellungsformen der Bruchstückhaftigkeit finden. Albert Angelo – »Albert, der für mich steht, der arme Tropf«, sagt der Autor – ist prädestiniert zum Bruchstück. Dicklich und von wenig überzeugender Statur, müht sich der junge Mann als Aushilfslehrer. Notgedrungen, denn als Architekt, der er eigentlich ist, hat er keine Fortune, kein Mensch weiß seine genialen Architekturentwürfe, die allerdings nie über das Stadium der Skizze hinausgedeihen, zu würdigen. So versucht er, seinen überwiegend zypriotischen Schülern, die kaum ein Wort Englisch verstehen, die Grundlagen abendländischer Bildung zu vermitteln. Ebenso erfolglos ist seine Liebe zu seiner Freundin Jenny, die ihn schon vor Jahren verlassen hat. Als Albert dann den glorreichen Einfall hat, seine Schüler in einem Aufsatz darlegen zu lassen, was sie von ihrem Lehrer halten, steht Schlimmes zu befürchten. Ein »Zukunftskuckloch«, vom Autor in die Buchseiten geschnitten, enthüllt einen noch entfernten Unglücksfall und beweist: Wenn diese Texte eines nicht nötig haben, so ist es das Element der Spannung als Anreiz zur Fortsetzung der Lektüre.

Fischer Taschenbuch Verlag

fi 707 / 4